KB132370

처형6일전

이 수 현

번역가, 소설가. 신화, 인류학, SF, 판타지, 추리물에 주로 관심을 두며 옮긴 책으로는 어슐러 르 귄의 『빼앗긴 자들』, '서부 해안 연대기' 시리즈, 테리 프래쳇과 닐 게이먼이 공저한 『멋진 징조들』 외 『꿈꾸는 앵거스』, 『이 책이 당신의 인생을 구할 것이다』, 『유리 속의 소녀』, 『환상소설가의 조수』, 『피버 드림』, '노인의 전쟁' 3부작, '다이버전트' 시리즈, 그래픽 노벨 '샌드맨' 시리즈와 '젠틀맨 리그' 시리즈 등이 있다.

HEADED FOR A HEARSE
by Jonathan Latimer

이 도서의 국립중앙도서관 출판예정도서목록(CIP)은 서지정보유통지원시스템 홈페이지(http://seoji.nl.go.kr)와
국가자료공동목록시스템(http://www.nl.go.kr/kolisnet)에서 이용하실 수 있습니다.
CIP제어번호: CIP2015012213

Headed
for a
Hearse

처형6일전

조너선 래티머

이수현 옮김

하드보일드+시간 제한 서스펜스

엘릭시르

차
례

Headed
for   a
Hearse

● **Headed for a Hearse**   Jonathan   Latimer

토요일 저녁

오른쪽 감방에 있는 남자는 아직도 울고 있었다. 이제는 일몰도 끝난 시각이건만 낮부터 계속 울었다. 조용하고 끈질기고 불만스럽게, 밤이 되어 기가 죽은 어린아이처럼 희망도 확신도 없이 울었다.

로버트 웨스틀랜드는 사형수 감옥의 어두운 동굴 같은 독방 안에서 울음소리에 귀를 기울였다. 울음소리만 빼면 비단을 펼쳐놓은 것 같은 황혼은 아름다웠다. 땅거미는 누가 마법 등잔 위에 모슬린을 겹겹이 접어 포개기라도 하는 것처럼 빠르게 짙어졌고, 어둑어둑한 기운은 이미 독방의 철창을 가리고, 적나라하게 노출되어 있던 하얀 도자기 변기까지 덮었다. 긴 감옥 복도를 타고 불어온 서늘하고 축축하고 향긋한 공기가 얼굴을 바싹 스쳐가자 웨스틀랜드는 코로 숨을 들이마시고는 철제 침대의 가장자리를 잡은 손가락에 힘을 주었다. 감옥 주방에서 갓 구운 빵과 소고기 스튜 냄새, 그리고 저녁 식사를 준비하는 요리사들의 소리가 날아왔다. 냄비와 식기가 부딪히는 쇳소리, 도자기가 달그락거리는 소리, 물이 쏟아지는 소리, 무거운 발소리⋯⋯.

잠시 후에 옆방 남자가 울음을 그치더니 감기 걸린 사냥개처럼 훌쩍이며 초조하게 허공을 킁킁거렸다. 위태로운 정적이 잠시 깔리더니 남자가 중얼거렸다.

"난 죽고 싶지 않아! 죽고 싶지 않다고."

남자는 다시 불만을 담아 절망적으로 울기 시작했다. 감옥 조명이 켜지면서 복도에 밀려든 빛이 웨스틀랜드의 독방 안으로 기괴하게 모난 그림자들을 던져 넣었다. 불빛은 무자비했다. 웨스틀랜드는 눈을 비비며 하품을 했다. 왼쪽 독방에서 맨발이 바닥을 때리는 소리가 나더니 데이브 코너스라는 남자가 금발머리를 감방 오른쪽 철창에 들이대고 비스듬히 웨스틀랜드의 방을 들여다보았다.

"대체 지금 몇 시야?"

그렇게 묻는 코너스는 왼쪽 눈 위에 십오 센티미터에 가까운 흉터가 졌고, 회색 바지를 허리띠 없이 입은 모양새였다. 맨가슴에도 어깨에도 근육이 불거졌다. 그는 폭력배답게 입술을 거의 움직이지 않고 입꼬리만 비틀어 말을 뱉었다.

"저녁 준비가 다 된 것 같군요." 웨스틀랜드는 발을 흔들어 침대에서 내려와 복도의 불빛에 눈을 깜박이면서 감방 앞쪽으로 걸어갔다. "맛있으면 좋겠는데."

"여긴 블랙스톤 호텔이 아니야." 코너스가 입을 벌리자 금니 세개가 번쩍였다. "우리에겐 먹을 시간이 일주일밖에 없으니 잘 좀 먹여주면 좋겠는데 말이지."

"일주일이 별로 길지도 않고요." 웨스틀랜드가 말했다.

코너스의 해진 밧줄 같은 눈썹 아래 푸른 눈동자에 전기가 튀듯 생기가 돌았다. "그렇지. 일주일이라 봐야 칠 일뿐이야." 코너스는 다시 히죽 웃었다.

웨스틀랜드는 딱딱한 철창에 몸을 기댔다. "육 일이지요. 친절하신 일리노이 주 정부는 우리를 토요일 오전 12시 01분에 전기의자에 앉힌다고 했고, 지금이 토요일 밤이니까, 일요일, 월요일, 화요일, 수요일, 목요일, 그리고 금요일밖에 남지 않았어요. 육 일이에요."

멀리서 날카로운 종소리가 울리더니 정적이 뒤따랐다. 오른쪽 감방의 남자는 계속 조용히 흐느꼈다. 멀리서 철과 철이 긁히는 소리가 나고 목소리들이 뒤섞여 울렸다.

"저녁 식사로군요." 웨스틀랜드가 말했다.

"정부는 우리가 토요일에 죽어야 한다고 하잖아." 철창을 잡은 코너스의 갈색 손가락은 떡갈나무로 조각해놓은 것처럼 굳세어 보였다. "그럴 거면 왜 토요일 밤 11시 59분까지 기다리거나, 아니면 책에서처럼 해가 뜰 때까지라도 기다리지 않지? 일리노이 주는 우리를 조금도 좋아하지 않아."

"그래요. 우릴 좋아하지 않지요." 웨스틀랜드가 대꾸했다.

복도에 들어오는 외풍은 이제 꽤 차가웠고, 전보다 더 세차게 그를 겨냥하듯이 불어왔다. 오른쪽 감방에 있는 남자가 훌쩍거리면서 신음했다.

"죽고 싶지 않아! 죽고 싶지……."

코너스가 금니 세 개를 드러내며 으르렁거렸다. "닥쳐, 이 새끼야. 그만하라고. 그만하란 말, 안 들리냐?" 코너스는 소리를 지르며 큼직한 주먹을 휘둘렀다.

오른쪽 감방의 남자는 흠칫 놀라서 숨을 들이켜더니, 다시 울기 시작했다.

코너스가 말했다. "저놈을 참을 수가 없어. 판결을 받기 전에는 교도소의 같은 식탁에서 밥을 먹었지. 지저분한 쥐새끼야."

"오늘 아침에 이쪽 감방에 들어온 후 줄곧 울던데요."

"저놈은 쥐새끼라니까." 코너스의 입가가 경멸하듯 비틀리면서 얼굴 오른쪽에 세로로 주름이 패었다. 그는 웨스틀랜드를 보고 말했다. "이봐, 내가 이렇게 말한다고 죽기가 무섭다는 건 아니야. 알았나? 그냥 하는 소리라고, 알지?"

코너스는 건장한 사내였지만 낯빛은 창백하고 얼굴은 굳어 있었다.

"알아요. 그냥 하는 소리죠."

"그야 나도 누구 못지않게 죽기 싫기는 하지만, 무섭지는 않아."

웨스틀랜드는 코너스의 입술이 실제로 움직이는 모습을 처음 보고 놀랐다. "나보다 낫군요. 난 죽음이 무서워요. 아무래도 상관없을 줄 알았는데 이제는 신경이 쓰이네요." 팔에 닿는 외풍이 차가워서 그는 부드러운 광택의 브로드 천으로 만든 셔츠 소매를 말아 내렸다.

코너스가 말했다. "자넨 다르지. 나야 이십 년 동안 이런 날이 올 줄 알았으니까. 이제는 익숙해졌어. 어차피 좋게 죽진 못했을 거야. 밀주 사업을 하면서 거친 놈들을 많이 해치우기도 했고. 하지만 자네는 의사들을 잔뜩 거느리고 침대에 누워서 죽을 줄 알고 자랐잖아." 코너스는 직사각형 모양의 이마에 흘러내린 금발을 걷어내고 말을 이었다. "이런 결과를 생각한 적이 없다면 힘들겠지."

오른쪽 감방의 남자가 코를 풀고 콜록거렸다. 교도소 남쪽에 있는 철도에서 의문을 던지는 듯한 경적 소리가 두 번 울렸다.

"생각한 적도 없고, 아직도 이게 무슨 일인지 잘 모르겠어요."

웨스틀랜드의 말에 나무토막 같은 얼굴 속에서 그나마 감정 표현이 풍부한 코너스의 푸른 눈이 뭔가 묻고 싶어 하는 듯한 기색을 띠었다. 그는 근육을 움직여 어깨를 들먹였다.

"뭐, 내 생각으론 나도 칸초네리 형제를 쏴버렸다고 전기의자에 앉을 게 아니라 훈장을 받아야 마땅해. 그놈들보다 더 거친 이탈리아 놈들을 본 적이 없어.”

복도에 고르지 않은 발소리가 나더니 강철 문이 쾅 닫히는 소리
가 메아리쳤다. 교도관이었다. 이름이 퍼시벌 골트인 그 남자는 죽
마 같은 다리로 불안정하게 걸었다. 지저분한 손에 꽉 쥔 쟁반에는
김이 모락모락 오르는 음식이 가득했다. 골트는 의사 같은 직업적
인 위선이 담긴 미소를 지으며 바나나처럼 노란 이를 드러냈다. 그
는 웨스틀랜드의 감방 앞에 멈춰서 말했다.

“와서 받아 가.”

농담이라고 하는 소리였다. 골트가 웃음을 터뜨리자 튀어나온
목젖이 발작적으로 움직였다. 멋진 농담이라고 생각하는 모양이었
다.

“양파를 듬뿍 곁들인 스테이크인데.” 골트는 유혹하듯 덧붙였다.

코너스는 어깨를 으쓱이고 감방 안쪽으로 사라졌지만 오른쪽
감방의 남자는 발을 끌면서 앞으로 나갔다. 키가 작은 사람이었다.
여기저기 돋은 갈색 수염 자국 아래 보이는 안색이 창백했다. 콧대
는 비뚤어졌고 단추 같은 까만 눈은 작고 한데 몰렸으며 입은 기도
라도 중얼거리는 것처럼 움찔거렸다. 남자의 이름은 이저도어 바레
차였다. 그는 철창 쪽으로 걸어가 손바닥을 위로 하고 애원하듯 창
살 사이로 찔러 넣었다.

지켜보던 골트 교도관의 눈이 반짝였다.

이저도어 바레차가 애원했다. “정말 배가 고파요, 교도관님.” 그

는 일그러진 얼굴로 호소하면서 움푹 들어간 턱에 침을 흘렸다. 목소리가 쉬어 음정이 맞지 않고 날카로웠다.

교도관은 쳐다보기만 했다.

강철 창살 사이로 바레차의 손이 삐져나왔다. "제발요."

골트 교도관은 금속성을 울리며 시멘트 바닥에 쟁반을 내려놓았다. "그렇게 굴어야지." 교도관이 스튜가 담긴 양철 그릇, 빵 한 덩어리, 그리고 베이지색 커피가 든 양철 컵을 들어올려 숟가락과 함께 건네자 바레차가 짐승 같은 소리를 냈다.

골트 교도관의 눈에는 노랗게 백태가 끼어 있었다. 그는 웨스틀랜드를 보고 말했다. "너는?"

"무엇이든 감사하며 받지요."

"그래야지." 골트 교도관은 웨스틀랜드에게 식사를 건네며 말했다. "주 정부에서 너희를 굶겨 죽이지 않는 이유를 모르겠어. 그 편이 값도 더 쌀 텐데."

웨스틀랜드는 따뜻한 스튜 그릇을 들고 침대로 물러났다. 나쁘지 않은 맛에, 커다란 소고기 덩어리와 야채가 둥둥 떠 있었다. 그는 갓 구운 빵을 한 조각 떼어 스튜 그릇에 담갔다.

교도관은 다음 감방으로 이동했다. "넌 배고프지 않나?" 그는 유혹하듯이 음식을 내밀고 코너스에게 물었다.

코너스는 앞으로 나와서 창살 두 개를 움켜잡았다. 등 근육이 불거졌다. 그는 으르렁거리며 말했다. "음식을 주든지 말든지 해.

네놈이 여기서 꺼져주기만 한다면 아무래도 상관없어."

골트 교도관의 야윈 얼굴에 떠올라 있던 편안한 미소가 싹 사라졌다. 그는 잠깐 겁에 질린 표정이었다가 조롱하는 태도를 회복했다. "거친 놈이 성질도 더럽네." 하얀 복도 벽에 떨어진 골트의 그림자가 등을 구부리고 휘청거리는 검은색 터키 독수리처럼 부풀어올랐다.

코너스의 목소리가 거칠게 긁혀 나왔다. "꺼져!" 철창을 바싹 당기며 다가서느라 맨 어깨에 근육이 두드러졌다.

듣기 싫은 깍깍 소리가 새처럼 생긴 그림자에서 흘러나오는 것 같았다. 골트 교도관이 웃어대고 있었다. 그는 잠시 후에 자신을 추스르고 말했다. "어디 꺼지게 해보지그래." 그러곤 다시 웃음을 터뜨렸다. 교도관용 식당에서 동료들에게 해줄 좋은 이야깃거리가 생긴 셈이었다.

"꺼져." 코너스가 다시 말했다.

교도관은 눈을 굴리면서 감방 문을 점검했다. 잠겨 있었다. 그러자 창백한 얼굴에 잔인한 빛을 띠더니 천천히 양철 그릇을 기울여 김이 오르는 따뜻한 스튜를 시멘트 바닥에 부었다. 난장판 위에 조롱하듯 조심스럽게 빵을 떨구고 베이지색 커피도 그 위에 부었다. 그는 이를 드러냈다. "죄수가 음식을 복도에 쏟아버린다면야 내가 어쩔 수 있나." 툭 튀어나온 눈이 승리감에 젖었다.

철창에 단단히 기댄 코너스가 입술을 움직이지 않고 말했다.

"네 애미는 검둥이야."

골트 교도관은 양철 그릇과 커피 컵을 쟁반 위에 놓고 말했다. "다 먹거든 그릇은 복도에 내놔라."

교도관의 발소리가 멀어지다가 잠시 멈추더니 복도 끝에 있는 강철 문이 열렸다 닫히고 정적이 찾아왔다.

로버트 웨스틀랜드는 빵을 스튜에 적신 다음 우묵한 양철 그릇 가장자리의 스튜부터 조심스럽게 먹었다. 바레차가 식사를 마치면서 그릇을 핥고 목구멍 안으로 숨막힌 짐승 같은 소리를 냈다. 웨스틀랜드는 스튜와 빵을 딱 절반까지 먹은 후에 침대에서 일어나 조심스럽게 철창 왼쪽으로 걸어갔다. 코너스의 손은 아직도 철창을 움켜쥐고 있었는데, 창살이 드리운 검은 그림자가 얼굴에 수직으로 떨어져서 왼쪽 눈을 가렸다.

웨스틀랜드는 물었다. "이걸 좀 먹겠어요? 난 그다지 배가 고프지 않아서요."

분노해서 미간을 좁힌 폭력배가 옅은 푸른색 눈으로 웨스틀랜드를 노려보았다. 정적 속에서 바레차가 볼과 이로 공기 빠는 소리를 냈다. 그러더니 놀랍게도 코너스가 말했다. "고맙군." 코너스의 얼굴에서 긴장이 빠져나갔다. "자네가 먹어. 난 전혀 배가 고프지 않아."

"그러지 말고 먹어요. 난 정말로 먹고 싶지 않아요."

"됐어." 코너스는 쑥스러워하는 얼굴이었다.

"저기요, 선생님." 이저도어 바레차가 철창에 몸을 기대고 느슨한 입매를 떨면서 끼어들었다. "선생님." 바레차는 헝클어진 머리를 발작하듯 홱홱 움직이면서 불안한 듯 어깨 너머를 계속 돌아보았다. "제가 먹을게요, 선생님."

웨스틀랜드는 머뭇거리다가 바레차 쪽으로 한 걸음을 옮기며 말했다. "너무 식기 전에 누구든 먹는 편이 좋겠지요."

"어이!" 코너스의 드러난 이가 반짝였다. "아무래도 나한테 보여주려고 저 쥐새끼한테 주려나 본데." 코너스는 철창 사이로 손을 뻗어 웨스틀랜드의 감방 앞으로 내밀었다. "그건 별로야."

웨스틀랜드는 코너스에게 그릇과 빵을 넘겼다.

"고마워." 코너스는 그릇을 살짝 기울여서 철창 사이로 끌어넣었다. 바레차의 까만 사탕 같은 눈에 상처받은 기색이 어렸다. 눈에 눈물이 맺히더니 얼룩진 뺨을 따라 흘렀다. 그는 감방 안쪽으로 돌아가서 시끄럽게 그릇을 핥았다.

웨스틀랜드는 몇 분 후에 커피를 절반쯤 마시고 양철 컵을 코너스의 감방 가장자리로 내밀었다. 이번에는 덩치 큰 코너스도 다른 말 없이 커피를 받았다. 서로를 이해한 두 사람은 어떤 의미에서 친구가 되었다. 그런 생각을 하니 기분이 괜찮아서, 웨스틀랜드는 잠시 동안 전기의자에 스위치가 켜지면 얼마나 고통스러울지에 대한 걱정을 접을 수 있었다.

웨스틀랜드는 자정이 조금 지나서 깨어났다. 복도에는 여전히 축축한 외풍이 불고 있어 지저분한 담요만 덮은 몸이 추웠다. 이저도어 바레차가 꽤 큰 소리로 중얼거리고 있었다.

"싫어……. 싫어……. 싫어……." 바레차는 희미하게 그 말만 되풀이했다. 그 목소리는 짐승 같은 울부짖음 속으로 녹아들었다가 토하기라도 하는 듯한 심한 기침 소리로 변했다.

황량한 복도에 변함없이 켜진 불빛과 가만히 제자리에 머물러 있는 그림자들과 정적과 끊임없이 움직이는 공기의 흐름과 이저도어 바레차의 사람 같지 않은 울음소리와 중얼거림과 캑캑거리는 소리 때문에 시간이 흐르지 않는 듯한 느낌이 들었다. 로버트 웨스틀랜드의 신경은 망가진 시계태엽처럼 갑자기 풀려버렸다. 그는 침대에서 뛰쳐나가 복도의 하얀 벽을 노려보며 감방 창살을 미친듯이 두드렸다.

왼쪽에서 목소리가 들렸다. "진정해, 친구. 그래봐야 아무 소용 없을걸." 여전히 맨가슴을 드러내고 있는 코너스였다. 계속 그 자리에 서 있었던 모양이었다.

로버트 웨스틀랜드는 두 손에 멍이 들었고 맨발로 디딘 시멘트 바닥이 차갑다는 사실을 깨달았다. 그는 혼란스러운 기분으로 말했다. "이건 옳지 않아. 이런 식으로 해서는 안 돼. 기회를 줘야지."

그러자 코너스는 달래는 듯한 목소리로 말했다. "되는대로 따라야지 어쩌겠나. 자네가 규칙을 만들 수 없는데." 코너스의 눈썹이 눈 위로 희미한 그림자를 드리웠다. "나도 그런 생각을 해보긴 했지만 말이야."

복도에는 깜박이지도 않는 불빛이 눈부시게 환했다. 공기는 거의 움직이지 않았지만 곧 다시 축축하고 서늘한 바람이 불어올 터였다.

바레차가 중얼거렸다. "제가 죽게 놔두지 마세요, 하느님! 죽고 싶지 않아요!"

웨스틀랜드는 말했다. "이 망할 불빛! 왜 저놈들은 불을 끄지 않는 겁니까?" 그는 코너스를 쳐다보았다. "이렇게 불이 켜진 채로 어떻게 잘 수가 있어요?"

"난 엎드려서 자거든. 눈 위에 수건을 올리고 잘 수도 있겠지."

바레차는 침대 위에서 뒤척이며 소리를 질렀다. "제가 죽게 놔두지 마세요!" 목소리가 올라가서 교실 칠판에 부러진 분필을 긋는 듯 신경에 거슬리는 째지는 소리가 났다. "제발……. 제발……. 제발……!"

코너스의 성난 저음이 복도를 채웠다. "닥쳐, 이 폴란드 유대인 새끼야. 닥치라고!"

바레차는 캑캑거리고 기침을 한 다음 잠시 침묵했다. 그러다가 다시 조용히 흐느끼기 시작했다. "저 친구는 무슨 죄로 들어왔지요?" 웨스틀랜드가 묻자 폭력배는 금발머리를 내저었다. "여자를 죽였을걸."

"나처럼 말이지요." 웨스틀랜드는 씁쓸하게 말했다.

바레차가 피아니시모로 훌쩍였다.

"저치는 그다지 언론의 관심을 받지 못했지. 자네만 없었으면 나도 꽤 많이 알려졌을 텐데 말이야." 코너스가 말했다. 그늘진 눈가에 잔주름이 잡혔다.

"당신에 대해 읽었어요. 레스토랑이라니 두 사람을 쏘기에는 너무 공공장소 같던데요."

"그놈들은 날 치우려고 고용된 뉴욕 청부업자였어. 어떤 놈들이 내가 속한 노조, 그러니까 석탄차 기사 노조 241지부에 끼어들고 싶어 했는데, 그러려면 나부터 치워야 했거든. 청부업자에 대해 듣고는 당하기 전에 먼저 잡기로 결심했지." 코너스는 오른손으로 누군가를 밀어내는 시늉을 했다. "딱 그 시간에 음식점 안에 형사들이 우글거릴 줄이야 어떻게 알았겠어?"

"경찰 한 명이 당신을 쏘지 않았나요?"

"그래, 내가 총을 떨군 다음에 쐈지. 그 노란 개자식."

웨스틀랜드는 씁쓸하게 말했다. "그나마 당신은 남자들을 쐈다고 잡히기나 했지요."

코너스의 크게 뜬 눈동자가 전구 불빛을 받아 푸른빛에서 잿빛으로 변했다. "이봐. 난 자네가 유죄라고 생각하지 않아."

"그런 사람은 당신뿐일걸요."

"난 이렇게 생각해. 사내는 마누라를 총으로 쏴 죽이지는 않는 법이라고." 코너스의 금발머리가 오른쪽에서 왼쪽으로 움직였다가 반대로 다시 움직여서 부정의 뜻을 표현했다. "목을 조르거나 때려 죽일 수는 있어도, 총을 쏘지는 않지." 코너스는 다시 한번 보이지 않는 누군가를 밀어내는 시늉을 했다. "게다가 자네 사건은 너무 단순 명쾌했어. 내가 보기에는 누명이야."

"누가 날 없애고 싶어 할 이유를 알 수가 없는데요."

"아마 그렇겠지." 코너스의 입은 웨스틀랜드의 왼쪽 귀에 가까이 있었다. 낮고 거친 목소리였다. "어쨌든 변호하는 놈만 제대로 됐어도 자넬 빼내줬을 거야." 웨스틀랜드는 항의하려고 했지만 코너스가 말을 이었다. "그래, 나도 자네가 돈으로 살 수 있는 최고의 변호사를 얻은 건 알아. 하지만 자네 같은 상류사회 인간이 중개 수수료 때문에 나는 소동 말고 뭘 알아? 자넨 비싼 변호사를 구했고, 그놈은 자네가 유죄라고 생각하고 전기의자에 가게 놔둔 거야." 코너스의 목소리에는 진심이 깃들어 있었다. "찰리 핑클스타인 같은 변호사를 둬봐. 그자라면 자네가 살인이 일어난 날 밤에 밀워키에 있었다는 걸 증명한 다음 밀워키 시장만 빼고 모두가 정말이라고 맹세하게 만들걸."

웨스틀랜드가 말을 끊었다. "내가 아내가 사는 아파트에 들어가는 모습을 본 사람들은 어쩌고요?"

"핑클스타인에게는 문제가 안 돼. 몇 사람은 말을 바꾸고 말을 바꾸지 않는 사람들은 사라지겠지. 그자라면 배심원들이 전기의자

대신 자네를 믿는 쪽으로 투표하게 만들 거야. 물론 돈깨나 들기는 하겠지만 그만한 가치가 있어."

"그렇겠지요." 웨스틀랜드는 다친 손에 입김을 불었다. "그런데 그 핑클스타인이 왜 당신은 빼내지 못합니까?"

"아무리 핑클스타인이라도 경찰관 여섯 명이 내놓은 알리바이를 조작할 순 없지."

웨스틀랜드는 발과 다리가 너무 차가웠다. 졸음이 왔고 불안은 줄어들었다. "이만 자야겠어요."

"암, 사내는 잠을 자야지." 코너스가 말했다.

웨스틀랜드는 깨어나면서 악몽을 꾸고 있었다는 사실을 깨달았다. 머리가 욱신거렸다. 가슴 아래 깔려 있던 왼팔에 감각이 없었다. 복도에서 사람들의 목소리가 들렸다.

"저놈 얼굴에 물 좀 뿌려." 어떤 남자가 말했다.

웨스틀랜드는 침대에서 몸을 굴려 일어나 앉았다. 눈부신 조명이 켜진 복도는 마치 어느 섬뜩한 독일 영화에 나오는 휘황한 세트장 같았다. 소매에 놋쇠 단추가 달린 파란 상의 차림의 남자 두 명이 웨스틀랜드에게 등을 돌리고 바레차의 감방 앞에 서 있었다. 그들은 복도의 시멘트 바닥에 놓인 무언가를 보고 있었다. 고개를 숙인 먹물색 그림자 둘이 복도 벽을 장식했다. 웨스틀랜드는 창살 쪽으로 걸어갔다.

바레차 감방의 기름칠한 경첩이 빙글 돌아가면서 퍼시벌 골트 교도관 앞에 길을 냈다. 골트는 손에 양철 컵을 들고 허리를 숙이더니 복도 바닥에 대자로 뻗은 이저도어 바레차의 얼굴에 물을 끼얹었다. 웨스틀랜드는 눈을 휘둥그레 뜨고 바레차의 얼굴을 보았다. 땅에서 파낸 듯한, 부패한 괴물 같은 얼굴이었다. 피부는 검푸른색이고 눈은 아무것도 보지 않고 뜨여 있었으며 벌어진 입가에는 침과 피가 섞인 에틸알코올 휘발유 색깔의 액체가 흘러내리고 검은 머리카락은 물에 젖어 반짝였다.

웨스틀랜드가 물었다. "죽은 겁니까?"

같은 옷을 입은 두 남자 중에서 키가 큰 쪽은 상냥한 얼굴이었다. "깨어날 거야. 바지로 목을 매려고 했어." 대답한 남자의 소매에는 다른 남자보다 놋쇠 단추가 많이 달렸다.

골트 교도관이 감방 안에서 물을 한 컵 다시 떠 왔다. 이번에는 그 물로 핏방울을 씻어내고 거드름을 피우며 말했다. "제가 딱 그때 순찰을 돌아서 망정이지 성공할 뻔했습니다."

바레차의 얼굴에서 푸른 기운이 줄어들었다. 바레차는 귀에 거슬리는 소리로 힘겹게 숨을 쉬기 시작했다. 다리가 움찔거리고 떨렸다. "감방 안으로 데려가." 단추가 제일 많은, 키 큰 남자가 말했다.

다른 한 남자와 골트 교도관이 바레차의 손과 발을 잡고 거칠게 들어올려 문을 통과했다. 웨스틀랜드의 속이 울렁거렸다. 그는 계속 스스로에게 말했다. 나도 죽기 싫다고, 그런 식으로는 죽기 싫다

고. 단추가 많이 달린 남자가 미심쩍은 얼굴로 웨스틀랜드를 쳐다
보았다.

"저기, 아침에 교도소장님을 만나야겠습니다." 웨스틀랜드의 목
소리는 고르게 나오지 않았다. 아리송한 눈으로 찬찬히 보는 남자
에게 웨스틀랜드가 덧붙여 말했다. "꼭 뵈어야 합니다. 꼭……."

"내가 말하지. 아침이 되자마자 말씀드리겠네. 자네는 자는 편
이 좋겠어." 남자의 목소리는 차분했다.

들어갔던 두 사람이 바레차의 감방에서 나왔고, 골트 교도관이
문을 잠갔다. 그리고 세 사람은 아무 말 없이 자리를 떴다. 웨스틀
랜드는 침대에 누웠지만 복도 불빛 때문에 눈이 부셔서 잠이 오지
않았다.

002

일요일 아침

로버트 웨스틀랜드를 향해 어기적어기적 걸어가는 벤저민 벅홀츠 교도소장의 어깨가 복도 벽을 스쳤다. 엄청나게 뚱뚱한 남자였다. 키만큼이나 양옆으로 살쪘고, 웨스틀랜드가 보기에는 옆으로 살진 만큼 앞뒤로도 뚱뚱해서 살아 움직이는 정육면체 같았다. 교도소장은 전날 밤에 본 키 큰 교도관보다 더 많은 놋쇠 단추가 달린 파란 제복을 입었고 갓 면도한 얼굴에는 파우더를 뿌렸으며 머리는 매끈하게 빗어 넘겼다. 뿌루퉁한 입 양쪽 끝에는 오십 센트짜리 동전만 한 보조개가 패었다.

교도소장은 짧은 걸음으로 열심히 걸어와서 겨우 웨스틀랜드의 감방 앞에 멈춰 섰다. "좋은 아침이군. 나를 만나고 싶다고?" 턱 양쪽으로 지방이 한 움큼씩 늘어져 있었다.

교도소장 뒤에서는 골트 교도관이 샛노란 이를 가득 내보이며 재수없게 웃었다. "내가 뭘 가져왔나 봐, 웨스틀랜드 씨. 보라고." 골트 교도관은 흥겨운 척하면서 말하고는 과일이 가득한 초록색과 흰색 고리버들 바구니를 들어올렸다.

웨스틀랜드는 골트를 무시했다. "둘이서만 이야기하고 싶습니다, 소장님."

"그러지." 벅홀츠 교도소장은 감방 문을 열고 골트 교도관에게 바구니를 받아서 웨스틀랜드에게 건넸다. 살진 손목에 주름이 잡혀 있었다. "골트, 자네는 복도 끝에서 기다리게." 소장은 흡 하고 숨을 멈춰가면서 감방 안으로 몸을 밀어넣었다.

웨스틀랜드는 바구니를 바닥에 놓고 자주색 포도송이 아래에 든 봉투를 뽑았다. 누가 열어본 흔적이 역력했다. 봉투 안에는 파란색 종이에 쓴 편지가 있었다.

사랑하는 로비에게

당신에게 이토록 애정을 느낀 적도, 당신이 좋은 사람이라는 사실을 이토록 확신해본 적도 없어요, 내 사랑. 당신이 나에게 얼마나 중요한 사람인지 미처 깨닫지 못했어요.

우린 곧 이 일을 바로잡을 거예요. 사랑하는 당신은 내 곁에 돌아와 나를 진정시켜줄 거고요. 그리고 이 끔찍한 일 때문에 얻은 아픔과 상처를 모두 없애주리라 믿어요…….

에밀리 루

종이에 희미하게 라벤더 향이 감돌았다. "자네 여자인가?" 소장
의 몸무게에 침대가 삐걱거렸다. "약혼녀입니다." 웨스틀랜드가 말
했다.

갑작스레 불어온 가을 돌풍에 복도 천장에 난 채광창의 유리판
이 덜컹거렸다. 엷은 구름이 해를 가리고 지나가는 통에 복도에 반
점처럼 떨어진 햇빛이 흐려졌다가 밝아졌다.

"소장님, 소장님만 도와주시면 아직 제 목숨을 구할 수 있다고
생각합니다."

벅홀츠 교도소장의 얼굴은 뜻을 헤아리기 어려웠다.

"많은 것을 요구하지는 않겠습니다." 웨스틀랜드는 그렇게 말하
고 접힌 자국이 또렷하게 남은 종잇조각을 펼쳤다. "우선 이걸 읽어
보시죠."

교도소장은 그 종이를 유황빛 햇살 아래에 대고 열심히 읽었다.

누가 댁의 마누라를 쏘았는지 모르지만 댁이 아닌 줄 압니다. 그래
도 풀려날 줄 알았는데 무능한 변호사를 산 모양입니다. 그날 밤 그
건물 안에서 내가 하고 있던 짓을 털어놓고 싶지는 않군요. 그렇지
만 않아도 진작 댁 알리바이를 대줬을 텐데. 내가 말썽에 휘말리지

않게 해줄 수 있다면 검사에게 아는 내용을 말하리다. 무고한 사람이 고통받는 꼴은 보고 싶지 않아서요. 901 사우스 홀스테드 스트리트에 있는 조 페트로에게 물으면 날 찾을 수 있어요. M.G.를 불러달라고 해요.

벅홀츠 소장은 작은 눈을 꿈벅거렸다. "이걸 언제 받았지?"

"이 주 전입니다."

"장난 편지겠지." 교도소장의 통통한 손이 종이를 뒤집더니 무릎에 대고 구김을 폈다. "여긴 장난 편지가 많이 오거든."

웨스틀랜드는 손바닥으로 욱신거리는 눈을 문질렀다. 그는 숨을 죽이고 말했다. "모르겠습니다. 하지만 알아보고 싶습니다. 제게 유일한 기회니까요."

"왜 편지를 받았을 때 이 작자를 추적하지 않았나?"

"그때는 아무래도 좋았습니다. 죽고 싶었던 것 같기도 하고요." 웨스틀랜드는 바닥을 왔다갔다하며 걸어 다녔다. "하지만 어젯밤에 마음이 달라졌습니다. 옆방에 있는 유대인이 목을 매달려고 하면서도 너무나 죽기 무서워하는 모습을 보고는 죽음이 무서워졌어요. 적어도 이런 식으로 죽는 건 무섭습니다." 그는 쪼그리고 앉아 있는 교도소장 앞에서 걸음을 멈췄다. "이 감옥이 저를 좀먹고 있습니다. 너무 끔찍하고 비인간적이에요."

"저런, 저런. 우린 자네들을 편안하게 해주려고 최선을 다하고 있네만."

"소장님이 도와주셔야 합니다. 제게는 유일한 기회예요."

교도소장은 주머니에서 봉투를 하나 꺼내더니 그 안에서 부서져가는 시가 꽁초를 꺼냈다. 소장은 그 꽁초를 두꺼운 입술 사이에 밀어넣고 조끼 주머니에서 성냥을 찾았다.

"내가 뭘 해줬으면 좋겠나?"

"저는 이 편지에 대해 알아보고, 목숨을 구하기 위해 할 수 있는 일이 또 있다면 뭐든 해야 합니다. 사람을 많이 만나야 해요."

교도소장이 빠르게 입을 뻐끔거리자 강철 같은 푸른색 연기가 피어올랐다. 소장은 성냥을 흔들어 끄고 변기에 던져 넣은 다음에 말했다. "상당히 규칙에 벗어나는 일인데……?" 교도소장의 말끝이 질문하듯 올라갔다.

"매일 사람들을 만나서 이야기하고 싶을 뿐입니다. 제 감방에서 이야기해도 좋고 소장님 마음에 드는 다른 곳도 좋습니다."

벅홀츠 교도소장은 만족스럽다는 듯이 시가를 빨았다. "그렇게 해줄 방법을 모르겠군. 그건 규칙에 어긋나고, 내 직업은 알다시피……?"

소장의 말소리는 다시 한번 질문을 던지듯이 끝이 올라갔다.

웨스틀랜드는 소장 옆에 앉았다. "그럴 만한 가치가 있게 만들어드리죠. 제게는 유일한 기회이니 기꺼이 값을 지불하겠습니다."

벅홀츠 교도소장은 굵은 손가락으로 입에 문 시가를 빙빙 돌렸다. "한번은 어떤 친구가 도망치게 해주면 이백 달러를 주겠다고 했지." 그자에게 어떤 짓을 했는지 돌이키는 듯 목소리에 불길한 기운이 감돌았다.

"만 달러는 어떻습니까? 매일 몇 사람씩 만나게 해주시는 데만 말입니다."

교도소장의 눈을 에워싼 부은 듯한 눈꺼풀이 벌어졌다. 소장은 시가를 깨물더니 등을 펴고는 물었다. "뭐라고 했지?"

"만 달러요."

벅홀츠 소장은 고개를 끄덕였다. 잘못 듣지 않았음을 확인한 것이다. 그는 입에서 시가를 빼내고 말했다. "현금, 아니면 수표?" 조심스럽지만 우호적인 태도였다.

"물론 현금이지요."

교도소장이 던진 시가 꽁초가 도자기 변기에 맞고 바닥에 튀었다. 그는 심장께에 달린 외투 바깥 주머니에서 굵고 검은 새 시가를 꺼내더니 죄수에게 내밀었다. "전 괜찮습니다." 교도소장은 빨강, 하양, 초록색이 들어간 시가의 띠를 떼어낸 뒤 엄지손가락에 달라붙은 띠를 뜯어내느라 애를 먹다가 겨우 침대 위에 문질러 닦아냈다. "이 일에 대해서는 아무 말도 하지 않겠지?"

"아무에게도요."

"돈을 언제 줄 건가?"

"내일 아침에 동업자에게 가져오게 하지요."

"만 달러?"

"만 달러."

교도소장은 끙하고 몸을 일으켰다. 복도에 비치는 햇빛은 밝은 노란색이었다. "잠깐만요." 웨스틀랜드가 말했다. "변호사를 한 명 만나고 싶군요. 찰스 핑클스타인이라고, 오늘요. 그 사람을 불러주시겠습니까?"

교도소장은 강철 문을 붙잡은 채로 말했다. "찰리 핑클스타인 말이야? 바로 전화를 걸도록 하지." 소장은 문을 쾅 닫고, 열쇠를 달그락거렸다. "바로 말이야."

멀어져가는 소장의 바지 뒤태가 보기 흉했다.

오후 시간이 느리게 지나갔다. 해가 낮아졌다. 이제는 복도에 떨어지는 햇빛이 참을 수 없을 만큼 밝지 않았다. 복도에 부는 외풍도 서늘해졌다. 이저도어 바레차는 자기 감방에 잠들어 있었다. 바레차는 낮 동안 조금도 울지 않았는데, 그 침묵은 우는 소리보다 더 나빴다. 그는 심하게 매를 맞은 개 같은 몰골로 아침 식사와 저녁 식사를 받으러 나왔을 뿐 나머지 시간에는 감방 안쪽 침대에 뻗어서 혼수상태에 빠진 사람처럼 잤다. 비뚤어진 코와 일그러진 입술이 담긴 야윈 잿빛 얼굴은 싸구려 밀랍 인형 가면처럼 비인간적이었다. 목에는 검푸른 멍자국이 남았다.

웨스틀랜드가 핑클스타인을 기다리는 동안 코너스에게는 손님이 찾아왔다. 사제였는데, 턱 아래 늘어진 살이 분홍빛이었고 태도가 인상적이었다. 사제가 코너스의 감방 앞에 멈춰 서자 긴 옷자락이 다리에 스치는 소리가 났다.

"데이비드 코너스?" 사제는 그윽한 목소리로 물었다.

코너스는 철창 앞까지 걸어갔다. "난데, 원하는 게 뭐요?" 사제의 얼굴은 근엄했다. "데이비드 코너스, 닷새 후에는 죽는다는 사실을 알고 있습니까?"

"새로운 소식은 아닌데."

"죽음을 준비시켜주려고 왔습니다." 사제의 왼손에는 은으로 만든 수난상이 쥐어져 있었다.

코너스는 근육질의 네모난 얼굴을 철창 사이에 밀어넣었다. "퍽도 그러겠네. 여기서 꺼지시지."

사제는 흠칫 놀라고는 말했다. "자, 젊은이. 당신은 자기가 무슨 말을 하는지 모르고 있어요."

"여기서 꺼지라고." 코너스가 되풀이해서 말했다.

"데이비드 코너스, 어머님이 당신 말을 들으면 얼마나 마음 아파하시겠습니까."

"나한텐 어머니가 없어." 코너스의 목소리는 반항적이었고 섬뜩했다.

"뭐라고요! 어머니를 부정하는 겁니까?" 사제는 끔찍하다는 듯한 목소리로 외쳤다. 수난상을 쥔 손가락에 힘이 들어갔다. "당신을 낳고 당신 때문에 고통을 감내한 어머니를? 당신은 대체 어떤 아들입니까?"

엷은 안개가 해를 가려 복도에 떨어지는 햇빛이 물을 탄 우유 같았다. 사제는 시뻘건 얼굴로 헉헉거렸다.

"여기에서 꺼지라고." 코너스가 말했다.

사제는 눈썹이 코에 닿도록 얼굴을 찌푸리고 수난상을 들어올린 후 입을 열었다가 멈칫하고 다시 닫았다. 분노가 사그라들었다. 코너스에게 등을 돌린 사제는 로버트 웨스틀랜드 쪽으로 걸어왔다. "가톨릭 신자인가요, 젊은이?"

웨스틀랜드는 답했다. "아닙니다, 신부님."

사제의 옷자락이 다리에 스치는 규칙적인 소리가 복도 저편으로 희미해졌다.

찰스 핑클스타인은 작지만 사나운 말똥가리 같았다. 그는 유리문에 '여성 교도관실'이라고 적힌 작고 곰팡내 나는 사무실의 의자에서 실크 손수건으로 먼지를 털어냈다. 그는 한참 만에 로버트 웨스틀랜드 맞은편에 앉더니 수수께끼의 'M.G.'가 보낸 편지를 돌려주었다. 회색 눈에 기민한 빛이 감돌았다.

로버트 웨스틀랜드가 말했다. "보다시피 나에게 아직 기회가 있을지도 몰라요."

핑클스타인은 천천히 말했다. "그러니까 유죄가 아니라는 겁니까?" 가느다란 금테 안경에 반사된 빛이 반짝였다.

"바로 그런 뜻이죠."

"흐음. 이런 일을 시작하기에는 조금 늦지 않았나요?" 변호사는 회의적이었다.

"이게 유일한 기회예요. 전에는 신경쓰지 않았는데 결국 죽고 싶지 않다는 결론을 내렸거든요."

"많은 사람들이 그렇게 생각하지요." 핑클스타인이 웃음을 짓자 고르지 않은 튼튼한 이가 드러났다. "모르겠군요. 확실히 백만분의 일 확률입니다. 우선 불리한 증거에 대해 이야기해주시면 제가 결정을 내릴 수가……."

"이 시점에서는 내가 무죄라는 사실을 믿을 수 있을 텐데요. 그렇지 않다면 뭐하러 이런 짓을 하겠습니까."

"글쎄요." 방안은 꽤 어두웠다. 핑클스타인은 벽에 붙은 스위치까지 걸어가서 전등을 켰다. 그는 깔끔하고 말쑥한 남자였다. 왼손 가운뎃손가락에 십 센트짜리 동전만 한 다이아몬드 반지를 끼고 있었다. 그는 의자로 돌아가서 말했다. "어쨌든 사건에 대해 말해주시는 편이 좋겠습니다."

"대체적인 이야기는 알 텐데요. 신문에서 충분한 지면을 할애했으니." 웨스틀랜드는 머리가 지끈거렸다. 그는 무릎에 팔꿈치를 대고 손으로 관자놀이를 눌렀다. "내 아내, 조앤이 4월 28일에 191 이스트 델라웨어 플레이스에 있는 아파트에서 총에 맞아 죽은 채로 발견되었어요. 조앤과 나는 별거중이었지요. 사람들이 문을 부수고 아내를 찾아냈어요."

"그 사람들이 누굽니까?" 핑클스타인이 물어보며 연필과 수첩을 꺼냈다.

"흠, 재판정에서 들은 증언에 따르면 아내의 하녀인 준 디가 아침 9시 30분경에 아파트 안으로 들어가려고 했어요. 문이 잠겨 있기에 준은 아내가 나가면서 전언이라도 남겨두었는지 확인하려고 아파트 관리인인 그레고리 웨인을 불렀지요. 웨인은 엘리베이터 안내원인 토니에게 아내가 외출하지 않았음을 확인한 뒤 위층으로 올라가서 문을 두드렸어요."

"관리인에게 열쇠가 없었습니까?"

"열쇠에 대해서는 나중에 말해드리지요." 웨스틀랜드는 조바심을 내며 말하고 뒤통수를 문질렀다. "웨인이 한동안 문을 두드리고 나자 아파트 경비원인 마이크 설리번과 수위인 시어도어 펄신스키가 올라왔어요. 다들 모여서 어떻게 해야 할지 결정하려고 하던 차에 볼스턴이 현장에 도착했고요."

"그게 누굽니까?"

"리처드 볼스턴 말인가요? 내가 하는 투자 중개 사업의 동업자 중 한 명이에요. 이 년 전에 아내와 내가 별거한 이후 그 친구가 아내의 주식 계정을 넘겨받았지요. 내가 직접 아내의 돈을 관리하지 않는 편이 좋겠다고 생각해서 그 친구에게 신경써달라고 부탁했거

웨블리 자동 권총 Webley Automatic Gun

웨블리 앤드 스콧사가 개발한 권총.

영국군이 제1차세계대전 당시 사용하기도 했다.

든요. 리처드는 조앤과 10시에 사업상의 약속을 잡은 상태였어요."

핑클스타인이 작은 종이철에 끄적거리는 동안 웨스틀랜드는 이야기를 계속했다. "리처드가 다른 사람들에게 약속이 있다는 말을 하자 결국 모두가 문을 부수기로 결정했어요." 웨스틀랜드의 목소리가 속삭이듯 작아졌다. "조앤은 뒤통수에 총을 맞고 거실 양탄자 위에 쓰러져 있었지요."

그러자 핑클스타인이 물었다. "누가 문을 부쉈습니까?"

"경비원인 설리번이에요. 제일 먼저 방에 들어갔지요."

핑클스타인의 연필이 다섯 번 종이를 두드렸다. "그 뒤에 다른 다섯 명이 있었고 말입니까?" 핑클스타인은 종이를 한 번 더 두드렸다. "그러니까 그 자리에 있었던 사람이 경비원, 동업자, 수위, 관리인, 하녀, 그리고 엘리베이터 안내원인 토니까지인가요?"

"맞아요."

연필이 종이를 긁었다. "계속하시죠."

"설리번은 아무도 시신을 만지지 못하게 했고, 관리인은 경찰을 불렀어요."

"차라리 코끼리 떼를 부르는 편이 나았을걸요."

"경찰이 가서 뭘 어떻게 했는지는 모르겠지만 어쨌든 경찰은 스포츠 클럽에서 스쿼시를 치고 있던 나를 체포했어요. 조앤은 내 총으로 살해당했던 모양이에요. 내가 영국군에 있을 때 쓰던 웨블리 자동 권총으로요."

"잠깐만요. 어떻게 당신 총에 맞은 겁니까?"

"모르죠. 그 망할 총은 찾아내지도 못했어요."

"이거 흥미진진해지는군요." 핑클스타인은 의자를 테이블 쪽으로 움직였다. "그 제인이라는 분이…… 아니지, 당신 부인 말입니다만 잠긴 아파트에서 총에 맞아 죽은 시신으로 발견되었는데 현장에는 권총이 없었다는 겁니까?"

"대충 그래요. 경찰이 와서 웨블리 권총을 잃어버렸냐고 물었어요. 난 아파트 보관함 서랍 안에 넣어뒀다고 했지요. 하지만 경찰이 찾아보니 없었어요. 그러자 경찰은 나에게 살인죄를 적용했지요."

"애초에 당신에게 웨블리 권총이 있는 줄은 어떻게 알고요?"

"다른 동업자인 로널드 우드버리가 말했어요. 그 말을 했을 때 그 친구는 조앤이 죽은 줄도 몰랐고요."

핑클스타인이 말했다. "대체 동업자가 몇 명입니까?"

"우드버리와 볼스턴, 둘뿐이에요. 회사 이름이 '웨스틀랜드, 볼스턴 앤드 우드버리'죠."

"우드버리는 당신에게 웨블리 권총이 있는 줄 어떻게 알았습니까?"

"우린 프랑스에서 같이 복무했어요. 그 친구에게도 한 자루 있지요."

"부인을 쏜 게 그 사람 총이 아닌 줄은 어떻게 압니까?" 핑클스타인이 매부리코 위로 안경을 밀어 올렸다. 말하는 소리가 짖어대

듯 나왔다.

"그걸 알 필요가 없죠." 웨스틀랜드는 분개한 눈으로 변호사를 보았다. "그 친구에게는 아내를 죽일 이유가 없어요. 하나도 없다고요."

"무기가 웨블리 권총이라는 건 어떻게 알았답니까?"

"탄도학 전문가들이죠. 총탄이 전시에 쓰인 웨블리 권총에서 나왔음을 증명했어요."

"그리고 권총을 내놓지 못한다는 이유로 당신을 잡았다고요?"

"검사는 발각당하지 않으려고 권총을 숨긴 게 분명하다고 말하더군요."

핑클스타인은 고개를 내저었다. "기소 측에 또 뭐가 있습니까?"

"많아요. 가장 나쁜 건 열쇠일 거예요. 조앤과 함께 살 때 우리는 아파트 문에 특수한 잠금장치를 끼웠어요. 누르면 잠기는 잠금장치가 아니라 열쇠로 돌려야 하는 종류로요. 열쇠는 두 개밖에 만들지 않았지요. 나에게 하나, 조앤에게 하나. 별거하면서 난 열쇠를 돌려주지 않았고요."

핑클스타인이 물었다. "그래서 문을 부숴야 했습니까? 특수 자물쇠로 잠겨 있어서?"

"맞아요. 내가 열쇠를 하나 가지고 있었고 조앤의 열쇠는 시신 옆 테이블에 다른 열쇠들과 같이 놓여 있었어요. 문이 바깥에서 잠겨 있었으니 내 열쇠로 잠근 게 분명했지요. 조앤이 총에 맞은 후에 말이에요."

변호사의 이가 번득였다. "그거야 쉽지요. 누군가가 복제품을 만든 겁니다."

"아뇨." 웨스틀랜드는 고개를 저었다. "그게 수수께끼예요. 복제 열쇠는 없었어요. 하녀인 준이 복제 열쇠를 하나 만들어달라고 일 년이나 졸랐는데 조앤이 만들어주지 않았어요. 조앤은 아파트 안 금고에 보석과 채권을 보관했거든요. 복제 열쇠가 떠돌아다니게 두지 않겠다고 했어요. 밤에 안심하고 잘 수 있었으면 좋겠다면서요. 조앤은 살인 사건이 일어나기 한 달쯤 전에 겨우 열쇠에 대해 이야기했어요. 채권과 보석이 걱정되니 내가 열쇠를 복제했는지 알고 싶다고 하더군요. 내가 복제 열쇠를 만들었다면 자물쇠를 바꾸겠다면서요. 만들지 않았다고 대답했지요."

바깥에 파란 가로등 불빛이 나타났다. 이 방에 난 길쭉한 창문 두 개에는 회색 얼룩이 줄무늬를 만들고 있었다. 오른쪽 창문 위에는 거미집이 걸려 불빛의 끄트머리가 일그러지고 거무스름했다.

"당신 열쇠는 어떻습니까? 누가 훔쳐가서 복제했을 가능성은 없나요?"

핑클스타인의 질문에 웨스틀랜드는 고개를 저었다. "어림없어요. 다른 열쇠 세 개와 함께 가죽 케이스 안에 보관하는데 보이지 않는 곳에 두는 법이 없거든요."

"살인 사건 이후에도 열쇠를 가지고 계셨습니까?"

"그래요, 있었어요."

"그렇다면 부인의 아파트는…… 다른 문이나, 창문이 있지 않습니까……?"

"문은 하나뿐이에요. 부엌에 작은 짐 배달용 문이 있기는 하지만 남자가 통과할 만큼 크지 않아요. 우리가 직접 측정했으니까 알지요. 창문은 지상에서 이십삼 층 높이에 있어요."

"밧줄을 타고 아파트까지 내려왔을 수도 있지 않습니까?"

"창문은 모두 안에서 잠겨 있었어요."

"설마요!" 핑클스타인은 손끝으로 콧잔등을 문지르며 안경을 제자리에서 밀었다. "이건 꼭 그…… 이름이 뭐더라……. 밴 다이크? 그 양반이 쓴 추리소설 같군요. 총상으로 죽은 여인이 있고, 총은 사라졌고, 열쇠의 소재는 모두 확인이 됐고, 문과 창문은 안에서 잠겼고, 달리 나갈 방법도 없고……." 핑클스타인이 손가락으로 코를 문지르는 통에 코뼈를 따라 하얀 선이 생겼다.

웨스틀랜드가 말했다. "가끔은 내가 한 짓이 틀림없다는 생각마저 들어요." 그는 셔츠 앞주머니에서 담배를 한 대 꺼내어 부엌 성냥으로 불을 붙였다. 그리고 성냥을 먼지투성이 놋쇠 타구 안에 버렸다.

"계속하시죠. 또 당신에게 불리한 증거가 뭡니까?"

"조앤이 살해당하기 직전에 내가 그 사람 아파트에 있었다는 건 알죠?"

"신문에서 읽기는 했지만 직접 말씀해주시는 편이 좋습니다. 제가 아무것도 모른다고 생각하세요."

"내가 거기 간 이유가 좀 웃겨요."

"웃기다고요?"

"이상하다는 거죠." 웨스틀랜드는 다리를 꼬고 두 손을 깍지 껴서 왼쪽 무릎을 꽉 잡았다. "아내와 내가 별거하고 있었다고 했지요. 난 이혼해달라고 설득하고 있었지만, 재산 처리에 합의하지 못했어요. 우리 사이가 그렇게 나빴던 건 아닌데 난 에밀리 루 마틴이라는 아가씨와 결혼할 수 있게 얼른 자유의 몸이 되고 싶어 안달이었지요. 결혼식도 다 준비했고, 나만 자유의 몸이 되면 끝이었죠."

"그렇군요. 그런데 어쩌다가 찾아간 겁니까?"

"살인 사건이 일어난 날 밤에, 에밀리 루가…… 어쨌든 나는 에밀리 루라고 생각했던 누군가가 전화를 해서 아내가 그날 오후에 찾아와 나에게서 떨어지라고 경고했다는 말을 했어요. 아내가 자기를 '교활한 잡년'이라고 불렀다더군요. 에밀리 루가 워낙 속상해하기에 조앤에게 가서 결판을 짓기로 했어요."

"그게 몇 시였습니까?"

"11시 30분쯤이었어요. 에밀리 루가 전화했을 때 침대에서 책을 읽고 있었지요."

"그래서 그 밤에 아내의 아파트에 간 겁니까?"

웨스틀랜드는 담배꽁초를 테이블에 비벼 *끄고* 타구에 떨구더니 자동으로 담배를 또 한 대 피워 물었다.

"가는 데 이십오 분쯤 걸렸어요. 엘리베이터를 타고 조앤의 아파트로 올라가 둘이 무섭게 싸웠지요. 조앤이 에밀리 루에게 아무 말도 하지 않았다고 부인하기에 조앤을 거짓말쟁이라고 불렀어요. 너무 흥분해서 바보짓을 했어요."

"엘리베이터 안내원이 당신 목소리를 들었군요?"

"그래요." 웨스틀랜드가 눈을 휘둥그레 떴다. "어떻게 알았어요?"

"그 친구들은 언제나 그러니까요. 계속하시죠."

"난 사십 분쯤 그곳에 있다가 진정하고 사과했어요. 나중에 일어난 일을 생각하면, 그때 사과하지 않았다면 죽고 싶었을 것 같네요……. 어쨌든 우호적인 분위기에서 헤어졌어요. 내가 엘리베이터를 움직여서……."

핑클스타인이 말을 가로막았다. "직접 엘리베이터를 움직였다고요?"

"자정에 엘리베이터 안내원이 일을 끝낸 후에는 엘리베이터가 자동으로 움직이거든요." 웨스틀랜드는 설명하고 말을 이었다. "난 엘리베이터를 타고 로비에 내려온 다음에 집으로 갔어요."

핑클스타인이 실크 손수건으로 두 손을 닦았다. "집에 가는 길에 당신을 본 사람이 있습니까?"

"아무도 없어요."

"집에 간 시각은 몇 시죠?"

"1시가 다 됐을 겁니다."

"시신이 발견된 건 다음날 아침 10시고요?"

"맞아요. 재판에서 검시관이……."

핑클스타인이 손을 들어올리자 손가락에 낀 반지의 다이아몬드가 번쩍였다. "압니다, 알아요. 검시관은 딱 아홉 시간 전에 죽은 시신이라고 증언했지요. 그 친구들은 마법사라니까요." 그는 거칠게 안경을 밀어 올렸다. "보통 전문가들은 사람이 죽었는지 아닌지도 모르는 경우가 다반사인데 검시관들은 언제 죽었는지도 정확히 말해줄 수 있다니 말입니다."

"조앤이 죽었다는 점에는 의심할 여지가 없었어요."

변호사가 다시 물었다. "불리한 증거는 그게 전부입니까?"

"아니요. 경찰은 조앤의 핸드백에서 내가 보낸 편지를 찾아냈어요. 그 편지에서 난 '이혼해주지 않으면, 내 쪽에서 당신을 치워버리겠어'라고 했지요. 내가 하려던 말의 뜻은 순순히 이혼해주지 않으면 내 쪽에서 이혼을 강행하겠다는 뜻이었지만 검사가 배심원들에게 읽어줬을 때는 상당히 나쁘게 들렸어요."

핑클스타인이 신음했다. "그랬겠군요."

"그리고 조앤의 유언장을 찾아냈는데 모든 돈을 나에게 남기는 내용이었지요."

"어이쿠!"

웨스틀랜드는 미안하다는 듯이 말했다. "별거한 후에 유언장을 바꾸지 않은 모양이에요."

"얼마나 남겼습니까?"

"많지 않아요. 삼만 달러밖에 안 됩니다."

핑클스타인은 다시 한번 손의 먼지를 털었다. "삼만 달러면 하루에 삼 달러 버는 배심원에게는 백만 달러 같은 돈이죠." 그는 손수건을 외투 주머니에 밀어넣고 수첩에 또 무엇인가를 썼다. "그게 답니까?"

"에밀리 루에게 온 전화가 있었지요. 경찰에게 그 이야기를 했더니 에밀리 루는 그날 저녁에 나에게 전화를 하지도 않았다는 사실을 알아냈어요."

"전화를 하지도 않았다!" 변호사는 머리통 양옆을 손으로 눌렀다. "이거야 원, 이 사건을 듣다 보니 바보가 된 기분이군요."

"변호사님이 어리둥절하다면 내 기분은 어땠겠어요. 검사가 에밀리 루와 함께 사는 숙부와 숙모를 증언대에 세우자 두 사람은 에밀리 루가 저녁 내내 전화를 쓰지 않았다고 증언했어요. 그 집에 전화기라고는 거실 옆에 하나뿐이니 전화를 쓰면 소리가 들린다고요."

"그분이 나가서 전화하셨을 수도 있지 않나요?"

"아니, 밤새 집에 있었어요. 두 사람이 카드놀이를 하면서 라디오를 들었는데 에밀리 루도 같이 있었다고 증언했어요." 웨스틀랜드는 변호사의 찡그린 얼굴을 보고 미소 지었다. 몇 달 만에 처음으로 짓는 미소였다. "하지만 그보다 더 이상한 점이 있어요. 재판중에 갑자기 그 전화 속의 에밀리 루가 이야기할 때 이상한 표현을 썼던 기억이 떠올랐어요. 당시에는 흥분해서 그렇겠거니 했는데, 나중에 생각해보니 애초에 에밀리 루가 그렇게 말할 리 없더군요. 이제는 목소리도 조금 이상했다는 생각이 들어요."

"그래서 증언대에서 그렇게 말했겠군요?"

"물론이지요."

핑클스타인은 다시 신음했다. "덕분에 검사는 당신이 여자친구가 거짓말을 해주기를 바랐다가 그렇게 되지 않자 할 수 없이 말을 바꿨다고 주장할 기회를 얻었겠군요." 핑클스타인은 서글프게 고개를 저었다. "다른 변호사들에 대해서는 함부로 말하지 않는 편입니다만 굳이 말한다면 당신 변호사는 형편없었다고밖에 못 하겠군요." 핑클스타인은 다시 수첩에 끄적거리고 말했다. "다 됐습니까?"

"그럴걸요……." 웨스트랜드는 얼굴을 찌푸렸다. "아니, 한 가지 더 있네요. 아래층 아파트에 사는 남자가 잠자리에 들기 전에 아내와 함께 차를 마시다가 총성 같은 소리를 들었다고 증언했어요. 두 사람 다 그게 12시 20분경이었다고 말했고요. 셔틀 부부라고 합니다."

"당신은 12시부터 1시쯤까지 그 아파트에 아내와 같이 있었다는 사실을 인정했고요?"

"물론이지요. 내가 왜 거짓말을 하겠습니까?"

"당신이 검사 측 증인 중에 최고였을 겁니다." 핑클스타인은 안경을 밀어 올렸다. "나 같은 매부리코는 안경이 흘러내리지 않게 막을 방법이 없죠. 안 그렇습니까?" 핑클스타인은 테이블 위에 팔꿈치를 대고 웨스틀랜드를 응시했다. "당신을 없애고 싶어 할 사람은 누가 있지요?"

"내가 아는 한에는…… 없어요."

"당신 돈은 어때요? 누가 받게 됩니까?"

"일부는, 그러니까 3분의 2는 에밀리 루에게 가고 나머지는 사촌인 로런스 휘턴에게 갑니다. 에밀리 루에게는 말하지 마요. 그 사람은 모르니까." 웨스틀랜드는 담뱃불을 붙였다. "그리고 만 달러는 하인인 시먼스에게 가지요."

"재산이 얼마나 됩니까?"

"지금은 삼십오만 달러쯤 될 겁니다. 이 사건을 변호하느라 십만 달러쯤 썼거든요." 웨스틀랜드는 이마를 문질렀다. "물론 이건 개인 자산과 부동산 일부는 포함시키지 않은 금액입니다."

핑클스타인의 손가락은 오른쪽 눈이 감길 정도로 뺨을 밀어 올렸다. "동업자 중에 누가 당신을 방해물로 여길 만한 이유는?"

"없어요. 오히려 제가 빠지면 사업에 해가 될지도 모릅니다." 웨스틀랜드는 코로 담배 연기를 내뿜었다. "사실은 지난 오 년 동안에도 안 좋았지만 말이지요. 나에게 개인적인 소득이 없었더라면 정말 힘들었을 겁니다. 쉬엄쉬엄 일하기는커녕 뿌리를 박았어야 했을 테고요."

"그렇다면 회사 일을 열심히 하진 않았군요?"

"그래요. 계정은 유지했지만, 반쯤은 은퇴한 상태였어요."

변호사는 갑자기 의자를 뒤로 밀어내고 일어섰다. "당신은 운이 없었거나 누명을 썼습니다. 전 누명을 썼다고 봐요." 그는 엄지손톱으로 이를 두드리더니 웨스틀랜드 쪽으로 몸을 굽히고 말했다. "보세요, 지금 법률적인 조언은 아무 쓸모가 없을 겁니다."

"그렇다면 돕지 못하겠다는……."

"물론 돕겠습니다. 웨스틀랜드 씨는 제게 확신을 줬어요. 하지만 지금 형 집행 취소를 받아낼 길은 오직 하나뿐입니다. 주지사는 새로운 증거에 대한 이런저런 이야기들을 들으려 하지 않아요." 변호사는 웨스틀랜드에게 한 손가락을 흔들어 보였다. "우리는 진짜 살인범을 잡아야 합니다."

방안은 이제 한결 서늘했다. 교도소장의 방으로 이어지는 문 아래 틈으로 빛이 미끄러졌다.

핑클스타인은 말을 이었다. "나흘밖에 남지 않았으니 서둘러야겠습니다." 그는 초조하게 잰걸음으로 바닥을 거닐었다. "뉴욕에 있는, 미국에서 제일 영리한 탐정을 부르겠습니다. 그리고 아침에는 웨스틀랜드 씨의 제안대로 여기에서 사건에 관련된 모두와 만나도록 하지요. 동업자분들과……." 그는 아직 책상 위에 놓여 있던 수첩을 확인했다. "에밀리 루 마틴 양."

웨스틀랜드는 반대했다. "그 사람을 뭐하러 부릅니까?"

핑클스타인은 손을 들어올렸다. "제가 만나보고 싶습니다. 게다가 그분도 도움이 될 수 있어요. 편지를 쓴 M.G.라는 사람에게 보낼 수도 있겠지요. 남자를 찾으려면 언제나 남자보다 여자가 더 쉽게 만날 수 있는 법입니다. 미인이라면 더욱 그렇고요."

"그야 미인이지만……."

"한 가지 더 있습니다. 제가 바깥 상황의 지휘관이 되기는 할 테지만 모든 조사 내용을 직접 들으시는 편이 좋겠습니다." 한 가지 생각이 변호사의 얼굴에 그늘을 드리웠다. "유일한 문제는 교도소장이겠지요."

"그쪽은 내가 해결하지요."

"좋습니다. 좋아요. 그렇다면 아침 일찍 뵙지요. 다른 사람들을 데려오겠습니다." 핑클스타인은 수첩을 집어 들고 교도소장의 사무실로 통하는 문을 열었다. 벅홀츠 교도소장은 회전의자에 몸을 끼워 넣고 잠들어 있는 것 같았다. 얼굴에는 평화로운 주름이 졌고 금색 떡갈나무 책상 가장자리에 놓인 시가에서 연기가 피어올랐다. 핑클스타인은 문가에 멈춰 서서 웨스틀랜드를 돌아보았다. 민망해하는 기색이었다. "당연히 저는…… 이 일에 대해 어느 정도…… 보수를 기대합니다만……." 핑클스타인의 목소리가 잦아들었다.

"물론입니다. 금액을 말해주세요."

안경 뒤에서 핑클스타인의 눈이 번쩍였다. 그는 두 손을 비비며 말했다. "제가 어떻게 할지 말해드리지요. 저는 언제나 도박꾼이었습니다. 우리가 당신을 풀어주는 데 성공한다면 오만 달러를 받고 성공하지 못한다면 경비만 받겠습니다." 그는 문을 열어둔 채 교도소장을 깨우러 가면서 말했다. "공정하지 않습니까? 오만 달러 아니면 공짜라니……."

"……경비는 제외하고 말이지요." 로버트 웨스틀랜드는 미소 지으며 말했다. 그는 일어서서 두 손으로 바지 뒤를 털었다. 두통이 훨씬 덜해졌다.

003

월요일 아침

교도소에서는 사람을 일찍 깨운다. 불합리한 일이었다. 정오까지 자게 내버려두면 시간이 훨씬 빨리 흐를 텐데, 오전 6시면 전자종이 울린다. 십오 분 후면 아침 식사가 준비된다는 뜻이다. 하지만 오늘만큼은 로버트 웨스틀랜드도 이 종소리가 반가웠다. 아침 식사 때문이 아니라 하루를 더 길게 쓸 수 있어서 기뻤다.

찬물에 씻은 다음, 바지를 입고 셔츠에 팔을 꿰고 담배에 불을 붙였다. 목을 태우는 담배 연기가 따뜻하고 향긋했다. 손이 차가웠다. 그는 두 손을 바지 주머니에 넣었다. 교도소 안에서도 사형수용 독방이 있는 구역은 무덤 속처럼 축축했고 복도에는 언제나 이상하게 눅눅한 바람이 불었다. 그는 에밀리 루가 보낸 과일바구니를 들고 감방 앞까지 가서 이저도어 바레차를 들여다보았다.

그는 바구니를 내밀며 말했다. "어이, 과일 좀 먹을래요?"

바레차는 침대 위에 책상다리를 하고 앉아 있었다. 목에 남은 부어오른 자국은 검푸른색이었다. 그는 작은 눈을 의심스럽게 빛냈다.

"뭔 문제라도 있어요?"

"전혀요. 그저 과일이 너무 많아서 그래요."

바레차는 그 이유를 잠시 생각해보더니 수긍이 갔는지 감방 앞으로 나왔다. "고마워요." 손에 두껍게 앉은 때와 검댕 아래 피부가 심하게 튼 손으로 갈색 서양배를 하나 집었다. "더 먹어요." 웨스틀랜드는 부추기면서 작은 사내에게 벨벳같이 매끄러운 온실 포도 한 송이를 내밀었다. "고맙습니다." 바레차는 한 번 더 말하고 경탄이 담긴 눈으로 포도를 바라보았다.

반대쪽에서는 코너스가 두 사람을 지켜보고 있었다. 그는 서양배 하나와 귤 하나를 골랐다. "신세 많군." 이른 아침의 흐릿한 빛을 받은 코너스의 얼굴은 마치 인디애나 석회암을 파내어 만든 얼굴 같았다. "이거면 커피도 더 맛있어지겠어."

로버트 웨스틀랜드는 복숭아를 하나 꺼내고 바구니를 내려놓았다. 새콤달콤한 과즙에 이가 깨끗해지는 느낌마저 들었다. 그는 복숭아를 베어 물면서 말했다. "금방 아침 식사가 오겠지요."

"그래, 그 젠체하는 간수도 오겠지." 코너스의 턱 근육은 피아노 선처럼 팽팽했다. "내 언젠가는 그놈을 잡고 말겠어."

"그런 사람에게 신경쓰지 마요." 웨스틀랜드가 말했다.

그들은 한동안 생각에 잠겨서 과일을 먹었다.

"어젯밤에는 어딜 갔었나?"

코너스가 묻자 웨스틀랜드는 편지에 대해, 핑클스타인에 대해, 목숨을 구하겠다는 계획에 대해 말했다.

"조 페트로?" 코너스는 이마에 주름을 잡았다. "누군지 알 것 같아. 그놈은 장물아비야. 식당은 경찰을 속이려고 하는 장사지. 난 귀찮게 그런 데 신경쓴 적이 없지만."

"우린 오늘 오전에 이 M.G.라는 사람을 찾아내려고 해요."

"행운이 따랐으면 좋겠군. 사람이 이렇게 죽어선 안 돼." 코너스는 진지하게 말했다.

몇 분 후에 교도관인 퍼시벌 골트가 아침 식사를 들고 나타났다. 그는 라디오 진행자의 약오를 정도로 쾌활한 말투를 가장해 말했다. "좋은 아침이야, 다들." 골트 교도관의 목젖이 위아래로 움직였다. 길다란 말상 얼굴에 드문드문 턱수염이 자랐다. 그는 웨스틀랜드에게 식사를 건네면서 지저분한 엄지손가락을 오트밀과 우유에 담갔지만, 코너스의 식사는 폭력배의 손이 닿지 않는 거리를 조심스럽게 유지하면서 벽을 따라 발로 밀어넣었다.

"무슨 대회라도 여시는 것 같구먼." 벅홀츠 교도소장이 로버트 웨스틀랜드를 여자 교도관실로 안내하다가 숨을 몰아쉬면서 말했다. 교도소장은 문고리에 손을 올리고 멈칫하더니 뚱뚱한 얼굴에 애교 섞인 표정을 지었다. "날 잊지는 않으시겠지?"

웨스틀랜드는 교도소장의 손 위에 손을 겹치고 문을 당겨 열었다. 방안에 꽤 여러 사람이 있었다. 그는 리처드 볼스턴의 금발머리를 보고 외쳤다. "리처드, 잠시만 이리로 와주겠나?"

볼스턴이 문 쪽으로 걸어왔다. 갈색 해리스 트위드 정장이 넓은 어깨에 잘 맞았고, 가슴 앞주머니에는 아일랜드산 리넨으로 만든 갈색 테두리의 손수건이 자연스럽게 비어져 나왔다. 덩치가 커서 키도 웨스틀랜드보다 머리 반은 크고, 잘생겼다. 나이는 서른다섯 정도였다. 웨스틀랜드가 귓가에 대고 속삭이자 볼스턴은 바지 뒷주머니에서 돼지가죽을 씌운 수표책을 꺼냈다.

벅홀츠 교도소장은 통통한 손을 들어올리고 말했다. "현금으로."

볼스턴의 푸른 눈이 호기심을 담아 웨스틀랜드를 보자 웨스틀랜드가 말했다. "오늘 오후에 보내줘야 할 것 같군."

벅홀츠 교도소장이 허리 굽혀 절을 하는 동작에 두 볼이 턱 아래로 덜렁거렸다. "여러분에 대해서는 걱정하지 않으리다." 소장은 그렇게 말하고 손을 내저어 두 사람을 방안으로 들여보냈다.

십일월 오전의 근엄한 햇빛 속에서 흐릿한 형체들이 방을 꽉 채운 것처럼 보였다. 웨스틀랜드는 문간에서 멈칫하고 눈을 깜박였다. 누군가가 창문을 열었는지 공기가 새롭고 축축하면서 희미하게 생선 냄새가 났다. 미시간 호수에서 바람에 실려 서쪽까지 온 냄새였다.

웨스틀랜드는 다른 사람들을 무시하고 에밀리 루 마틴이 매끈한 다리를 꼬고 걸터앉아 있는 테이블 쪽으로 곧장 걸어갔다. 그녀는 빨간색 울 스포츠 드레스 위에 여름 담비의 꿀색 털을 두른 스왜거코트를 입고 있었다. 갈색 펠트 모자에 달린 노란 깃털이 명랑하게 까딱거렸다. 그녀는 테이블에서 미끄러져 내려오더니 웨스틀랜드에게 달려가서 목을 끌어안고 그의 입술에 키스했다. "당신을 보니 정말 좋아요. 정말 기뻐."

웨스틀랜드는 에밀리 루의 허리에 한 팔을 감고 몸을 돌려 다른 사람들을 마주했다. 창가에 낯선 남자 두 명이 서 있었다. 웨스틀랜드는 묻는 얼굴로 핑클스타인 변호사를 보았다.

"이쪽은 탐정인 윌리엄 크레인. 그리고 조수인 윌리엄스 씨입니다." 핑클스타인은 손으로 입을 가리고 기침을 했다. "오늘 아침에 뉴욕에서 비행기를 타고 왔어요."

웨스틀랜드는 두 사람과 악수를 나눴다. "안녕하십니까." 그렇게 인사한 크레인은 피부가 검게 그을린 젊은 남자로, 볼스턴이 입은 것과 비슷한 갈색 트위드 정장을 입었는데 색이 좀더 밝았고 입은 채로 잤는지 구깃구깃했다. 윌리엄스는 반짝이는 검은 눈과 검은색 콧수염이 눈에 띄는 키가 작고 말쑥한 남자였는데, "만나서 반갑습니다, 웨스틀랜드 씨"라고 인사했다. 오른쪽 관자놀이 위에 하

스왜거코트 Swagger Coat

1930년대에 유행한 여성용 코트.
등 쪽부터 풍성한 플레어가 들어가
허리 곡선이 없는 활동적인 모양.

얗게 새치가 나 있었다.

핑클스타인이 번지르르한 목소리로 말했다. "나쁜 소식이 있습니다, 웨스틀랜드 씨. 이 두 분이 일하는 탐정 사무소의 책임자인 블랙 대령은 영국에서 사라진 셰익스피어 2절판 원고를 찾는 중이라서 우리를 도울 수가 없답니다. 크레인 씨가 같은 사무소의 이인자이기는 합니다만, 저는 블랙 대령을 기대했는데……."

"크레인 씨도 부족함 없는 능력자이시리라 믿습니다."

웨스틀랜드가 말하자 크레인은 익살스럽게 고개를 끄덕여 동의했다.

구석에서 조용한 목소리로 대화를 나누고 있는 두 사람은 웨스틀랜드의 두 번째 동업자인 맵시 있는 차림의 로널드 우드버리와 웨스틀랜드의 사촌인 로런스 훠턴이었다.

웨스틀랜드는 탄성을 질렀다. "이야! 이게 누구야."

훠턴은 몸이 두툼한 중년의 사내였다. 바람과 위스키 때문에 얼굴이 불그레했고, 폴로와 골프를 쳤다. "세상에, 로버트! 대체 이게 다 무슨 일이야?"

우드버리도 입을 열었다. "건강해 보여서 정말 기쁘네, 로버트." 우드버리는 라틴계 미남처럼 생긴 사람이었다. 가무잡잡하고 호리호리하고 세련됐다.

웨스틀랜드는 로런스 훠턴의 말에 대답했다. "나도 잘 모르겠어." 그는 다른 사람들을 둘러보았다. "열쇠를 쥔 사람은 핑클스타인 변호사야."

누군가 문을 쾅쾅 두드렸다. 문 옆에 서 있던 볼스턴이 손잡이를 돌렸다. 문틈으로 벅홀츠 교도소장의 자줏빛 얼굴이 나타나더니 쾌활하게 말했다. "두 명 더요."

젊은 여자와 머리가 희끗희끗한 남자가 교도소장 옆을 지나쳐서 방안으로 들어왔다. 여자는 날씬하고 키가 마틴 양보다도 훨씬 컸으며 머리색이 검었다. 남아메리카에서 볼 법한 이국적인 미인이었다. 피부는 하얗고 아름다웠고, 파란 마스카라를 칠한 눈은 관능적이었다. 새빨간 입술은 열정과 경멸을 예고했다. 웨스틀랜드의 예전 비서로, 이름은 마고 브렌티노라고 했고 아버지는 나폴리 은행 시카고 지점의 부지점장이었다.

남자는 웨스틀랜드의 중개 사무소에서 일하는 수석 직원이었다. 허리가 굽은 내성적인 노인으로 사람들이 이름을 잘 기억하지 못했는데 에이머스 스프라이그라고 했다.

웨스틀랜드는 두 사람과 악수를 나누고 탐정들을 소개했다. 마틴 양은 브렌티노 양에게 냉담하게 목례를 했다.

핑클스타인이 교도소장실로 통하는 문을 쾅 닫았다. "이제 다 왔군요. 자, 부디 앉아주시겠습니까……."

크레인은 의자에 앉는 브렌티노 양을 도왔다. 그녀는 카런의 스위트피 향수를 썼다. 크레인은 윌리엄스와 함께 열린 창틀에 걸터앉았다.

핑클스타인이 말했다. "모두 여기까지 오시게 해서 이상하시겠지만, 웨스틀랜드 씨와 저에게는 여러분의 도움이 필요합니다."

윌리엄스만 빼고 모두가 웨스틀랜드를 쳐다보았다. 그는 마틴 양과 함께 테이블에 앉아 있었다. 윌리엄스의 빛나는 눈은 마틴 양의 고혹적인 둥근 무릎에 고정되어 있었다.

핑클스타인이 계속해서 말했다. "웨스틀랜드 씨는 무죄를 증명할 수 있다고 믿을 만한 편지를 한 통 받았습니다. 모두 읽어보셨으면 좋겠군요."

그가 편지를 꺼내어 우드버리에게 넘기자 우드버리는 마틴 양에게 건넸다. 편지를 읽은 마틴 양은 기쁨에 몸을 떨었다. "세상에, 자기. 이제 교도소에서 자기를 풀어줘야겠군요." 그녀는 웨스틀랜드의 팔을 꽉 잡았다.

"M.G.를 먼저 찾아야 할 거요." 웨스틀랜드가 말했다.

볼스턴이 에밀리 루 마틴에게 편지를 건네받았다. 볼스턴이 편지를 읽는 동안 휘턴이 어깨 너머로 들여다보았다. 볼스턴은 다 읽고 나서 웨스틀랜드의 손을 움켜잡았다. "이건 굉장한 소식이군. 이 일이 시작된 후 처음으로 생긴 돌파구잖아." 볼스턴의 머리는 톱밥 색깔이었다.

이어서 휘턴의 목소리가 창문을 뒤흔들었다. "그러게 말이야, 리처드! 난 한 번도 유죄라고 생각하지 않았어." 그는 다른 사람들의 놀란 시선을 의식하더니 다시 말했다. "제장할, 그 모든 증거로도 날 설득하진 못했다고." 휘턴은 핑클스타인에게 손가락 하나를 흔들며 말했다. "저 녀석처럼 말을 타는 남자는 자기 아내를 죽이지 않는 법이지요."

다른 사람들 사이를 돌던 편지는 마침내 늙은 스프라이그의 손을 거쳐 핑클스타인에게 돌아갔다. 웨스틀랜드는 와자지껄한 축하의 말 속에서도 조용했다. 소란이 잦아들자 핑클스타인이 편지를 허공에 흔들면서 말했다.

"진정하세요. 우리에겐 할 일이 있습니다."

브렌티노 양이 가느다란 손가락을 아랫입술에 대고 눌렀다. 손톱에 바른 빨간 매니큐어색이 새빨간 입술색보다 옅었다. "편지에 나오는 남자라면 제가 알 것 같아요. 홀스테드 스트리트에서 이탈리아 레스토랑을 운영하죠. 금주법이 폐지되기 전에는 알 카포네의 친구였고요." 브렌티노 양의 매력적인 입꼬리가 아래로 구부러졌다. "좋은 사람은 아니에요."

"좋든 나쁘든 우리는 그 남자를 만나야 합니다. 하지만 방법을 결정하기 전에 왜 여러분 모두가 여기에 오셨는지 말씀드리고 싶군요." 핑클스타인은 로런스 휘턴 쪽을 보면서 말을 이었다. "저는 웨스틀랜드 씨에게 풀려날 가능성이 있다고 봅니다. 물론 천분의 일 정도지만 가능성이 있고, 여러분 모두 웨스틀랜드 씨를 돕고 싶어하리라 믿습니다."

변호사의 시선을 받고 있던 휘턴이 짜증난다는 듯이 빨간 볼을 부풀렸다가 입김을 내뿜으며 말했다.

"당연하지. 빨리 본론에나 들어가죠."

핑클스타인은 말을 계속했다. "이건 유례없는 사건입니다. 탐정 한 명이 우리에게 남은 한정된 시간 안에 이 사건을 해결하기 힘들어요." 그는 윌리엄 크레인에게 고개를 숙였다. "기분 상할 말은 아니겠지요, 크레인 씨?"

"전혀 아닙니다."

"대신 이 사건을 진행할 다른 방법이 있습니다."

핑클스타인은 내용을 강조하기 위해 잠시 말을 끊었다. "특이하기도 하고 무모하기도 하지만 저는 이 방법을 시도해보려고 합니다. 여러분 모두가 탐정이 되어주십사 부탁드릴 생각입니다."

"우리가?" 휘턴의 거친 목소리에는 의심이 가득했다. "신사들이 셜록 홈스도 아니고 뭘 알겠소?" 휘턴은 충혈된 눈으로 변호사를 노려보았다.

"탐정 한 명으로는 웨스틀랜드 부인 살인 사건의 배경을 캐내는 데에도 며칠은 걸립니다. 탐정이 사건에 제대로 착수할 때쯤 웨스틀랜드 씨는……."

"무덤 속에 있겠지." 웨스틀랜드가 말을 맺었다.

"그러지 마요!" 에밀리 루 마틴이 비난하는 듯한 소리를 질렀다. 그녀는 웨스틀랜드에게 단단히 팔짱을 끼고 매끄러운 뺨을 그의 어깨에 눌렀다.

"그만해, 이 얼간아." 크레인의 사나운 속삭임을 들은 윌리엄스는 마지못해 마틴 양의 무릎에서 시선을 떼어냈다.

금장식 지팡이를 쥔 로널드 우드버리의 손에서 회색 수제 스웨이드 장갑이 달랑거렸다. "핑클스타인 씨 말은 우리가 진짜 살인자를 잡을 수 있을지도 모른다는 건가요?"

"바로 그겁니다." 변호사는 실크 손수건으로 안경알을 닦았다. "여러분 모두 이 범죄의 자세한 내용을 압니다. 여기에 시신을 발견한 분도 계시고." 그는 금발의 볼스턴 쪽을 가리켰다. "우드버리 씨에게는 웨스틀랜드 부인을 살해하는 데 쓰인 것과 같은 종류의 자동 권총이 있지요. 마틴 양은 누가 범죄가 일어난 날 밤에 웨스틀랜드 씨에게 전화를 걸어서 당신인 척했는지 알아내는 일을 도울 수 있습니다."

핑클스타인은 등뒤로 뒷짐을 지고 작은 방안을 왔다갔다했다.

"하지만 무엇보다도 여러분 중 누군가는 부인의 살해 동기가 무엇인지 말해줄 수 있을 겁니다. 부인을 없애기 위해서였을까요? 웨스틀랜드 씨가 부인의 연애 문제에 우연히 말려들었을까요?" 그는 극적으로 문가에 멈춰 섰다. "아니면 웨스틀랜드 부인의 살해 자체가 웨스틀랜드 씨를 없애기 위해 계획한 범죄였을까요?"

핑클스타인은 훌륭한 연기를 선보이고 있었다. 그는 두 손으로 듬성듬성한 머리카락을 헝클어뜨리더니 넋이 빠진 관객들을 향해 손가락을 흔들었다.

"만약 웨스틀랜드 씨를 치우는 게 목적이었다면 왜 살인자는 그냥 웨스틀랜드 씨를 죽이지 않았을까요?" 그는 여호와 아니면 열두 명의 시민 배심원들에게 호소하듯이 두 손을 높이 들어올렸다. "여러분 중 누군가는 그 질문에 대한 답을 갖고 있습니다."

삼십 초간 침묵이 흐른 뒤 우드버리가 물었다. "우리 중의 누군가가…… 범인이라고 생각한다는 겁니까?"

"아니, 아니! 그런 게 아닙니다." 변호사는 손바닥을 내밀어 질문을 막았다. "여러분은 친구이자 고용인으로 웨스틀랜드 씨와 제일 가까운 사람들이니 살인자가 웨스틀랜드 씨를 모함하려고 했다면(저는 그렇게 생각합니다) 여러분이 그 이유에 대한 단서를 알고 계실 거라는 뜻입니다." 핑클스타인은 웨스틀랜드 앞에서 걸음을 멈췄다. "알지도 못하는 사람이 이분에게 누명을 씌우려고 이분의 아내를 살해하는 수고를 감수하지야 않았겠지요. 안 그렇습니까?"

우드버리가 윤기 흐르는 검은 머리를 흔들었다. "웨스틀랜드 부인이 로버트를 없애기 위해 살해당했다는 당신의 대전제를 받아들인다면 그렇지요."

에밀리 루 마틴의 늘씬한 몸이 테이블 위에서 흔들거렸다. 그녀는 아쿠아마린색 눈동자를 크게 뜨고 말했다. "우리가 뭘 하면 되나요?" 그녀는 다리를 꼬고 빨간 스커트를 무릎 아래로 내렸다.

크레인이 윌리엄스 쪽으로 경고의 눈빛을 던졌다.

"웨스틀랜드 씨를 유죄로 몰고 간 증거를 검토해봅시다." 핑클스타인이 수첩을 꺼내고 말을 이었다.

"조사해야 할 증거가 네 가지 있습니다.

첫째로, 열쇠가 있지요. 열쇠는 두 개밖에 없습니다. 웨스틀랜드 부인의 열쇠는 아파트 안에서 발견되었고 웨스틀랜드 씨의 열쇠는 본인이 가지고 있었습니다. 그런데도 살인 사건이 일어난 후 아파트는 안팎에서 잠겨 있었지요. 우리는 살인자가 어떻게 들어가고 나왔는지 알아내야 합니다.

둘째로, 웨스틀랜드 씨의 권총이 어떻게 되었고 누가 그 권총을 훔쳐서 웨스틀랜드 부인을 쏠 수 있었는지 알아내야 합니다. 그것만 알아내면 단서가 주어질 거예요.

셋째로, 우리는 마틴 양이라고 주장하면서 걸려온 전화를 조사해야 합니다. 웨스틀랜드 씨를 속일 만큼 마틴 양의 목소리를 잘 흉내냈다면 분명히 마틴 양을 잘 아는 사람일 겁니다.

마지막으로, 총성이 있습니다. 아래층 아파트에 사는 사람이 그날 밤 12시 20분에 총성을 들었다고 했는데 웨스틀랜드 씨는 그 시각에 부인과 함께 아파트에 있었다고 인정하고 있어요. 어떻게 된 일인지 조사해야 합니다."

리처드 볼스턴이 갈색 트위드 코트 아래로 넓은 어깨를 폈다. "점점 재미있어지는군. 왜 오래전에 이런 추적을 하지 않은 걸까?"

"내 잘못이야, 리처드. 어제까지만 해도 그냥 누워서 상황을 받아들이고 있었거든."

웨스틀랜드가 말한 다음 휘턴이 외쳤다. "세상에! 빠뜨린 사람이 있소, 변호사 양반."

"누구 말입니까?"

"웨스틀랜드의 하인, 시먼스요." 애써 말하느라 휘턴의 얼굴이 시뻘게졌다. "그 친구가 권총에 대해 뭔가 이야기해줄 수 있을 거요." 휘턴은 의자에 앉은 채 큰 덩치를 앞뒤로 흔들어서 윌리엄 크레인 쪽으로 몸을 돌렸다. "아마추어치고는 나쁘지 않지요?"

"시먼스를 찾아보겠습니다. 생각해내서 다행이군요." 핑클스타인의 말에 마틴 양이 물었다. "그럼 이제 우린 뭘 하면 되나요?" 핑클스타인이 답했다. "우선 편지에 적힌 M.G.를 찾아야 합니다. 이 조사로 진짜 범인을 불안하게 만들기 전에 M.G.를 확보하는 편이 좋겠지요."

리처드 볼스턴이 일어섰다. 떡 벌어진 어깨와 가는 허리가 프로 권투 선수 같은 체형이었다. "내가 기꺼이 그 사람을 찾아보겠습니다. 나라면 그자를 잡을 수 있어요."

핑클스타인이 손을 들었다. "제게 더 좋은 생각이 있습니다. 저는 M.G.가 일종의 범죄자, 아마도 밤도둑이라고 생각합니다. 남자가 이 사람과 접촉하기는 쉽지 않을 거예요. 하지만……." 핑클스타인은 마틴 양을 향해 히죽 웃었다. "매력적인 여인이 M.G.에 대해 묻는다면 분명히 찾아낼 수 있을 겁니다."

그러자 웨스틀랜드가 말했다. "이 사람이 그런 동네를 배회하게 할 순 없어요. 결단코 안 됩니다."

에밀리 루는 입술을 뿌루퉁하게 내밀었다.

"제가 찾아보고 싶네요." 브렌티노 양이 말했다. 목소리는 우아했고 억양은 살짝 외국인 같았다. "전 두렵지 않아요……. 혹시 제가 충분히 예쁘지 않다고 생각하신다면 몰라도요."

"저도 두렵지 않아요." 에밀리 루 마틴이 말했다.

"가만. 두 숙녀분 모두 가시면 어떨까요?" 핑클스타인이 말하더니, 웨스틀랜드가 끼어들기 전에 말을 이었다. "안전하기 그지없을 겁니다. 크레인 씨와 윌리엄스 씨가 호위할 테니까요."

볼스턴이 물었다. "나는 왜 안 됩니까? 우드버리는? 휘턴은?"

"젠장, 그러게."

휘턴이 거들었지만 핑클스타인은 굽히지 않았다. "이 두 분은 훈련받은 탐정입니다. 일단 마틴 양이 M.G.와 접촉을 하고 나면 이 두 분은 그자를 놓치지 않을 거예요. 혹시 그자가 마틴 양과 이야기하기를 거부할 경우 신사분들이 어떻게 그자를 따라가겠습니까?"

우드버리가 말했다. "그 말이 맞네, 볼스턴."

"난 마음에 들지 않아요."

웨스틀랜드의 말에 크레인이 창틀에서 내려왔다. "두 분 다 안전할 겁니다. 우리 둘 중에 한 명은 언제나 숙녀분들과 함께 있을 테니까요."

핑클스타인이 다시 말했다. "이제 주목하세요. 우리는 이렇게 움직일 겁니다." 핑클스타인은 두 손으로 안경을 바로잡았다. "모든 것을 여기에 계신 웨스틀랜드 씨에게 보고하는 겁니다. 교도소장은 우리가 하루에 한 번 웨스틀랜드 씨를 만나게 해줄 겁니다. 웨스틀랜드 씨는 자기 사건을 푸는 탐정이 되는 거죠." 그는 잠시 말을 멈췄다. "물론, 우리는 생각나는 가설을 다 내놓아서 웨스틀랜드 씨를 돕습니다." 그는 실크 손수건으로 두 손을 닦았다. "저는 외부 지휘관이 될 테고 여러분은 제가 배당하는 일을 맡으실 겁니다. 동의하십니까?"

모두가 그렇다고 대답했다.

핑클스타인은 손목에 찬 가느다란 금시계를 살피고 말했다. "점심시간이 다 됐군요. 크레인 씨는 두 숙녀분을 모시고 조 페트로의 가게에서 식사를 해야겠어요. 나머지 사람들은 조사 결과를 기다리지요." 그는 손수건을 접어서 가슴 앞주머니에 밀어넣었다. "물리적으로 무엇인가를 하고 있지 않더라도 사건에 대해 계속 생각해주시면 좋겠습니다."

놀랍게도 늙은 스프라이그 씨가 말했다. "이 문제를 푸는 건 체력이 아니라 두뇌겠지요."

휘턴이 문을 열었다. "나에게 연락하려면 레이크 포리스트로 하면 돼요." 휘턴은 교도소장실로 들어갔다. 소장은 방에 없었다.

에밀리 루 마틴은 다른 사람들보다 늦게까지 남아 있었다. 그녀는 웨스틀랜드에게 키스했다. "다 괜찮아질 거예요." 그녀의 노란 깃털이 웨스틀랜드의 귀를 간질였다. 고개를 숙인 그가 그녀에게 키스하며 말했다. "그랬으면 좋겠군." 두 사람은 손을 잡고 교도소 장실에서 기다리는 윌리엄 크레인에게 걸어갔다.

004

월요일 정오

윌리엄 크레인은 교도소 앞에 있는 형사법원 건물의 넓은 계단에서 세심한 배려를 선보이고 있었다. 그는 모피에 덮인 에밀리 루의 팔꿈치를 잡고 계단을 조심스럽게 딛도록 안내했다. 에밀리 루의 머리색은 진줏빛 햇살 속에서 갈색이라기보다는 빨간색에 가까워 보였다.

"그 페트로라는 사람 가게에 어떻게 갈까요?" 크레인이 물었다.

"택시를 타야죠." 대답하는 에밀리 루의 눈에 눈물이 차오르더니, 코와 뺨 사이의 부드러운 빈 공간을 따라 흘러내리며 은은한 녹색 마스카라 자국을 남겼다. 그녀는 리넨 손수건으로 물기를 찍어내고 윌리엄 크레인에게 쓸쓸한 미소를 보이며 말했다. "용감해지

투어링 카 Touring Car

20세기 초반에는 4인승 이상의 오픈카를 부르던 말.
지붕은 접을 수도 있다.

려고는 하는데 어쩔 수가 없네요. 너무 힘든 일이에요."

크레인이 대답했다. "승산이 별로 없는 싸움이지요. 하지만 가만히 앉아서 기다리기보다는 뭐라도 하는 편이 나아요."

인도까지 내려간 두 사람은 윌리엄스와 브렌티노 양을 찾아 주위를 둘러보았다. 정오를 겨우 몇 분 지난 시각이었지만 지저분한 회색 구름이 뒤덮은 하늘은 칙칙했다. 공기는 싸늘했고 바람 한 점 없었다. 마치 거대한 전기 아이스박스 안에 서 있는 느낌이었다.

마틴 양이 몸을 부르르 떨었다. "무서워요. 끔찍한 일이라도 일어날 것만 같아요."

윌리엄 크레인이 말했다. "추워서 그래요. 점심 식사를 하면 나아질 겁니다."

윌리엄스는 연석 옆에 주차된 황갈색의 대형 컨버터블 투어링 카를 보고 감탄하고 있었다. "롤스로이스 차체를 쓴 영국 벤틀리로군." 윌리엄스는 차로 다가가면서 경외심을 담아 말했다. 그리고 오른손 엄지손가락으로 라디에이터 쪽에 원을 그렸다. "세상에서 제일 빠른 반＃개조 경주차야. 지난달에 롱아일랜드에서 이런 차를 한 대 봤지. 내 낡은 쉐보레와 바꿀 뻔했어."

"저건 볼스턴 씨의 차예요. 볼스턴 씨는 어디 있을까요?" 에밀리 루가 말했다.

윌리엄스가 답했다. "그 양반은 보이지 않지만 우드버리는 저쪽에 있군요. 검은 머리 여자분과 이야기를 하고 있어요."

우드버리와 브렌티노 양은 소곤거리는 것처럼 머리를 맞대고 있다가 다른 사람들이 다가가자 얼른 떨어졌다.

에밀리 루가 말했다. "음모라도 꾸미는 사람들 같네요."

우드버리는 크레인을 보고 말했다. "사무실 일입니다. 웨스틀랜드 씨가 저렇게 된 후부터 브렌티노 양이 내 비서 노릇을 해줘서……."

"방해해서 죄송하지만 저희는 그 편지 문제에 착수해야 합니다."

우드버리는 크레인의 말에 동의했다. "그래야지요. 나도 같이 가면 어떨까요? 식당까지 태워드릴 수도 있고, 남자 셋이 둘보다 더 안전하지 않습니까."

"그럴 것 같지는 않군요. 남자가 더 많아지면 페트로가 더 의심할 겁니다. 그래서 이 숙녀분들을 모시고 가는 거죠." 크레인은 브렌티노 양의 촉촉한 까만 눈을 들여다보고 말했다. "더할 나위 없이 안전하실 겁니다."

"난 무섭지 않아요."

윌리엄스가 "어이!" 하고 외치자 노란 택시 한 대가 방향을 틀더니 시멘트에 고무가 긁히는 소리를 내며 연석 옆에 멈춰 섰다. 윌리엄스가 야단스러운 몸짓으로 택시 문을 열었다. 네 사람은 택시에 올랐다. 윌리엄 크레인이 두 여자 사이에 앉고 윌리엄스는 금속제 접이의자에 앉았다.

"901 사우스 홀스테드 스트리트요." 크레인이 택시 기사에게 말했다.

택시가 출발하자 우드버리가 외쳤다. "행운을 빕니다."

브렌티노 양이 뒷유리 너머로 우드버리에게 손을 흔들었다.

목적지까지는 오 분밖에 걸리지 않았다. 크레인은 택시 기사에게 오십 센트를 던지고 말했다.

"잔돈은 가져요."

조 페트로 레스토랑의 유리창 주위에는 가슴 높이에 초록색과 흰색 차양이 둘러쳐졌다. 안에 있는 마호가니 바 앞에서 맥주를 마시고 있는 이탈리아 남자들의 상반신을 볼 수 있었다. 윌리엄 크레인은 앞문을 열었다. 안쪽 방에 리넨을 씌운 테이블들이 있었다. 크레인은 문을 잡고 다른 사람들을 들여보냈다. 바가 있는 방에서는 버번위스키와 김빠진 맥주 냄새가 강하게 났다.

"뭘 좀 먹을 수 있겠소?" 크레인이 추레한 바텐더에게 물었다.

"왜 안 되겠어요?" 바텐더가 대꾸했다.

안쪽 방으로 들어가자 발밑에서 세로로 긴 마루판이 삐그덕거렸다. 바에 앉은 이탈리아 남자들은 두 여자를 빤히 쳐다보았다. 작은 테이블 하나에서는 결핵 환자 같은 금발 여자와 초록색 페도라를 쓴 가무잡잡한 남자가 열렬히 대화를 나누고 있었다. 크레인은 그 두 사람에게서 최대한 멀리 떨어진 테이블을 골라 앉았다.

윌리엄스가 털 코트를 벗는 에밀리 루를 돕는 사이에, 챙 앞을 내린 중절모를 쓴 웨이터가 주방에서 나오더니 잠시 동안 놀란 눈으로 그들을 바라보다가 여닫이문을 다시 밀고 들어갔다. 윌리엄스가 말했다. "젠장할. 모자를 다시 쓰는 편이 나을지도 모르겠어." 윌리엄스는 마틴 양을 보고 미소 지었다. "그러지 않으면 누가 우리를 쏠지도 몰라요."

"모자를 다시 쓰면 놈들이 우리를 신문기자로 여길걸. 그러느니 총 맞고 말지." 크레인이 말했다.

웨이터가 다시 나타나서 물잔을 네 개 가져왔다. 면도는 하지 않았고 눈은 사시였으며 왼쪽 귓불이 없었다. 아직도 모자를 쓴 채였다. "뭘 드려요?" 웨이터가 물으며 미심쩍은 눈으로 윌리엄스를 보았다.

"버번." 윌리엄스가 대답했다.

"마티니는 어때요?" 윌리엄 크레인은 여자들에게 물었다. 두 사람 다 좋다고 대답했다. "그러면 드라이 마티니 세 잔에 버번 한 잔."

크레인의 말에 웨이터의 얼굴이 차분해졌다. 그는 입을 열고 외쳤다. "올리브 셋에 켄터키 스트레이트 하나." 웨이터는 귀를 기울이는 자세로 딱딱하게 기다렸다. 멀리서 바텐더가 소리를 질렀다. "두말하면 잔소리지. 바로 나갑니다." 웨이터의 표정이 풀어졌다. "식사도 하시려고요?"

이탈리아식의 전채 요리로 시작해 버섯을 넣은 그린 파스타, 엔

다이브 샐러드가 어떠냐는 윌리엄 크레인의 제안을 모두가 받아들였다. 웨이터까지도. 웨이터가 몸을 돌리는데 윌리엄스가 말했다. "저 작자가 모자를 쓰는 건 디어본 요새 학살에서 인디언들에게 머릿가죽이 벗겨져선가."

웨이터는 멈춰 서서 말했다. "뭐라는 겁니까, 거?" 가무잡잡한 얼굴은 퉁명스러웠고, 으르렁거리는 소리와 함께 입술이 비틀렸다.

"아무것도 아니오." 윌리엄스가 서둘러 말하더니 물을 한 모금 마셨다. 웨이터는 여닫이문을 밀고 주방으로 들어갔다.

"내가 말이 너무 많은가 봐."

윌리엄스의 말에 크레인이 대꾸했다. "많은가 봐가 아니라 많아."

술을 마신 후에 먹는 전채 요리는 맛이 괜찮았다. 썰어놓은 단단한 토마토에 얹은 짭짤한 앤초비, 와인 식초에 절인 빨간 피망, 가느다란 볼로냐 소시지, 통통한 흰 새우, 투명할 정도로 얇게 썬 햄, 그리고 코티지 치즈를 채운 셀러리가 들어갔는데 모두 바삭바삭한 이탈리아 빵과 무염 버터, 짚으로 감싼 병에 든 강한 맛의 이탈리아 키안티 와인과 완벽하게 어울렸다.

에밀리 루는 맛있게 먹었다. "이렇게 맛있는 음식은 처음이에요!" 그렇게 외치는 에밀리 루는 헝클어진 붉은 머리와 생기를 띤 푸른 눈이 흥분한 고교생 소녀 같았다. 주근깨까지 있으면 딱이었다. "제가 걸신들린 사람처럼 먹어도 괜찮겠죠, 윌리엄스 씨?" 에밀리 루는 조지아 주 특유의 길게 끌리는 말투로 말했다.

윌리엄스는 넋을 잃은 모양새였다. 툭 튀어나온 음흉한 눈에 흠모의 빛이 드러났다. 그는 입술에 묻은 체리빛 와인 방울을 냅킨으로 닦아내며 말했다. "얼마든지 드시지요, 아가씨."

와인은 고춧가루라도 뿌린 것처럼 자극적이었다. 달지 않고 깔끔했으며, 눈물만 나오지 않다뿐이지 한 모금 마실 때마다 레몬을 빨았을 때처럼 입이 오므라들었다. 크레인은 와인을 홀짝이면서 두 여자를 보았다.

그렇게 눈이 큰 여자들은 본 적이 없었다. 둘 중에서도 브렌티노 양의 눈이 더 놀라웠다. 그녀의 얼굴에는 독특한 눈에서 시선을 분산시킬 요소가 없어서 더 그럴지도 몰랐다. 그녀의 우아한 입술은 새빨갛고 도톰했지만 말을 할 때도 거의 움직이지 않았다. 피부에는 색조 화장을 하지 않았다. 브렌티노 양의 얼굴이 가면 제작자 벤다가 만든 여배우 돌로레스 델 리오의 창백한 가면이나 다름없지만, 음울하게 빛나는 아름다운 눈 때문에 생기를 띤다는 생각이 들었다.

에밀리 루 마틴은 또 달랐다. 그녀의 푸른 눈도 크기는 했지만 생생하게 살아 움직이는 얼굴의 한 부분에 불과했다. 뺨에는 보조개가 패었다가 사라지기를 반복했고 미소를 지으면 입술이 벌어지면서 작고 고른 치아가 드러났다. 코에 주름도 잡았다.

버섯을 넣은 그린 파스타를 다 먹은 윌리엄 크레인은 웨이터에게 사장 있냐고 물었다.

"왜요? 음식에 잘못된 거라도 있수?" 웨이터가 물으면서 테이블에 한 손을 올리고 빵 조각을 짓뭉갰다.

윌리엄스는 의자를 뒤로 밀어내고 일어섰다. "아무래도 이 작자를 죽여버려야겠어." 윌리엄스는 냅킨을 접시 옆에 놓았다. 크레인이 그의 팔을 잡으면서 놀란 웨이터에게 말했다. "페트로 씨를 데려와." 웨이터가 뒷걸음질쳐 가버리자 윌리엄스가 의자에 주저앉았다.

"정말로 죽이려고 했어요?" 흥분한 마틴 양이 물었다.

윌리엄 크레인은 말했다. "권총은 집에 두고 오라고 하지 않았나."

"무심코 주머니에 넣었더라고. 습관이라……." 윌리엄스는 코트를 두드렸다.

덩치 큰 이탈리아인이 테이블 옆에 섰다. 얽은 자국이 있는 얼굴에 눈은 교활해 보였다. 목이 너무 굵어서 셔츠가 맞지 않는 바람에 칼라를 채우지 못하고 빨간색 넥타이 아래로 삼 센티미터 가까이 피부가 드러나 보였다. "내가 조 페트로요." 남자는 보라색 셔츠를 입고 있었다.

"내 이름은 크레인이오." 윌리엄 크레인이 대꾸했다. 그는 다른 사람들을 소개하고 의자를 하나 끌어당겨 페트로에게 앉으라는 뜻을 전했다. 크레인은 음식을 칭찬하고 나서 말했다. "사실은 당신 친구를 하나 찾고 있어."

조 페트로는 우람한 어깨를 으쓱였다. "난 친구가 많은데."

"내가 말하는 친구는 여기 마틴 양의 약혼자에게 편지를 한 통 썼지. M.G.라고 서명을 했어."

이탈리아인의 두툼한 손이 가슴을 두드렸다. 딱 맞는 다이아몬드 반지 주위로 갈색 살이 불거졌다. "아, 그렇지, 그 편지라면 알지. 매니가 썼을 거야."

"매니 누구?"

"매니 그랜트." 움푹 들어간 눈 위로 붉게 부어오른 눈꺼풀이 내려앉았다. "그런데 내가 왜 그놈 이름을 말해줘야 하지?"

"마틴 양이 그 친구와 이야기를 하고 싶으시다는군."

마틴 양은 천진하게 눈을 크게 뜨고 말했다. "절 위해서 그 사람을 찾아주실 수 없나요, 페트로 씨?"

"글쎄올시다……." 페트로는 에밀리 루 마틴의 가슴팍 부근 하얀 살결을 바라보며 말했다. "워낙 찾기 힘든 친구라서 말이오. 지금 댁을 보고 싶어 할지 모르겠군." 페트로는 윌리엄스를 노려보았다. "댁들이 경찰이 아닌지 어떻게 알지?"

"제가 경찰처럼 보이나요?" 마틴 양이 물으며 조 페트로의 보라색 셔츠 소매에 한 손을 올렸다. "절 도와주실 줄 알아요, 페트로 씨. 힘없는 불쌍한 여자를 돕기 위해서라면 번거로움도 무릅쓰실 분이라는 걸 알 수 있어요."

그 말에 레스토랑 주인은 갈빗대를 긁었다. 겨드랑이에 반달 모양으로 땀자국이 나 있었다. 그는 한참 만에 말했다. "내가 어떻게 할지 말씀드리지. 만남을 주선하리다. 카페 몽마르트르 아시나?" 마틴 양은 안다고 대답했다. "오늘밤에 거기로 저녁을 먹으러 가요. 매니도 거기 갈 거요. 저녁을 먹고 나서 매니가 당신을 보고 이야기를 하고 싶어 하면 할 수 있겠지."

마틴 양은 입술을 뾰로통하게 내밀었다. "그보다 더 일찍 볼 수는 없나요?"

"안 돼요. 그게 할 수 있는 최선이오."

윌리엄 크레인이 물었다. "그 친구가 우리를 어떻게 알아보지?"

"어디서든 이 여자분들은 알아볼 거요. 티치아노와 검은 다빈치니까." 조 페트로는 손바닥이 보이게 두 손을 들어올리고, 천장에 그려진 분홍색과 금색의 천사 무리를 가리켰다. "내 영혼은 화가거든. 매니가 알아볼 수 있게 이 두 분의 미모를 설명하리다."

윌리엄스는 코트에 손을 뻗으면서 페트로에게 말했다. "당신네 웨이터는 마음에 들지 않아."

"신경쓰지 마쇼. 시시한 불량배요." 화가 겸 경영자의 대꾸였다.

레스토랑 바깥 길가에서 크레인은 그날 저녁 7시 30분에 마틴 양과 브렌티노 양과 다시 만나기로 계획을 정했다.

축축한 공기가 그늘진 복도를 무자비하게 쓸었다. 다시 저녁때가 되어, 감방들은 부드러운 어스름에 잠겼다. 웨스틀랜드는 이저도어 바레차의 흐느낌은 무시한 채 좁은 침대 안에서 복도에 비치는 빛의 미묘한 변화를 지켜보며 자기 사건에 대해 이런저런 생각들을 떠올렸다. 남아 있는 시간이 화요일, 수요일, 목요일, 금요일뿐이라는 생각이 들자 시간이 부족하다는 사실에 혹독한 초조감이 느껴졌다. 퍼즐을 풀 수는 있겠지만 빨리 풀기는 힘들 것이다. 핑클스타인 변호사가 편지를 쓴 M.G.에게서 얻어낸 증거로 자기 일에 착수했으면 좋으련만. M.G.라는 남자에게 호기심이 일어나는 한편, 살인이 일어난 날 밤에 아파트에서 그자가 무엇을 하고 있었는지 궁금했다. 진범을 보았을지도 궁금했다. 만약 그자가 범인을 보았다면 일이 단순해질 텐데. 그 사람의 증언만으로도 웨스틀랜드의 형 집행은 취소될 테고 그다음에는 진짜 살인자에게 불리한 증거를 쌓아올리기만 하면 될 일이니 말이다.

회색의 저녁 하늘이 비쳐, 복도에 떨어지는 빛은 나무 땐 연기 색깔을 띠었다. 코너스의 감방에서 빠르고 초조한 발소리가 울렸다. 하나, 둘……. 하나, 둘, 셋……. 하나, 둘……. 하나, 둘, 셋……. 폭력배는 직사각형 모양으로 뱅뱅 돌고 있었다. 이저도어 바레차가 발작적인 기침이 섞인 울음소리로 그 일정한 보조를 깨뜨렸다.

진짜 살인자라! 웨스틀랜드의 마음은 그 역할에 누군가를 집어넣기를 거부했다. 분명히 자신이나 아내와 가까운 사람이라는 점은 알고 있었다. 살인자가 아내를 제거하고 싶어 했는데 웨스틀랜드가 우연히 연루되었거나 웨스틀랜드를 없애려고 그녀를 죽였거나 둘 중 하나였다. 그녀의 유산은 그에게 돌아오니 그녀를 죽일 만한 동기는 찾기가 힘들다. 하지만 후자의 경우를 생각하면 주춤할 수밖에 없었다. 그를 치우고 싶었다면 왜 그냥 그를 죽이지 않았을까?

이제 바레차는 시끄럽게 울다가 숨을 헐떡일 때마다 죽어가는 사람처럼 요란한 소리를 냈다.

코너스가 감방 문에 몸을 바싹 갖다 대고 외쳤다. "저주받을 유대인 새끼야, 닥치지 않으면 죽여버린다." 눈빛이 흉흉했다.

바레차의 감방 쪽에 잠시 놀란 듯한 침묵이 내려앉았다가 음침한 울음소리가 다시 돌아왔다.

웨스틀랜드는 사촌인 로런스 휘턴이 음모를 꾸민 살인자라고 상상해보려고 했다. 그리고 이어서 넓은 어깨의 리처드 볼스턴을, 그다음에는 세련된 로널드 우드버리를, 수석 직원인 에이머스 스프라이그를 그 자리에 넣어보았다…….

그들 중에 누가 살인자일까?

불투명한 유리문에는 금박으로 이렇게 씌어 있었다.

웨스틀랜드, 볼스턴 앤드 우드버리 사무소

구성원 : 뉴욕 증권거래소 회원

　　　　뉴욕 장외 거래소 회원

시카고 상공회의소 회원

시카고 장외 거래소 회원

핑클스타인 변호사는 크롬 손잡이를 돌렸다. 건방진 전화교환원
이 껌을 씹다 말고 화장으로 그려놓은 눈썹을 치켜세웠다. 이어폰을
고정시킨 강철 죔쇠 때문에 갈색 단발머리에 골짜기가 패었다.

"볼스턴 씨 계십니까?" 핑클스타인이 물었다.

"볼스턴 씨요?" 교환원은 그런 이름은 처음 들었다는 듯이 반응
했다. "볼스턴 씨?" 그녀는 생각에 잠겨서 껌을 씹었다. "볼스턴 씨
를 만나시기엔 꽤 늦은 시간인데요."

"잘 시간이 지났대도 상관없어요." 핑클스타인은 금장식이 달린
지팡이로 교환원의 검은색 금속 전화교환대 옆에 달린 크롬 레일을
툭툭 쳤다. "계시냐고 물었습니다만."

교환원은 건방진 얼굴을 기계에 매달린 송화구 쪽으로 들고 말
했다. "알아보죠. 성함이?"

"찰스 핑클스타인."

"무슨 일이시고요?"

핑클스타인 변호사는 격분한 싸움닭처럼 난간에 몸을 밀어붙
였다. "볼스턴 씨에게 댁이 물어봤다고 말해주디라. 당신이 알기를
원한다면야 기꺼이 본인이 직접 말해주겠지."

교환원은 스위치를 켜고, 빨간 입술을 검은색 송화구에 대고 움

직이더니 밝게 말했다. "볼스턴 씨께서 만나시겠다네요."

볼스턴은 다른 건물에서 나오는 빛을 정확히 집어내는 프랑스식 창문으로 검소하게 두 벽을 꾸몄다. 커다란 호두나무 책상에 놓인 은제 꽃병에 노란 장미들이 고개를 숙이고 있었다. 핑클스타인의 발은 짙은 녹색 양탄자에 파묻혔다.

볼스턴은 책상 너머로 돌아 나와서 변호사의 손을 잡고 흔들었다. "무슨 일입니까?" 볼스턴의 갈색 트위드 정장에서 토탄 태우는 연기 냄새가 났다.

"크레인이 방금 전화했는데 편지를 쓴 사람과 아직 만나지 못했다는군요." 핑클스타인은 속을 두툼하게 채운 의자 팔걸이에 앉아서 금장식 지팡이에 몸을 기댔다. "그 친구 이름은 매니 그랜트이고, 크레인은 그자가 도둑이라고 생각합니다. 크레인과 숙녀분들은 오늘밤 카페 몽마르트르에서 저녁 식사를 하면서 그자를 만날 거예요. 그자가 보기에 괜찮다 싶으면 그분들 테이블로 건너가기로 했다는군요."

"꼭 접촉했으면 좋겠군요."

"그래야지요! 그자가 쥔 증거가 중요해 보입니다. 하지만 다른 각도에서도 바쁘게 움직이는 편이 좋겠어요." 변호사는 주머니에서 수첩을 꺼내어 엄지손가락으로 페이지를 넘겼다. "우드버리 씨는 어디 계십니까?"

볼스턴은 전화기를 들고 말했다. "우드버리 씨 부탁하네." 전화기에서 딸깍 소리가 나자 볼스턴이 말했다. "로널드, 잠시 와줄 수 있겠나?"

핑클스타인은 우드버리에게도 크레인에게 들은 이야기를 반복했다. 우드버리는 별말 없이 듣기만 했다.

핑클스타인은 다시 말했다. "이 사건은 우리에게 달렸어요. 할 수 있는 일도 많습니다." 그는 수첩을 보았다. "웨스틀랜드 씨에게 불리한 네 가지 중요한 증거를 조사하기로 했죠. 증거물 1번, 2번, 3번은 열쇠, 사라진 권총, 마틴 양이 걸지 않은 전화입니다.

4번은 총성입니다. 아래층 아파트에 사는 셔틀이라는 가족이 들었다지요. 총성이 12시 20분쯤 들렸다고 했는데, 그때 웨스틀랜드 씨는 아내의 아파트 안에 있었다고 인정했습니다. 저는 여기에 뭔가 엉뚱한 구석이 있다고 봅니다. 두 분이 그걸 조사해주셨으면 좋겠군요. 오늘밤에 가서 셔틀 부부와 이야기를 해보실 수 있겠습니까? 그 사람들 시계가 멈춰 있었을 수도 있으니까."

"기꺼이 착수하지요." 볼스턴이 말했다.

핑클스타인은 수첩을 주머니에 넣고 일어서서 경쾌하게 말했다. "그럼 내일 아침에, 교도소에서 뵙지요."

005

월요일 밤

흑인 문지기가 놋쇠 단추를 번쩍이며 택시 문을 닫고 일행을 차양 아래 깔린 붉은 양탄자로 안내했다. 마틴 양과 브렌티노 양은 카페 몽마르트르 안에 들어서면서 두 남자를 떠나 '숙녀용'이라고 적힌 문으로 사라졌다. 멀리서 오케스트라 소리가 울렸다. 물품 보관소를 지키는 여자가 윌리엄스를 보고 미소 지으며 보관증을 내밀었다.

"프랑스에서 온 코러스 걸들 조심하세요."

"그 아가씨들이 날 조심하는 편이 좋을걸, 귀염둥이." 윌리엄스가 대꾸했다.

은색 난간이 달린 간이 다리가 음악이 울리는 위쪽으로 뻗어 올라갔다. 양옆으로 배 옆면을 표현하려고 파란 현창을 그려 넣은 캔

버스 천이 펼쳐져 있었다. 구명부이에는 검은 글씨로 '노르망디'라고 적혔다. 왼쪽 어깨에 자주색 난초를 꽂은 회색 드레스 차림의 키 큰 여성이 다리 맨 아래 단에서 애를 먹고 있었다. 여자는 비틀거리다가 크레인의 품에 쓰러져서 물었다. "제 남편을 보셨나요?" 여자에게서 재스민 향기가 났다.

크레인이 대답했다. "아니요."

"잘됐군요!" 여자는 그의 품에서 벗어나서 '숙녀용'이라고 적힌 문을 향해 휘청휘청 걸어갔다.

"꽤 날리는 곳 같군." 윌리엄스가 말했다.

브렌티노 양이 먼저 나왔다. 둥그런 상아색 어깨가 매끄러운 가슴 위로 깊게 파인 야들야들한 검은색 새틴 재질의 야회복과 대비를 이루었다. 체형이 가늘기는 해도 관능적일 만큼 여성스러운 몸이었다. 턱선이 부드러운 곡선을 그리는 얼굴은 섬세했고, 머리카락은 까마귀 날개처럼 검게 빛났다. 커다란 눈동자는 사람을 조롱하는 듯했다. 윌리엄 크레인은 평생 이렇게 아름다운 여성은 본 적이 없다고 생각했다.

그 뒤에 나온 마틴 양은 붉은 머리색이 돋보이는 부드러운 녹색 야회복을 입은 모습이 정말 예쁘면서도 건강해 보였다. 그녀는 하얀 담비 외투를 걸치고 사각형으로 커팅한 에메랄드 반지를 꼈다.

"예약하셨습니까?" 간이 다리를 다 오르고 나자 통통한 수석 웨이터가 물었다.

"윌리엄스 씨 일행이오." 크레인이 말했다.

"아, 그렇군요. 뉴욕에서 오신 윌리엄스 씨." 웨이터는 알랑거리는 태도로 변했다.

그들은 웨이터를 지나쳐서 북적거리는 테이블 사이로 슬금슬금 움직였다. 오케스트라는 요란하게 꾸며놓은 방 제일 안쪽에 있었다. 타원형 바닥에서 춤을 추고 있는 수많은 커플의 얼굴은 부드러운 간접조명 때문에 반쯤밖에 보이지 않았다. 음악은 야단스럽지 않은 현악이었다.

웨이터 한 명이 잠시 앞을 가로막았다. 오른쪽에 보이는 테이블에서는 손톱을 새빨갛게 칠하고 금발로 염색하고 등이 확 파인 드레스를 입은 여자가 회색 정장을 입은 땅딸막한 남자의 입술에 위스키잔을 갖다 대고 있었다.

여자가 부추겼다. "얼른요, 아빠. 조금만 더 마셔요."

땅딸막한 남자는 위스키잔을 밀어냈다. "자기, 나도 마누라와 내 콩팥 생각을 해야지."

무도장 옆에 놓인 빈 테이블 위에서 은식기와 유리잔이 희미하게 반짝였다. 통통한 수석 웨이터가 재빨리 의자를 당겨 빼고 크레인에게 말했다. "여기로도 괜찮겠습니까, 윌리엄스 씨?"

크레인은 말했다. "윌리엄스 씨는 이쪽이오."

윌리엄스가 수긍했다. "뭐, 서비스만 많이 받는다면야 괜찮지."

웨이터 두 명이 숙녀들이 앉을 의자를 잡고 있는 동안 수석 웨이터는 조수에게 메뉴판 네 개를 받아들었다. 그는 네 사람 앞에 메뉴판을 조심스럽게 놓았다. "칵테일 하시겠습니까?"

윌리엄스는 숙녀들을 위해 석류 시럽을 뺀 바카디 두 잔을 주문하고, 본인을 위해서는 스카치 소다를, 크레인을 위해서는 드라이 마티니를 주문했다. 그리고 대범하게 덧붙였다. "모두 기본 말고 더블 잔으로 줘요."

그들은 프랑스식 전채 요리, 맑은 수프, 바닷가재 테르미도르, 감자 수플레, 그리고 프랑스식 치커리 샐러드를 주문하기로 합의했다. 브렌티노 양과 마틴 양은 둘 다 샹파뉴산이 아니라 부르고뉴산 발포 와인을 마시겠다고 주장했다. 크레인은 얼음 통에 보관한 쇼베네 레드 캡 두 병을 주문했다.

통통한 수석 웨이터는 만족스러운 얼굴로 조수에게 주문 내용을 되풀이하더니 덧붙여 말했다. "윌리엄스 씨, 무엇이든 더 필요하시면 구해드리겠습니다. 경영자인 개빈 씨께서 여러분을 잘 모셔야 한다고 말씀하시더군요."

윌리엄스는 무심하게 손을 흔들었다. "좋아요. 작은 거라도 필요하면 말하리다."

전채 요리를 먹는 동안 크레인은 카페 몽마르트르가 어떤 곳인지 이해하려고 오케스트라를 지켜보았다. 오케스트라가 끔찍하게 따분해하는 모습을 보니 고급 식당이라는 점을 바로 알 수 있었다. 급이 낮은 곳에서는 오케스트라가 열심히 연주하지만, 연주를 즐기는 모습은 보이지 않는다. 그보다 나은 곳에서는 오케스트라가 열심히 연주하고, 연주를 즐긴다. 하지만 진짜 고급 식당에서 오케스트라의 구성원들은 열심히 일하지 않고, 굉장히 따분해하며 때로는 눈을 반쯤 감고 연주하기도 한다. 마치 잠을 자거나 어딘가 다른 곳에 있었으면 좋겠다는 듯한 태도로, 실제로도 그러기를 바랄 터였다.

크레인은 수석 색소폰 주자가 눈을 감는 모습을 보았을 때 여기가 좋은 식당이라는 사실을 알고 음식을 즐길 준비를 갖췄다.

수프를 다 먹었을 때 마틴 양이 크레인에게 어깨를 기댔다. 향수 냄새가 달콤하고 자극적이었다. "정말 흥분되네요. 그랜트 씨가 정말로 우리를 만나줄까요?"

크레인은 모르겠다고 대답했다.

경고도 없이 음악이 멈췄다. 눈부신 불빛이 방안을 밝혔다. 춤을 추던 사람들은 갑작스레 꿈에서 깬 것처럼 눈을 껌벅이며 자기네 테이블을 찾아다녔다. 여자들은 흥분해서 큰 목소리로 친구들을 부르는가 하면 동행한 남자들에게 활기차게 말을 걸었다. 남자들은 각진 어깨로 뻣뻣하게 풀을 먹인 윗옷을 드러내고 탄탄하게 깃을 세운 칼라 위로 턱을 높이 치켜들고 뻣뻣하게 걸었다.

"그랜트가 우리에게 무슨 말을 할지는 모르겠지만 그자의 증언이 필수적이겠지요……." 크레인은 살짝 취했지만, '필수적'이라는 단어는 꽤 또렷하게 발음할 수 있었다. "웨스틀랜드 씨를 꺼내려면 말입니다."

에밀리 루 마틴은 눈을 감았다. "그래야 해요……."

미국식으로 바닷가재 요리와 함께 먹은 치커리 샐러드는 새로 만들어 바스락거리는 지폐처럼 아삭아삭했다. 갓 만든 프랑스식 드레싱에서는 마늘 조각 하나 나오지 않고 설탕 없이도 기적 같은 맛을 냈다. 그들은 발포 와인을 잔뜩 마셨다.

브렌티노 양이 말했다. "이탈리아어는 읽을 수 있는데, 프랑스어는 몰라요." 그녀는 텅 빈 무도장 건너 벽을 보고 있었다. "저 표지판은 무슨 뜻이죠?" 그녀의 낮은 목소리를 듣자 크레인의 등을 따라 전율이 흘렀다.

그 표지판이란 페인트로 공들여 글자를 쓴 '오텔 데 당주' 표시였다. 크레인은 의미를 해석했다. "일당, 또는 시간당 대실 가능합니다."

그는 덧붙여 말했다. "저 호텔은 조금 이상하군요."

"현대식이네요." 브렌티노 양이 말했다. 그녀의 얼굴은 평온했을 뿐 아니라 차갑고 뚱하기까지 했지만 크레인은 그녀의 휘어진 입술에 열정이 깃들어 있다고 느꼈다. 그는 말했다. "당신을 위해서라면야 엄청난 값을 치를 수도 있지요. 정말 그래요."

브렌티노 양의 촉촉한 눈동자가 그를 비웃었다. "그러니까, '시간당 방'을 말씀하시는 건가요?"

그는 진지하게 대답했다. "상관없어요. 당신을 위해서라면 하루 종일이라도 잡겠지만." 그는 와인을 쭉 들이켰다.

"미안해요." 브렌티노 양의 얼굴이 갑자기 무방비하게 풀어졌다. "탐정들을 좋아하기는 하지만 여유 시간은 다 예약이 되어 있네요."

"우드버리인가요?"

그녀는 고개를 끄덕였다.

윌리엄스는 마틴 양에게 샌프란시스코에서 일어난 마약 밀수 사건을 이야기하고 있었다. "그래서 내가 고양이 꼬리를 잡듯이 그 중국 놈의 묶은 머리를 잡았지요. 그리고 해안경비대의 쾌속정을 만에 내보내서 찾아야 할 정도로 멀리 던져버렸어요."

마틴 양은 두 사람이 쳐다보자 외쳤다. "윌리엄스 씨는 정말 흥미진진한 삶을 사셨네요. 캘리포니아에서 어떻게 마약상들을 막았는지 이야기해주셨어요. 네 사람이나 죽여야 했고……."

"아, 그놈들은 셈에 들어가지도 않아요." 윌리엄스는 나비넥타이를 바로잡으며 민망해하는 척했다. "중국 놈들에 불과했으니 말이지요."

그들은 치즈와 구운 워터 크래커까지 다 먹었다. 크레인은 브랜디를 마셨고, 여자들은 쿠앵트로를, 윌리엄스는 스카치 소다를 마셨다.

수석 웨이터가 바로 맞은편에 놓인 작은 테이블에 자그마한 남자와 얼굴에 화장을 지나치게 한 풍만한 금발 여성을 앉히면서 그 사람들에게 목례를 했다. 오케스트라가 낮은 연단에 다시 줄지어 올라갔다. 환한 조명이 실험이라도 하듯 무도장을 비췄다가 꺼졌다.

"이제 플로어 쇼를 보여줄 모양인데." 윌리엄스가 말했다. 드레스 상체에 하얀 깃털을 잔뜩 단 금발 여성이 윌리엄스를 쳐다본 모양인지 그가 눈을 찡긋했다. 여자는 시선을 돌렸다. 오케스트라가 탱고 박자로 민요 〈매기의 추억〉을 연주하기 시작했다. 윌리엄스는 분개하며 말했다. "맙소사! 다음에는 성가로 룸바를 추라고 하겠군." 연주가 끝나자, 지팡이를 든 작고 둥근 유대인이 한 명 나와서 알 졸슨이 어머니에 대한 노래라도 부르는 것처럼 정중하게 〈마담, 당신의 손에 입을 맞추며〉를 불렀다. 마침내 그는 낭독하는 듯한 노래로 곧 나타날 여자들이 파리에서 온 미의 여왕들이라고 암시했다. 그 여자들을 보기만 해도 미국인들은 "이야! 쟤들 좀 보게!"라고 한다고 말이다.

여자들이 요란한 트럼펫 소리와 함께 무도장에 쏟아져나오자 윌리엄 크레인은 그들이 분명 프랑스인임을 알아볼 수 있었다. 적어도 미국의 코러스 걸들보다는 자유로운 대열을 짓고 있었다. 밴드가 시끄럽게 연주하는 동안 코러스 걸들은 눈에 번쩍 띄는 색깔의 의상을 입고 엄숙하게 돌아다녔는데, 점점 더 헐벗고 헐벗고 헐벗더니 하얀 털장갑 말고는 아무것도 걸치지 않은 통통한 검은 머리 여자까지 나타났다. 여자는 장갑을 부채를 쓰는 댄서처럼 이용했는데, 그 효과는 놀랄 만했다. 그녀는 자기가 일으킨 아찔한 반향을 즐기며 크레인의 테이블 옆까지 걸어와 멈추더니 대담하게 한 손을 흔들며 말했다.

"알로, 윌리엄스 씨."

윌리엄스가 취했다지만 얼굴을 붉히지 않을 정도는 아니었다. "대체 무슨!"

테이블에 앉은 여자 둘이 다 키득거렸다. "친구인가요?" 브렌티노 양이 물었다.

"맹세코……."

크레인이 물었다. "대체 자네가 누구라고 한 거야? 맥스 베어●?"

"난 그저 형사 반장에게 여기 예약을 해달라고 했을 뿐이야. 옛날에 그 친구와 같이 한 일이 많았거든. 저 여자는 생전 처음 본다고." 윌리엄스는 물을 들이켰다. "싫다는 건 아니지만……."

"이제야 왜 우리가 온갖 주목을 받았는지 알겠군. 자네가 백만장자 바람둥이였나 하는 생각이 들던 참이었어." 크레인이 말했다.

행진이 끝나자 프랑스 철도의 파란색 짐꾼 의상을 입은 남자 둘이서 교묘하게 인형처럼 꾸민 남자 한 명을 바닥에 던졌다. 그들은 남자를 허공에 던지고, 떨어뜨리고, 팔을 비틀고, 때렸다. 인형은 그래도 가만히 있다가 두 남자가 등을 돌리자 한 명을 걷어찼다. 마침내 분개한 두 사람이 인형을 붙잡아 상자 안에 밀어넣고는 뚜껑을 쾅 닫은 다음, 행진하듯이 다리를 높이 들고 걸어가버렸다.

허허로이 상자를 두드리는 소리가 방안을 채웠다. 오케스트라가 박자를 늦추어 신음하는 듯한 곡조를 연주하는 동안 연주자 한 명이

●　**맥스 베어** _ 당대의 유명한 권투 선수.

눈을 감더니 은색 모자를 씌운 금관악기 코넷으로 재즈 느낌의 선율을 흘렸다. 옆쪽에서 체스판 무늬의 롬퍼스*를 입은 붉은 머리 여자가 춤을 추며 나왔다. 맨다리에 분칠을 했고 얼굴은 화려한 독일 인형처럼 화장을 했다. 죽은 사람처럼 하얀 허벅지에 파란 핏줄이 꿈틀거렸다. 그녀는 윌리엄스를 보고 노래했다.

당신에게 줄 거라곤 오직 사랑뿐.
나에게 넘치는 거라곤 오직 사랑뿐……

몸에 잘 맞는 야회복을 입은 남자 네 명이 방 저편에 있는 간이다리 아래로 천천히 걸어오더니 바닥에 멈춰 서서 조명을 받고 있는 여자를 바라보았다. 젊은 쪽 두 명 중 한 남자의 검은 눈이 방안을 훑어보다가 잠시 크레인의 테이블에 시선을 멈추고 대담하게 두 여자를 살피고 지나갔다. 마침내 그 청년이 나이든 두 남자 중 더 다부진 쪽을 쿡 찔렀고, 세 사람은 나머지 청년 하나를 뒤에 두고 무도장을 향해 움직이기 시작했다. 통통한 수석 웨이터가 경고하듯 손바닥을 들어올리고 막아섰지만 다부진 사내가 팔꿈치로 밀어냈다. 세 남자는 느긋하게 무도장 가장자리를 따라 움직이면서 롬퍼스를 입은 붉은 머리 여자가 노래하는 빛의 사각형 안에 칙칙한 얼룩을 드리웠다.

울워스에서는 팔지 않는 다이아몬드 팔찌예요.

야회복을 입은 세 남자는 깃털 옷을 입은 덩치 큰 금발 여자와 그 동행이 앉은 작은 테이블 앞에 멈춰 섰다. 식사를 하고 있다가 눈을 든 자그마한 남자가 놀라서 눈썹을 반달 모양으로 구부리더니, 우스꽝스러울 정도로 서둘러 일어서려고 했다. 다부진 사내가 팔 아래에서 시커먼 권총을 뽑더니 자그마한 남자의 얼굴을 쏘았다. 금발 여자가 무서운 비명을 지르면서 의자 옆으로 쓰러지자 깃털이 흩날렸다. 낮게 날아간 총탄이 자그마한 남자의 턱을 날려버렸다. 남자는 두 손을 상처에 대고 앞으로 몸을 구부려, 손가락 사이로 테이블보 위에 피를 뚝뚝 떨어뜨렸다. 다부진 사내가 그 남자의 머리 윗부분에 두 번째 총탄을 쏘았다.

체스판 무늬의 롬퍼스를 입은 붉은 머리 여자의 입에서 비명이 솟구쳤다. 남자 하나가 경고하듯 손가락을 흔들었다.

"이 여자야, 입 다물지 않으면 그 팬티를 다 찢어내버린다."

붉은 머리 여자는 모욕에 충격을 받아 침묵했다. 차례차례 한 악기씩 멈춰가는 오케스트라는 나사 풀린 축음기처럼 박자가 점점 느려졌다. 마지막 남은 드러머만 죽은 남자에게 시선을 고정시킨 채 무의식적으로 베이스 드럼 페달을 밟고 있었다.

간이 다리 근처에 남아 있던 청년이 숨죽인 테이블들 사이를 누비며 동료들 쪽으로 움직였다. 많은 일행과 함께 앉아 있던 각진 턱

● **롬퍼스** _ 주로 상의와 반바지가 하나로 붙은 형태의 편한 옷. 원래 유아복으로 많이 쓰였으나 성인 여성이 원피스처럼 입기도 한다.

의 사내 하나가 청년이 지나가자 일어서려다가, 청년이 검은 눈을 가늘게 뜨자 도로 주저앉았다.

윌리엄스는 리볼버를 무릎에 꺼내놓고 중얼거렸다. "저런 개자식들! 개상놈들!"

"잠깐 기다려." 크레인이 테이블 아래로 윌리엄스를 걷어찼다. "우리가 전부 총 맞는 꼴을 보고 싶나?"

간이 다리에서 걸어온 청년까지 합세한 네 명이 뒷걸음질을 쳐서 주방문으로 걸어갔다. 웨이터 하나가 겁에 질린 게처럼 종종걸음으로 피했다. 처음으로 도착한 남자가 멈춰 서서 여닫이문을 잡고 다른 사람들을 들여보내더니 여전히 서두르는 기색이라고는 없이 사라졌다.

마치 누가 라디오라도 켠 것처럼 방안이 소리에 휩싸였다. 여자들이 새된 소리로 떠들고…… 의자가 바닥을 긁고…… 브렌티노 양의 딱딱하게 굳은 모습 뒤로 어떤 남자가 계속 "이런 벼락 맞을!"이라고 외쳤다. 웨이터 두 명이 죽은 남자의 테이블 밑에서 키 큰 금발 여성을 끌어내더니 간이 다리 쪽으로 업고 갔다. 하얀 깃털 옷에 동그랗게 먼지가 붙었다. 시신 주위로 원을 그리고 모여든 사람들을 빼고 나머지 손님들은 간이 다리 쪽으로 움직였다. 붉은 머리 가수는 두 손을 가슴 위에 얹고 귀에 거슬리는 소리로 외쳤다. "세상에! 아무도 저자들을 뒤쫓지 않는 건가요?"

에밀리 루 마틴의 얼굴에 남은 색깔이라고는 입술색뿐이었다.

그녀는 공포에 질린 눈으로 말했다. "토할 것 같아요."

브렌티노 양이 재빨리 "이리 와요"라고 말하더니 허리에 팔을 두르고 에밀리 루를 이끌었다.

크레인과 윌리엄스는 죽은 남자를 보러 갔다. 남자는 두 팔에 얼굴을 얹고 엎드려 있었다. 마치 라틴어 문법 시간에 잠든 학생 같은 모습이었다. 남자가 흘린 피는 테이블보가 대부분 빨아들였다. 이윽고 누가 시신 위에 다른 천을 덮었다.

옥으로 만든 귀걸이를 단 노부인이 통통한 수석 웨이터에게 물었다. "이 사람이 누군지 아나요?"

수석 웨이터는 천을 정돈해서 핏자국을 덮었다. "매니 그랜트라는 분입니다."

화요일 아침

　　퍼시벌 골트 교도관은 기분 나쁘게 알랑거리는 웃음을 지으며 변색된 치아를 드러냈다. "웨스틀랜드 씨 대령했습니다, 소장님." 골트 교도관은 간질 발작이라도 일으킨 사람처럼 부자연스럽게 절을 하고 서둘러 나갔다.

　　"다 잘 돌아가고 있습니까, 소장님?" 로버트 웨스틀랜드가 물었다.

　　벅홀츠 소장은 돼지가 꿀꿀거리는 듯한 소리를 내며 마호가니 책상 뒤에 놓인 회전의자에서 몸을 일으켰다. 뺨에 일 달러짜리 동전만 한 보조개가 패었다. "암. 댁의 동업자인 볼스턴 씨가 어젯밤에 집에 가는 길에 돈을 주고 갔소." 뒤뚱뒤뚱 웨스틀랜드에게 다가 온 그는 통통한 손을 어깨에 얹었다. "댁의 동업자는 정말 좋은 친구더군."

웨스틀랜드는 소장의 손 아래에서 어깨를 살짝 내렸다. "만 달러를 쥔 사람이라면 누구나 좋은 친구죠."

벅홀츠 소장은 깊이 상처받은 얼굴이었다. "도와주려고 하는 사람한테 그렇게 말하면 쓰나." 소장은 슬프다는 듯이 고개를 저었다. "난 무슨 일이 생길 때에 대비해서 몸을 보호해야 한단 말이지."

"죄송합니다. 오늘은 제가 좀 곤두서 있네요."

소장은 여성 교도관 사무실 쪽으로 몸을 기울였다. "친구분들이 벌써 와 계시다오."

에밀리 루 마틴은 자두색 난초를 앞에 꽂은 회색 다람쥐털 코트를 입고 있었다. "내 소중한 사람!" 웨스틀랜드는 그렇게 말하고 그녀에게 입을 맞춘 후에 다른 사람들을 돌아보았다. "리처드와 로널드는 어디에 있지?"

핑클스타인 변호사가 금시계 뚜껑을 달칵 열며 대답했다. "금방 올 겁니다."

웨스틀랜드는 윌리엄스와 함께 창틀에 앉아 있는 윌리엄 크레인을 쳐다보았다. "무슨 소식이 있어요? M.G.는 잡았나요?"

교도소 마당에서 헐벗은 나무들이 바람에 몸을 떨었다. 주방 굴뚝 위로 성난 검은 고양이의 꼬리 같은 연기가 이리저리 나부꼈다. 방 창문에 걸려 있던 거미집은 누가 털어 없앤 모양이었다.

크레인은 고개를 저었다. "겨우 따라잡았는데 죽었습니다." 크레인은 전날 밤에 일어난 사건을 설명했다.

에밀리 루가 외쳤다. "정말 놀랐어요. 하마터면 총에 맞을 뻔했어요."

웨스틀랜드는 에밀리 루를 보호하고 싶은 마음이 치미는 듯 그녀의 팔을 잡았다. 걱정스러운 눈이었다. "당신을 보내는 게 아니었는데. 다시는 그런 일을 시키지 않으리다."

윌리엄스는 웨스틀랜드와 붉은 머리 미인을 어머니 같은 눈으로 바라보며 윌리엄 크레인에게 속삭였다. "진짜배기 사내로군. 그자가 죽었으니 자기가 관에 들어갈 판인데, 자기 여자라고 걱정만 해주고 있어."

웨스틀랜드의 사촌인 로런스 훠턴이 폭발했다. "맙소사, 윌리엄 씨. 아가씨를 너무 나무라지 마쇼. 그 친구가 어젯밤에 죽을 줄 누가 알았겠나?" 훠턴의 붉은 얼굴은 반박하려면 해보라고 말하는 듯했다.

핑클스타인 변호사가 금테 안경을 눈 가까이 밀어 올렸다. "그렇다면 M.G. 살인 사건이 우리의 수사와 관련이 있다고는 생각하지 않으시는군요?"

"말도 안 되지!"

웨스틀랜드가 물었다. "누구든 간에 우리가 그자를 찾고 싶어 한다는 사실을 어떻게 알고 그랬겠어요?"

"방법이야 많지요." 크레인이 대꾸했다.

에이머스 스프라이그 옆에 앉아 있던 브렌티노 양이 크레인에게 미소를 던졌다. 그녀는 챙이 넓은 모래색 모자를 쓰고, 황갈색 샤넬 정장을 입고, 목에는 붉은색과 노란색이 섞인 실크 스카프를 애스콧타이처럼 매고 있었다.

휘턴이 말했다. "젠장! 그건 도무지 믿기질 않아. 그랜트라는 놈은 불쾌한 좀도둑이었잖아. 그런 치들의 지저분한 인생은 언제나 위험한 법이라고. 그러다가 어젯밤에 올 게 왔을 뿐이야." 휘턴의 불독 같은 얼굴은 자줏빛이었다.

크레인이 말했다. "보통 불쾌한 좀도둑을 그런 식으로 죽이지는 않습니다."

휘턴은 파란색 골프 양말에 회색 체크무늬 반바지를 입고 있었는데, 탐정을 마주보고 말했다. "젊은 친구, 지금 나보고 알지도 못하면서 지껄인다고 하려는 거요?"

"대충 그렇습니다."

"자넨 빌어먹을 바보로군."

"제가 보기에는 모두에게 그랜트 살인 사건이 우연이라고 믿게 만들고 싶어 안달이 나신 것 같습니다만." 크레인은 창틀 위에서 자세를 바로잡았다. "우리가 그렇게 생각하기를 바라실 만한 개인적인 이유가 있는 건 아니겠지요?"

휘턴은 주먹을 움켜쥐었다. 옆에 서 있던 윌리엄스는 자동 권총

손잡이로 나이든 사내의 머리통을 후려칠 태세를 갖췄다. 웨스틀랜드가 사촌의 팔을 잡고 달래듯이 말했다. "자, 자, 래리. 진정해."

휘턴은 웨스틀랜드가 이끄는 대로 의자에 앉으면서 중얼거렸다. "저 불상놈은 내가 그자를 죽였다고 말한 거나 다름없어."

"크레인 씨는 모든 가능성을 따져봐야 한다는 뜻이었을 겁니다." 핑클스타인이 끼어들었다. "그렇지 않은가, 크레인?"

윌리엄 크레인이 대답했다. "물론이지요."

"어쨌든 그 총격 사건에 대해서는 우리가 할 수 있는 일이 별로 없습니다. 경찰에게 달렸지요." 핑클스타인이 말했다.

"폭력배의 솜씨였어요." 윌리엄스가 말했다.

크레인이 이어서 말했다. "우리가 뒤쫓는 사람이 직접 살인을 하지는 않았습니다. 그치들을 고용해서 그랜트를 해치우라고 했을 테니 그치들은 고용주가 누구인지도 모를 테지요. 제삼자를 거쳤을 테고, 제삼자를 잡는다 해도 그자들은 고용주가 누구인지 알아도 말하지 않을 겁니다. 우리 일이나 계속하고 어젯밤의 총격 사건은 내버려두는 편이 좋겠지요."

"살인자를 고용하기가 그렇게 쉽나요?" 브렌티노 양이 물었다. 마스카라, 파우더, 립스틱으로 이루어진 화장이 대낮에 보니 연극적이었다.

"좋은 지적을 해줬어요, 브렌티노 양." 윌리엄 크레인은 그렇게 말하고 핑클스타인을 돌아보았다. "아무나 밖에 나가서 청부업자를 고용할 수는 없지요. 만약 우리가 찾는 살인자가 어젯밤의 쇼를 마련한 거라면, 그자에게는 지하 세계 연줄이 있을 겁니다."

"맞는 말 같군." 핑클스타인이 아랫입술을 내밀고 말을 이었다. "웨스틀랜드 씨, 혹시 지하 세계와 접촉해보신 적이 있습니까? 폭력배든 납치범이든, 어떤 종류든지요."

"전혀……. 금주법 폐지 이전에 이용하던 밀주업자 정도를 빼면 없어요."

"그자와 무슨 말썽이라도 있었습니까?"

"전혀요. 우린 아주 잘 지냈어요. 그 친구에게 내 차 링컨 로드스터까지 팔았는걸요."

"그 차는 멀쩡했고요?" 윌리엄스가 물었다.

"닥쳐." 크레인이 말했다.

교도소장실로 이어진 문이 열렸다. 스코틀랜드산 회색 트위스트 천으로 맞춘 정장 차림의 볼스턴, 우드버리, 그리고 케케묵은 옷을 입은 중년 남자 하나가 방에 들어왔다. 닫히는 문이 교도소장의 천박하고 호기심 어린 얼굴을 차단했다. 볼스턴이 말했다. "이쪽은 셔틀 박사님입니다. 부인과 함께 웨스틀랜드 부인을 죽인 총성을 들었던 분이죠."

핑클스타인이 수첩을 꺼내어 페이지를 넘겼다.

셔틀 박사는 서부 국회의원 아니면 일자리 없는 셰익스피어 배우 같은 모양새였다. 얼굴은 주름으로 만든 도표 같았고, 변색된 놋쇠 색깔로 염색한 머리카락은 귀를 덮고 늘어졌다. "이것 참 쑥스럽습니다만, 이 신사분들이 워낙 고집스러워서 말입니다." 셔틀은 검은색 실크 타이를 느슨하게 매고 목에 두른 검은 리본에 금테 안경을 걸고 있었다.

웨스틀랜드가 말했다. "괜찮습니다. 저는 아무 원한도 품고 있지 않아요."

"전 의무를 다했을 뿐입니다." 셔틀 박사는 품위 있게 말했다.

우드버리는 티 하나 없이 깔끔한 파란색 신사복을 입었는데, 허리 부분이 여성스러울 정도로 딱 붙었다. 가느다란 손은 세심하게 손톱 손질도 해놓았다. 그가 브렌티노 양의 의자 가장자리에 걸터앉자, 침착한 검은 머리의 두 사람을 본 윌리엄스는 언젠가 《미러》에서 본, 뉴욕을 방문한 스페인 공작과 그 부인의 사진을 떠올렸다.

"로버트, 내가 뭔가 잡아낸 것 같아." 말을 시작한 볼스턴의 얼굴은 건강하게 혈색이 돌았고, 파란 눈은 투명했다. "주의깊게 생각해줬으면 해. 부인이 살해당한 날 밤에 자네 집을 떠난 게 몇 시였지?"

"11시 30분이 조금 지나서였어. 침대에서 책을 읽고 있었지."

"조앤의 아파트에 도착한 시각은?"

"12시가 되기 조금 전이었지."

수첩에 적어둔 숫자를 바싹 들여다보고 있던 핑클스타인이 고개를 끄덕였다.

볼스턴이 물었다. "아파트에 얼마나 오래 있었나?"

"사십 분쯤."

"그러면 1시가 되기 전에 떠난 건가?"

"집에 도착했을 때 시계가 1시를 가리켰어."

"좋아." 볼스턴이 두 손을 주머니에 찔러 넣었다. "살인 사건이 일어난 날짜는 기억하나?"

"그야 물론이지." 웨스틀랜드는 놀라서 눈을 크게 뜨더니, 에밀리 루의 팔에서 손을 떼고 대답했다. "4월 28일 오전이었어."

"전날은 4월 27일이었지. 자네는 그 날짜의 의미를 알겠나?"

"아니."

"4월 27일 자정에 시카고는 표준시에서 일광절약시간으로 전환했다네."

웨스틀랜드는 어리둥절했다. "그야 그렇지만, 그게 뭐?"

"자네 시계를 미리 맞추지 않았나?"

"그야 그랬지. 침대에 들어가기 전에."

"그렇다면…… 조앤의 아파트에 가기 전이지?"

"그래."

"좋아." 볼스턴은 넓은 어깨를 똑바로 폈다. 셔츠 광고 모델 같은 모습이었다. "자네가 말한 시각은 모두 일광절약시간이었지."

볼스턴은 셔틀 박사를 돌아보았다. "이제……." 그때 크레인이 인디언처럼 발끝으로 살금살금 벽을 돌아서 문을 벌컥 열어젖혔다.

벅홀츠 교도소장이 무릎을 꿇고 기도라도 하듯이 손바닥을 내밀고 있었다. 오른쪽 눈은 열쇠 구멍이 있던 자리에 있었다. 균형을 잃은 육중한 교도소장은 두꺼운 손을 짚고 어설프게 앞으로 쓰러졌다. 크레인은 부축해 일으키고 친절하게 먼지를 털어주며 물었다. "아예 들어오시지그래요?"

벅홀츠 교도소장은 한참 만에 겨우 말했다. "교도관이 여러분과 같이 있는지 알아보고 싶었을 뿐, 방해하고 싶지는 않았어요." 그는 문간으로 주춤주춤 물러섰다. "그 친구는 감옥 쪽에 있나 보구먼." 문이 닫히면서 교도소장의 늘어진 턱살을 가렸다.

"우리가 지금은 고인이 된 그랜트 씨를 찾고 있다는 소식도 이렇게 해서 새어 나갔을지 모르겠군요."

핑클스타인이 말하자 크레인은 손잡이에 몸을 기댔다. "더는 아무 소식도 얻지 못할 겁니다."

볼스턴이 다시 말했다. "자, 셔틀 박사님, 부인과 함께 총성을 들은 시각이 몇 시였지요?"

셔틀 박사는 코안경을 더듬었다. 대답하는 목소리가 불안하게 떨렸다. "우리 시계로는 정확히 12시 20분이었어요."

"재판에서 박사님은 웨스틀랜드 씨가 그 시각에 아파트에 있었다는 사실을 증명하려는 검찰을 돕기 위해 그렇게 증언하셨지요."

셔틀 박사는 위엄 있는 자세를 유지했다. "사실대로 말했을 뿐입니다."

볼스턴은 셔틀 박사 쪽으로 몸을 기울였다. "그 시각에 박사님과 부인께서는 무엇을 하고 계셨습니까?"

"차를 마시고 있었지요."

방안 여기저기에서 웃음소리가 일었다. 셔틀 박사는 상처받은 표정으로 입술을 오므렸다.

"그러고 나서 침대에 들어간 시각은 몇 시였나요?"

"1시 30분이 다 되어서였지요." 박사는 실크 리본에 달린 안경을 빙글빙글 돌렸다. "내가 오르간을 친다는 건 아실 텐데요." 불쑥 터져 나온 윌리엄스의 키득거림은 셔틀 박사의 분개한 시선에 기침소리로 변했다. 셔틀 박사는 볼스턴에게 말했다. "선생! 나는 유럽 귀족 앞에서 연주회도 한 사람입니다. 아내와 나는 연주회 후에는 항상 늦게까지 깨어 있어요. 내 예술적인 열광 상태가 누그러들자면 시간이 걸리거든요. 흥분이 아주 높이 치솟는단 말입니다."

"그러면 연주회를 여셨군요?"

"그래요, 오케스트라 홀에서 연주했지요." 셔틀 박사는 가슴과 배를 내밀었다. 주목나무 활처럼 등이 휘었다. "아무래도 여러분은 내 이름을 알아보지 못한 모양이지만. 나는 교회 오르간 주자인 프레더릭 셔틀 박사란 말입니다."

"진작 알아봤어야 했지요. 박사님 성함을 여러 번 들었는데 말입니다." 볼스턴의 하얀 이가 빛났다. 광대뼈 위에 자리잡은 피부가 탱탱한 연어 살 같은 분홍빛을 띠었다. "하지만 셔틀 박사님, 저희는 박사님이 언제 시계를 맞추셨는지에 관심이 지대합니다."

"아파트에서 말했을 텐데요. 침대에 들어가기 전에 시계를 맞췄다고 말입니다."

볼스턴은 천천히 말했다. "그렇다면 중부 표준시로 12시 20분에 총성을 들으신 거군요. 웨스틀랜드의 시계로는 1시 20분, 아니면 웨스틀랜드가 자기 아파트에 도착하고 이십 분도 더 지나서 말입니다."

잠시 정적이 내려앉았다. 마당에 있는 해골 같은 나무 한 그루에서 참새가 짹짹거렸다. 셔틀 박사는 그제야 깨달은 얼굴이었다.

웨스틀랜드가 볼스턴의 팔을 잡았다. "정말 똑똑하군, 이 친구."

셔틀 박사가 입을 열었다. "난 그저 사실대로……."

"괜찮습니다." 웨스틀랜드가 말했다.

마틴 양이 외쳤다. "정말 멋져요. 이제 주지사에게 당신은 조앤이 살해당했을 때 그 자리에 있을 수가 없었다고 말하기만 하면……." 에밀리 루 마틴은 웨스틀랜드의 왼손을 꽉 쥐었다.

"잠시만요." 핑클스타인 변호사가 수첩을 흔들었다. "아직 누명을 벗은 건 아닙니다. 셔틀 박사님께서 웨스틀랜드 씨가 떠났다고 말한 시각 이후에 총성을 들었다 해도 우리에게는 별 소용이 없어요." 변호사의 다이아몬드 반지가 번득였다. "우리야 웨스틀랜드 씨가 증언한 시각에 부인의 아파트를 떠났다는 사실을 알지만 증명할 수가 없습니다. 주지사를 설득하려면 먼저 그것부터 증명할 수 있어야 해요."

볼스턴은 풀이 죽었다. "꽤 훌륭한 생각을 해낸 줄 알았는데."

"도움은 됩니다. 무엇이든 도움이 되지요." 핑클스타인은 수첩을 덮고 말을 이었다. "하지만 수사를 계속해야 합니다. 웨스틀랜드 씨가 떠나는 모습을 본 사람만 찾을 수 있다면……."

"그 부분이 그랜트가 도움이 될 부분이었는데 말이지." 우드버리가 말했다.

"그래도 리처드가 정말 잘해줬고, 정말 영리했다고 생각해요. 우리에게 로비는 그런 짓을 할 수 없었다는 점을 알려줬잖아요."

에밀리 루가 말하자 브렌티노 양이 단조로운 억양으로 가볍게 말했다. "그 점이야 어차피 알고 있지 않았던가요?"

웨스틀랜드가 서둘러 말했다. "다음으로 무엇을 해야 할까요, 핑클스타인 씨?"

"저는 잠긴 문이라는 문제를 파보고 싶군요. 우리는 열쇠가 두 개밖에 없다고 확신하고 있어요. 웨스틀랜드 씨의 열쇠는 본인에게 있었고, 다른 열쇠는 잠긴 아파트 안에서 웨스틀랜드 부인과 함께 발견되었지만 살인자는 분명히 빠져나왔을 겁니다. 크레인과 윌리엄스와 제가 아파트를 살펴봐야 할 것 같군요." 핑클스타인은 다이아몬드가 보이게 손가락을 손등 쪽으로 꺾어서 실크 손수건으로 입술을 두드렸다. "하지만 중요한 부분은 동기입니다. 웨스틀랜드 부인이 왜 살해당했는지 알아낼 수 있다면 좋은 출발점이 되겠지요."

손수건에는 녹색 실로 'C.F.'라는 머리글자가 수놓아져 있었다.

에이머스 스프라이그는 구석에 조용히 앉아 있었다. "동기는 제가 내일 말씀드릴 수 있을 것 같군요, 변호사님." 스프라이그는 웃으며 농가에서 닭이 우는 소리를 냈지만, 무성한 하얀 눈썹 아래로 보이는 반짝이는 눈동자는 비장했다. "내일입니다, 변호사님."

"무슨 뜻이지, 에이머스?" 웨스틀랜드가 물었다.

"지금은 말씀드릴 수 없습니다, 웨스틀랜드 씨. 지금은 너무 일러요." 노인은 중풍 맞은 사람처럼 고개를 끄덕거렸다. "수백만 달러가 얽힌 일이라는 점은 말씀드릴 수 있습니다." 가성으로 내는 웃음소리가 커졌다. "수백만이지요……. 수백만……. 수백만."

핑클스타인의 금시계가 딸깍 소리를 내며 열렸다. "점심시간이 다 됐군요." 핑클스타인은 시계를 집어넣고 수첩은 뒷주머니에 밀어넣었다. "어쨌든 볼스턴 씨가 총격 시각을 잘 처리해줬습니다."

다른 사람들이 차례차례 나가는 동안 윌리엄 크레인은 볼스턴에게 물었다. "시간이 바뀐 부분에 대해서는 어떻게 생각한 겁니까?"

"모르겠어요. 사월의 마지막 일요일에 표준시에서 일광절약시간으로 바뀐다는 생각이 불쑥 떠올랐지 뭡니까. 그래서 셔틀 씨에게 물어봤지요."

"흠, 끝내주게 영리한 한 수였습니다." 서둘러 방을 나선 크레인은 계단 꼭대기에서 핑클스타인을 따라잡았다. "윌리엄스와 저와 함께 점심 식사를 하시는 게 어떨까요, 변호사님?"

"물론이지." 핑클스타인은 우드버리와 브렌티노 양을 지켜보고 있었다. 팔짱을 낀 두 사람은 머리를 맞대고 대화에 열중해 계단을 내려가고 있었다. "꽤나 친밀해 보이는군. 그렇지 않나?" 변호사가 말했다.

크레인은 브렌티노 양의 반쯤 드러난 옆모습의 곡선, 좁은 엉덩이, 페르시아 양털 코트 아래로 쭉 뻗은 가느다란 다리를 보고 말했다. "저도 저런 여자와 친밀해봤으면 좋겠군요."

핑클스타인 변호사가 대꾸했다. "누군들 안 그럴까."

화요일 오후

　그들은 대로에서 살짝 벗어나 시카고 애버뉴에 있는 리케츠에서 점심을 먹었다. 그들은 마티니를 마셨고, 윌리엄스는 후식으로 크레이프 수제트를 먹었다. "정말 맛있군. 자네들은 뭐 안 먹나?"

　윌리엄 크레인이 대꾸했다. "그 팬케이크를 또 먹었다간 의자에서 일어나지 못할걸, 닥……. 지금도 일어나지 못하려나."

　윌리엄스는 옅은 금발머리의 웨이트리스에게 짓궂게 한쪽 눈을 찡긋하면서 말했다. "이래봬도 남북전쟁 참전군치고는 날쌘 사람이야." 그는 웨이트리스를 보면서 요통 때문에 의자에 똑바로 앉을 수 없는 척했다. 코트 자락이 의자 등받이에 걸려서 왼쪽 겨드랑이에 찬 검은색 가죽 권총집이 드러나 있었다. 웨이트리스는 킥킥거렸다. 권총은 보지 못한 모양이었다.

윌리엄 크레인이 말했다. "그 대포는 호텔에 두고 올 줄 알았는데?"

닥 윌리엄스는 변명조로 말했다. "이게 없으면 벌거벗은 기분이라서 말이지."

"권총에 대해서는 걱정하지 말게." 핑클스타인이 말린 무화과 그릇을 비우며 말했다. "경찰에게 걸리면 내가 빼내줄 테니까."

"차라리 경찰에게 잡혔으면 좋겠네요. 그걸 걱정하는 게 아닙니다." 크레인은 후식 없이 커피만 마시고 있었다. "저 망할 물건이 언젠가 터져서 절 쏠까 봐 걱정이죠."

핑클스타인이 음식값을 지불했다. 윌리엄스는 냅킨으로 윤기 흐르는 콧수염을 닦으면서 계속 예쁜 웨이트리스를 보다가 물었다. "이름이 뭐야, 아가씨?"

웨이트리스에게는 보조개가 있었다. "글래디스요."

"언제 만나러 올게, 기분 좋은 엉덩이."

웨이트리스의 눈이 거의 완벽한 동그라미를 그렸다. "사람들이 그렇게 부르는 줄 어떻게 아셨어요?"

"난 탐정이거든." 윌리엄스가 말했다.

대로까지 나가자 핑클스타인이 제안했다. "조금 돌아서 웨스틀랜드의 하인 시먼스를 보러 가지. 걷는 편이 좋겠어. 웨스틀랜드의 아파트까지는 몇 블록밖에 안 되니까."

길가에 늘어선 가게 진열장들 안으로 여성 의류가 보였다. 튼튼한 트위드 옷, 섬세한 야회복, 부드러운 은빛 여우 가죽, 밍크코트, 거미가 짠 것처럼 보이는 은은한 색조의 속옷들……. 북동쪽에서 호수의 습기를 머금고 날아오는 엄혹한 바람에 행인들의 뺨이 빨갛게 변했다. 갑작스러운 바람에 스커트 자락이 날아오르면서 보기 좋은 허벅지와 살결, 분홍색과 하얀색과 검은색의 가터벨트들을 드러냈다. 바람에 맞서는 사람들은 기도의 날이라도 선포한 것처럼 고개를 숙이고 걸었다. 바람을 등진 사람들은 몸을 뒤로 젖히고, 중국 소년처럼 짧고 가쁜 걸음으로 달렸다.

호화로운 '삭스 피프스 애버뉴' 백화점의 진열장에 전시된 탭 칼라 셔츠를 들여다보던 윌리엄스가 크레인을 쿡 찔렀다. "안에 누가 있는지 좀 봐."

마틴 양이었다. 카운터 앞에 서서 영국군의 연대 깃발 색을 본떠서 만든 줄무늬의 넥타이를 들어올려 빛에 비춰보고 있었다. 그 옆에는 리처드 볼스턴이 다른 넥타이 두 개를 팔에 걸치고 있었는데, 크레인과 윌리엄스를 보더니 인사 대신 미소를 지으며 들어오라는 손짓을 했다. 크레인은 고개를 젓고 멀어져가는 핑클스타인의 뒷모습을 가리킨 다음 입 모양으로 '일'이라고 말했다. 볼스턴은 고개를 끄덕여 이해했음을 알렸다.

크레인은 애스터 스트리트에 있는 웨스틀랜드의 아파트에 도착하자 기뻤다. 추위 때문에 오른쪽 광대뼈가 얼얼하고 손도 곱았다.

엘리베이터를 타고 8층으로 올라가 초인종을 누르자 시먼스가 나왔다. 이목구비가 뚜렷하고 신경질적인 중년 남자였는데, 칼라가 빳빳한 검은색 정장을 입은 모습이 학교 선생님 같았다.

변호사가 말했다. "핑클스타인이라고 하는데 오늘 아침에 볼스턴 씨가 전화하지 않았나?"

시먼스의 눈에서 의심이 걷혔다. 그는 문을 당겨 열었다. "들어오시지요."

가로 8.5미터, 세로 9미터쯤 되는 크기의 거실은 푸른 사과색과 상아색으로 소박하게 꾸몄다. 브루스터의 초록색 새틴 커튼을 씌운 베네치아식 블라인드가 길거리를 내다보는 길다란 창문 두 개를 가렸다. 검은색과 흰색 대리석으로 만든 쓴 적 없는 벽난로 위에는 툴루즈 로트레크가 그린 밝은색의 페르시아 카페 그림이 걸려 있다……. 창녀 세 명이 키 높은 유리잔에 담긴 에메랄드빛 압생트를 마시는 턱수염 기른 신사에게 호객 행위를 하는 장면이었다. 검은색으로 구성한 난로 바닥 주위로 재단하여 깐 양탄자는 연회색이었고, 의자와 큰 소파 같은 현대식 가구에는 보기에나 감촉으로나 햇빛에 바랜 삼베 자루 같은 물건을 덮었다. 작은 탁자 위에는 양피지 갓을 씌운 검은색과 은색의 프랑스 집정 시대 양식 램프가 놓였다.

"우린 웨스틀랜드 씨의 권총에 관심이 있어." 핑클스타인이 말하고, 갈색 코트를 벗더니 받으려는 시먼스의 손에서 홱 빼냈다. "이건 신경쓰지 말게. 오래 있지 않을 테니." 그는 코트를 갈색 의자 위에 던졌다. "웨스틀랜드 씨가 권총을 어디에 보관했나?"

"이 보관함 안입니다."

보관함 위에서는 옥으로 만든 코끼리 두 마리가 마주보고 나팔을 불고 있었고, 보관함 앞면에는 서랍에 달린 금손잡이가 줄줄이 이어졌다. 시먼스가 빈 서랍을 열었다. "여기에 있었지요."

크레인이 물었다. "권총을 마지막으로 본 게 언젠가?"

시먼스는 멈칫하더니 얇은 입술을 깨물고 숨을 빨아들였다. "살인 사건이 일어난 날 오후에 봤습니다."

"그때 봤다고? 경찰에도 그렇게 말했나?"

시먼스는 불편한 얼굴로 크레인과 핑클스타인을 번갈아 보았다.

크레인이 말했다. "괜찮아. 우리도 경찰을 좋아하지 않으니."

"음, 사실대로 말씀드리면 경찰에는 말하지 않았습니다. 웨스틀랜드 씨의 재판에 전혀 좋을 것 같지 않았거든요."

"아마 그 생각이 옳았을 거야." 핑클스타인이 말했다.

크레인은 큰 소파를 덮은 거친 직물을 손으로 쓸었다. "그날 오후 내내 집안에 있었나? 총을 본 이후에 말이야."

"네. 밖으로 나간 적은 없습니다."

"웨스틀랜드 씨는 집에서 저녁을 먹었고?"

"네. 혼자 저녁을 드셨고, 우드버리 씨가 가신 후에……."

핑클스타인과 크레인이 눈빛을 주고받았다. 질문은 변호사가 던졌다. "우드버리? 그 사람이 여기에서 뭘 하고 있었나?"

"저녁 식사 이후에 들러서 사업상의 문제를 의논하셨습니다. 무슨 일인지는 듣지 못했습니다. 몇 분밖에 안 계셨어요."

크레인이 물었다. "웨스틀랜드 씨가 이 서랍 안에 권총을 보관한다는 사실을 아는 사람이 많은가?"

"아, 그럼요. 권총에 얽힌 무용담이 있거든요. 기관총이 고장났을 때 그 권총으로 독일군의 폭격기를 공격했다면서요. 그 이야기를 하시면서 총을 보여주시곤 했습니다. 권총에 이름이 새겨진 은판이 붙어 있었지요."

핑클스타인이 물었다. "그날 저녁에 웨스틀랜드 씨가 잠시라도 우드버리 씨를 방에 혼자 둔 적이 있나?"

"그 말씀은……." 시먼스의 손가락이 불안하게 검은색 정장의 커프스단추를 잡아당겼다. "우드버리 씨가 살인자라는 뜻입니까?"

변호사는 한 손을 들어올렸다. 다이아몬드 반지에 빛이 번득였다. "그런 건 아니야. 그저 가능한 모든 관점에서 확인하고 있을 뿐이지."

시먼스는 집중하는 듯이 얼굴을 찌푸렸다. "기억이 잘……. 아, 그렇군요! 우드버리 씨를 혼자 두신 적이 있습니다. 제가 음료수를 대접한 이후에 탄산수를 더 가지러 부엌에 들어오셨어요." 시먼스는 설명을 덧붙였다. "저는 잠자리에 들었거든요."

핑클스타인이 손바닥을 마주대고 비비자 공기를 빨아들이는 소리가 났다. "좋아. 이제야 진전이 좀 있군."

크레인이 물었다. "우드버리와 웨스틀랜드 씨는 언제나 좋은 친구 사이였나? 돈이나 다른 문제로 싸운다거나 말썽이 일어난 적은 없고?"

"아, 그런 일은 없습니다. 전쟁 직후에 제가 웨스틀랜드 씨를 모시기 시작한 후로 두 분은 언제나 좋은 관계셨습니다. 두 분이 프랑스에서 함께 복무하신 건 아실 테지요."

닥 윌리엄스는 갈색 의자에 앉아서 눈 위로 모자를 기울이고 있었다. 그는 숙녀들이 같이 있을 때를 빼면 실내에서도 모자를 벗는 법이 없었다. 윌리엄스가 말했다. "질문이 하나 있는데, 내가 질문해도 괜찮을까요?"

모두가 괜찮다고 대답했다.

"내가 알고 싶은 건, 빨간 머리 아가씨가 웨스틀랜드 씨에게 전화를 했냐는 거야."

"저도 잘 모르겠습니다. 누군가가 전화를 했고, 그 직후에 웨스틀랜드 씨가 나가시기는 했습니다."

"돌아오는 소리도 들었나?" 크레인이 물었다.

"아닙니다. 저는 잠자리에 들어간 후였습니다. 제 방은 부엌 뒤에 있어서…… 소리를 잘 듣지 못하는 편입니다."

핑클스타인이 의자에 걸쳐두었던 갈색 코트를 집어 들었다. 그는 서랍마다 금손잡이가 달린 보관함을 의심스러운 눈으로 보았다.

"지문 같은 건 없겠지?"

크레인이 대답했다. "그날 밤에 우드버리 씨가 왔다 가고 나서 시먼스가 잘 닦았을 것 같군요."

교사 같은 시먼스의 여윈 얼굴에 불안한 표정이 떠올랐다. "그렇습니다만 제가 잘못한 건가요?"

"자네가 지문에 대해 알 수야 없었겠지." 크레인은 시먼스를 안심시키고 윌리엄스에게 고갯짓을 했다.

핑클스타인은 시먼스의 도움을 받아서 코트를 입고 말했다. "우드버리에게 좀더 관심을 두는 게 좋겠군."

시먼스가 말했다. "혹시 제가 할 수 있는 일이 있다면……."

"우리가 뭘 물어봤는지 발설하지만 마." 크레인은 보관함 문을 시험해보면서 말했다. 소리 없이 부드럽게 열렸다. "웨스틀랜드 씨가 체포당한 곳이 어디라고?" 크레인이 불쑥 물었다.

시먼스는 놀란 얼굴이었다. "스포츠 클럽이었습니다. 경찰이 여기로 전화를 걸었고 제가 어디 계신지 말씀드렸지요. 그때는 무슨 일이 일어났는지도 몰랐습니다."

"웨스틀랜드 씨는 아침부터 클럽에서 뭘 하고 있었나?"

"평일이면 11시마다 프로 선수와 스쿼시를 치십니다."

변호사는 손에 든 모자를 돌리면서 말했다. "오후에 할 일이 많으니 우리……."

"잠시만 기다리세요." 크레인은 아직도 보관함 서랍을 열어보고 있었다. "머릿속에 배경지식을 분명하게 새겨두고 싶군요. 시먼스, 경찰이 클럽에서 웨스틀랜드 씨를 잡은 후에 바로 구금했나?"

"그렇습니다. 부인에게 쓰신 편지에 대해 묻는다면서, 아시겠지만 부인의 핸드백에서 찾은 편지였지요. 아무튼 그러면서 스테이트 스트리트에 있는 수사국으로 데려갔는데요, 검시실에서 부인이 웨블리 자동 권총에 맞았다고 보고할 때까지만 해도 웨스틀랜드 씨를 보내주려고 하고 있었습니다."

"보내주려고 했는지 자네가 어떻게 알지?"

"저도 수사국에 있었으니까요."

"자네가! 자네도 체포됐나?"

"아닙니다. 그러니까, 볼스턴 씨가 전화를 거셔서 경찰이 웨스틀랜드 씨를 체포하러 갔는데 수사국으로 데려갔을 거라고 알려주셨습니다. 저보고 거기 가서 웨스틀랜드 씨가 보석금 때문이든 무엇 때문이든 대신 연락해줄 사람이 필요할 때 도움이 되어주라고 하시더군요."

"왜 자기가 직접 가지 않고?"

"보석금을 확보하고 웨스틀랜드 씨의 변호사를 선임하러 사무실로 가야 한다고 하셨습니다. 1시쯤에 수사국으로 와서 절 집으로 보내셨고요."

크레인은 초조해하는 윌리엄스에게 눈을 찡긋하더니 시먼스에게 물었다. "볼스턴이 전화한 게 몇 시였나?"

"딱 11시 30분이었습니다. 우연히 시계를 봤거든요."

"이제 중요한 질문이 있는데……." 윌리엄 크레인은 보관함에서 자리를 옮겨 벽난로에 놓인 고풍스러운 놋쇠 장작 받침에 감탄하며 말을 이었다. "혹시 웨스틀랜드 씨가 부인의 아파트 열쇠를 복제했는지 여부를 아나?"

"복제하지 않으신 건 확실합니다. 가엾은 웨스틀랜드 부인은 벽금고에 든 장신구와 채권을 잃을까 봐 두려워하셨거든요. 애초에 문에 특별 자물쇠를 단 것도 그래서였지요. 웨스틀랜드 씨의 열쇠는 열쇠고리에 묶여 있었습니다."

핑클스타인이 흥미롭다는 듯 눈을 가늘게 떴다. "누가 열쇠를 훔쳐서 복제할 수도 없었을까?"

"열쇠고리를 통째로 가져가지 않고는 무리인데, 그랬다면 웨스틀랜드 씨가 알아차리셨겠지요."

"자네 말고 이 아파트 열쇠를 가진 사람은?" 크레인이 물었다.

"없습니다……." 시먼스는 약간 당황하는 얼굴이었다. "마틴 양 말고는요. 가끔 쇼핑을 하시고 오후에 집에 들르실 때가 있었지요. 물론 이상한 일은 없었습니다."

"알았네." 크레인은 문 쪽으로 움직였다. "우드버리 씨에게는 이 대화에 대해 말하지 마, 시먼스."

하인은 일행이 나갈 때까지 문을 잡고 있었다. "웨스틀랜드 씨를 구해주셨으면 좋겠군요."

시먼스는 마치 거꾸로 뒤집힌 무대 커튼처럼 엘리베이터가 내려가면서 바닥에 그 모습이 가려질 때까지 일행을 지켜보고 서 있었다.

바람이 발작적으로 나무를 뒤흔들고 노성을 지르며 높은 아파트 건물들 모퉁이를 휘돌았다. 대로 저편에서 호수가 석조 방파제를 넘어오려고 애쓰면서 패배한 물보라를 바람 속으로 던져 넣었다. 잎사귀와 종이와 흙의 소용돌이가 닥 윌리엄스를 에워쌌다.

"이제야 시카고를 왜 바람의 도시라고 부르는지 알겠군……. 지금 어디로 가는 거야?"

"여길 바람의 도시라고 부르는 건 초창기 주민들이 수다스러웠기 때문이야. 그리고 지금 어디로 가는지는 핑클스타인 씨가 알지." 크레인이 대꾸했다.

변호사는 잰걸음으로 걷고 있었다. "잠시 들러서 준 디 양을 만나보는 편이 좋겠어. 웨스틀랜드 부인의 하녀였는데, 이 거리에서 일하거든." 그는 금테 안경 너머로 크레인을 보고 말했다. "우드버리에 대해서도 조사해봐야겠지."

"확인해본다고 나쁠 거야 없지요. 하지만 시먼스가 유언에 따라 만 달러를 받는다는 점 잊지 마십쇼."

초인종을 누르자 MGM사의 영화에 나올 법한 영국풍의 집사가 나와서 오만하게 일행을 쳐다보고 말했다. "디 양 말씀입니까? 여기에 그런 이름을 가진 사람이 있긴 합니다만." 집사는 출입구 정면에 서 있었다.

"그러면 내놓으라고." 윌리엄스가 말했다.

"디 양은 이 집의 하인입니다. 이야기를 나누고 싶으시다면 디 양 본인 집에서 하시지요."

핑클스타인이 닫히는 문 사이로 발을 밀어넣었다. "우린 경찰에서 왔어. 태도를 빨리 바꾸지 않으면 공무집행방해죄로 처넣을 거요."

윌리엄스가 덧붙였다. "지금 당장 코에 혹을 하나 다는 건 어쩌려나?"

동요한 집사는 어두운 홀 안으로 사라졌다. 집사가 활짝 열어두고 들어간 문에서 집안의 따뜻한 공기가 빠져나왔다. 얼굴과 손에 따뜻한 공기가 닿으니 좋았다. 겨우 나타난 디 양은 미친듯이 화가 나 있었다.

"경찰 아저씨들, 뭐하는 거예요? 일자리 잃는 꼴 보고 싶어요?" 디 양의 머리는 감초 사탕처럼 검었고, 실크로 만든 하녀복을 입은 모습이 예쁘고 앙증맞기는 했지만 나이가 많이 어리지는 않았다.

핑클스타인이 웨스틀랜드가 보내서 왔다고 설명하자 디 양의 태도는 좀더 우호적이 되었다. 그녀는 웨스틀랜드 씨는 좋은 남자라고 말했다. 언제나 웨스틀랜드 씨를 좋아했다고도 했다.

핑클스타인이 물었다. "어디에서 이야기를 나눌 수 있겠나? 몇 가지 질문을 하고 싶은데."

디 양은 앞장서서 나무판을 댄 복도를 걸어가더니 계단을 반 층 내려가서 벽 색깔이 밝은 부엌으로 들어갔다. 파란색 면 드레스를 입고 하얀 앞치마를 두른 덩치 좋은 아일랜드 노파가 전기 스토브 위에서 끓고 있는 주전자 안을 열심히 들여다보고 있었다. 젤리를 만드는지 맡기만 해도 입이 오므라드는 새콤달콤한 냄새가 부엌을 가득채웠다. 노파는 의심스러운 눈으로 일행을 보았다.

디 양이 설명했다. "경찰분들이세요."

얼굴은 달라지지 않았지만 노파는 다시 주전자 위로 허리를 굽히고 숟가락으로 체리색 액체를 휘저었다.

크레인은 디 양에게 진짜 살인범을 찾아낼 단서를 찾아내려고 한다고 설명하고 덧붙여 말했다. "특히 그 아파트의 특별한 열쇠에 관심이 있는데. 웨스틀랜드 부인이 열쇠를 더 만들지 않은 건 확실해요?"

디 양은 단정한 머리를 설레설레 저었다. "분명해요. 부인은 저를 믿으셨지만 제가 잃어버릴까 봐 복제 열쇠를 만들지 못하게 하셨어요. 그리고 부인 모르게 복제할 수도 없었어요. 열쇠를 떼어놓는 일이 없으셨거든요."

핑클스타인이 물었다. "웨스틀랜드 씨가 여벌 열쇠를 만들었을 수도 있다고 생각하나?"

"아닐 거예요. 부인이 금고에 대해 얼마나 두려워하는지 알고 계셨고, 제가 직접 들었는데 부인에게 열쇠를 절대 떼어놓지 않겠다고 약속도 하셨어요."

"별거한 후에도 웨스틀랜드 씨가 열쇠를 가지고 있게 둔 건 어찌된 일이지요?" 크레인이 물었다.

"웨스틀랜드 씨는 그 아파트에 특별히 자동 온도 조절 기능이 있는 와인 셀러를 지어두고, 그 안에 귀한 와인을 몇 병 보관하셨어요. 그런 와인 셀러를 또 짓자면 돈이 너무 많이 드니까 와인 셀러를 계속 이용해도 좋다고 부인이 웨스틀랜드 씨와 이야기를 마치셨어요. 가끔 들러서 한두 병씩 가져가셨어요."

핑클스타인이 물었다. "내부에 와인 셀러를 지었다면, 아파트는 웨스틀랜드 씨 소유였나?"

"네. 맞아요. 웨스틀랜드 부인이 사시던 아파트는 웨스틀랜드 씨가 건설에 참여해서 그분 명의로 되어 있었어요."

크레인이 물었다. "문 말고 살인범이 아파트에서 빠져나올 다른 방법은 없을까요?"

디 양은 천천히 검은 머리를 내저었다.

늙은 아일랜드 요리사는 새콤달콤한 젤리가 담긴 주전자를 떠나 크롬색 싱크대에서 셀러리를 다듬고 있었다. 흐르는 물소리 위로 칼이 채소를 썰며 바스락거리는 소리를 냈다. 요리사는 뭉툭한 끄트머리에 삼각형 모양을 내어 셀러리를 멋진 장식 조각으로 자르고 있었다.

"언제나 오전 같은 시각에 웨스틀랜드 부인의 아파트에 도착했나요, 디 양?" 크레인이 물었다.

"네, 9시 30분에요. 웨스틀랜드 부인은 언제나 늦게까지 주무셔서, 그전에 가면 좋아하지 않으셨어요."

"문을 부순 후에 다른 사람들과 어떻게 방안으로 들어갔는지 기억해낼 수 있을까요?" 크레인은 셀러리를 애타게 보며 말을 이었다. "순서가 어떻게 되는지 말이지."

"음, 아파트 경비원이 문을 부수고 제일 먼저 들어갔어요. 나머지는 그 뒤에 따라갔죠. 아마 볼스턴 씨와 제가 마지막이었을 거예요. 경비원인 설리번 씨가 현관에서 거실로 들어가더니 숨을 들이켜는 소리를 냈던 기억이 나요. 그 뒤로 우리 모두 뛰어들어갔더니 부인이 거실 양탄자 위에 누워 계셨어요. 마치 잠든 듯한 모습이었어요. 아름답던 갈색 머리카락만 빼면요."

"머리가 왜?"

"피에 흠뻑 젖어 있었거든요."

이제는 셀러리 자르는 소리가 들리지 않았다.

크레인이 물었다. "현관에서 반대 방향으로 가면 어디죠?"

"침실 쪽으로 들어가요."

"그렇다면 살인범이 모두가 거실에 들어갈 때까지 침실에서 기다렸다가 그냥 엘리베이터로 걸어나갔을 수도 있지 않나요?"

디 양은 앙증맞은 코에 주름을 잡았다. "말도 안 돼요. 엘리베이터 안내원인 토니가 현관에서 기다리고 있었거든요. 문을 부수는 동안에는 엘리베이터 안에 서 있었고요. 그 후에는 경찰을 부르려고 부관리인 웨인 씨를 모시고 아래로 내려갔어요."

핑클스타인은 금테 안경에 손가락을 올리고 말했다. "흠, 이것 참 재미있군. 특별 잠금장치용 열쇠가 그 자리에 있었던 건 확실한 거요?"

크레인은 셀러리 줄기를 하나 슬쩍하려고 했다. "어림없수." 늙은 요리사가 말하더니 두 손에 셀러리를 가득 들고 냉장고로 갔다.

"열쇠는 그 자리에 있었어요." 디 양은 윌리엄 크레인을 보고 미소 지었다. "제가 봤는걸요. 테이블 위에 놓인 핸드백 옆에, 다른 열쇠와 동전들과 같이 있었어요. 부인은 테이블 바로 밑에 쓰러져 있었죠."

요리사는 열린 냉장고 앞으로 몸을 굽히고 종이로 무엇인가를 싸는 소리를 냈다.

핑클스타인이 디 양에게 물었다. "웨스틀랜드 부인의 보석류는 어떤가? 도난당한 물건이 있나?"

"모두 그대로 있었어요. 부인이 걸친 장신구까지 다요."

윌리엄스가 물었다. "부인이 어디에 총을 맞았지?"

"머리 옆이요. 제가 보기에는 갑자기 당하신 것 같았어요. 예상도 못 했다가 총에 맞으신 것처럼요."

"이만하면 된 것 같군."

핑클스타인이 말하자 디 양은 부엌문을 열었다. "뒤쪽으로 나가시는 편이 좋겠어요. 집사님이 안절부절못하고 계시거든요." 그녀는 닥 윌리엄스를 보고 미소 지었다. "가엾은 웨스틀랜드 씨가 돌아가시기 전에 범인을 잡으셨으면 좋겠네요."

크레인이 식료품 저장실을 지나가는데 아일랜드 요리사가 신문지에 싼 꾸러미를 내밀었다. "여기 도움될 만한 게 있네." 그녀는 오른쪽 눈을 꽉 감아서 맹렬하게 윙크를 하며 비밀스럽게 속삭였다. "내 아들 에드도 디트로이트에서 경찰 일을 하거든."

크레인은 조심스럽게 꾸러미를 받아들었다. 바깥은 꽤 어두웠고, 가로등마다 둥그런 빛 웅덩이 속에 서 있었다. 크레인이 꾸러미를 푸는 동안 세 사람은 가로등 불빛 속에 걸음을 멈췄다. 꾸러미 안에는 석쇠에 구운 닭 반 마리가 들어 있었다. 크레인은 다리를 뜯어내고 나머지를 핑클스타인에게 넘겼다. 변호사는 날개를 떼어내고 가슴살을 윌리엄스에게 건넸다. 세 사람은 생각에 잠겨 느긋하게 닭고기를 씹으면서 대로를 따라 걸었다.

크레인이 말했다. "경찰이 되는 것도 나쁘지 않군."

화요일 늦은 오후

그들은 창문에 스테인드글라스를 넣은 고딕풍의 사무실에서 웨스틀랜드 부부가 소유한 아파트 건물의 부관리인인 그레고리 웨인에게 한동안 질문을 했지만 소득은 없었다. 웨인은 나이 마흔에 배가 나오고 턱살이 늘어진 남자였다. 그는 웨스틀랜드가 부인을 죽였다고 믿고 있었다.

"분명히 그 사람이 부인을 쏘고 직접 문을 잠근 겁니다. 그 집 열쇠는 평범한 자물쇠공이 복제할 수도 없어요."

웨인은 지루해하면서도 정중하게 구는 성직자처럼 열의는 없지만 예의 바른 답변으로 응대했다. 그는 문제의 아파트는 하나뿐인 문 외에는 안에서 잠겨 있었다고 확신했다. 창문이 걸려 있는 것은 직접 보았다. 침실에 누가 숨어 있을 수 없었다는 점에 대해서도 확신했다.

"경비원이었던 마이크 설리번이 클리블랜드로 가버려서 안타깝군요. 여기 있었다면 그 친구가 사실을 확인해줬을 텐데 말입니다. 토니도 아무도 나갈 수 없었다고 말할 겁니다. 엘리베이터에서 문을 볼 수 있었으니까요."

크레인은 핑클스타인의 묻는 듯한 시선을 받고 어깨만 으쓱였다. 웨인은 디 양의 이야기를 되풀이하고 있을 뿐이었다.

핑클스타인이 물었다. "부인의 열쇠는? 확실히 봤소?"

"분명히 봤고말고요." 관리인의 말투가 날카로웠다. "다른 열쇠들과 잔돈과 함께 테이블 위에 놓여 있었어요. 디 양이 그게 특별 잠금장치용 열쇠라는 점을 지적해준 후에는 검시실에서 나온 사람이 맡았지요. 경찰은, 특히 스트롬 형사 반장은 처음부터 아파트가 잠겨 있었다는 점이 중요하다는 사실을 깨달았어요." 웨인은 보드라운 손을 의자의 빨간색 가죽 팔걸이에 얹고는 책상에서 몸을 일으켰다. "그러면, 신사분들……."

크레인이 말했다. "아파트를 다시 한번 보고 싶은데요."

관리인은 뺨을 부풀렸다. "죄송하지만 그 아파트에는 호건 양이 살고 있어요. 호건 양이……."

"아파트는 웨스틀랜드 씨 개인 소유라고 알고 있었는데요." 핑클스타인이 말했다.

"맞습니다만, 제가 임대해주었습니다."

"그래요?" 핑클스타인은 통통한 남자의 놀란 코 아래에서 손가락을 흔들었다. "당신이 임대해주었다? 그리고 이제 안으로 들어가려면 영장을 받아야 한다?" 변호사는 비둘기처럼 몸을 부풀렸다. "말해두는데, 영장을 받아올 때는 당신 체포 영장도 같이 받아올 거요."

"전 그저……." 관리인의 손가락이 얇은 자주색 정장 단추를 잡아당겼다. "아무도 쓰지 않는 집이니 누굴 살게 하는 편이 바람직하다고 생각했을 뿐입니다……. 정돈해두기도 좋고……." 관리인은 통통한 얼굴에 겨우 힘없는 미소를 띠는 데 성공했다.

"그런 짓을 한 대가로 여기 일자리를 잃을 수도 있어요." 핑클스타인은 진지하기 그지없었다. "거기 사는 여자분에게 전화해서 우리가 올라간다고 해요. 아파트 안에서 망가지거나 없어진 물건이 하나라도 있다면 당신이 값을 치러야 할 거요." 핑클스타인은 관리인에게 등을 돌리고 크레인과 윌리엄스에게 눈을 찡긋했다. "당신을 어떻게 할지는 나중에 결정하지요, 웨인 씨."

웨인은 책상에 놓인 상아색 전화기를 더듬더듬 집어 들었다. "호건 양을 연결해줘요." 그는 땀이 찬 손으로 입 대는 부분을 막고 말했다. "전 아무도 반대하지 않을 줄만……." 그는 손을 떼고 녹아들어가는 목소리로 말했다. "여보세요. 웨스틀랜드 씨의 변호사분들이 아파트를 보고 싶어 하시거든. 지금 바로 올라갈 거야." 수화기에서 빠르게 재잘거리는 소리가 들렸다. 웨인은 더 큰 목소리로 말했다. "어쩔 수 없어. 이분들은 급해. 그냥 뭐라도 걸쳐." 수화기에서 다시 재잘거리는 소리가 났다. "상관없어. 바로 올라갈 거야." 그는 수화기를 쾅 소리 나게 내려놓았다.

핑클스타인이 말했다. "당신을 데려가진 않을 거요. 당신 이야기는 충분히 들었으니까. 여기 앉아서 없어진 물건이 없기를 기도하는 게 좋겠군."

일행이 엘리베이터에서 내려서 2303호를 두드리자, 오렌지색 머리에 새빨간 입술, 파랗게 칠한 눈의 뚱한 여자가 문을 벌컥 열었다. 목소리는 금속성이었다. "이상한 시간에 찾아왔네요." 여자가 문에서 비켜서자 선명한 빨강, 파랑, 초록색의 실내복이 흔들리면서 발목으로 갈수록 가늘어지는 보스턴 커피 색깔의 맨다리가 드러났다. "뭘 원해요?" 여자는 껌을 씹느라 턱을 움직이며 물었다.

핑클스타인은 교향곡 연주회에서 발휘하는 예의를 갖추어 대답했다. "마담, 귀찮게 해서 정말 죄송합니다." 그는 다이아몬드 반지가 복도 불빛을 받도록 모자를 들어올렸다. "지난봄에 일어난 비극에 대해 마지막 수사를 벌이고 있습니다. 이 아파트를 꼭 살펴봐야 해요."

여자의 눈은 다이아몬드 반지를 놓치지 않았다. "그렇다면야 돌아보게 해드려야겠네요." 여자는 느릿느릿 거실 쪽으로 움직였다.

짙은 자주색 양탄자 위로 회색 테라코타 벽이 뻗어 있었다. 두 벽에는 인도에서 온 반짝이는 동전 벽걸이가 걸렸고, 또 한쪽 벽에는 빨간 입속에 커다란 자줏빛 포도를 밀어넣고 있는 스페인 소년을 그린 화려한 초상화가 걸렸다. 한쪽 끝에는 아파트 크기만 한 스타인웨이 피아노가 놓였고, 중앙에는 커다랗고 새까만 실크 소파가 대리석 벽난로를 마주하고 있었다. 그 외에 단순한 의자 몇 개와 고풍스러운 테이블 두 개가 가구의 전부였다. 창문은 양쪽 벽에 나 있었다. 호건 양이 스위치를 누르자 방안에 간접조명이 넘쳐흘렀다.

호건 양이 말했다. "시신을 저 테이블 옆에서 찾았다죠."

다른 사람들이 기다리는 동안 크레인이 제일 셜록 홈스 같은 태도로 작은 확대경을 들고 양탄자를 가로질렀다. 그는 피가 묻었던, 이제는 희미하게 변색된 지점을 살펴보고 주의깊게 테이블을 조사했다. 소파 옆을 만져보고, 쿠션을 들어올리고, 뒷면을 두드려보고, 소파 아래로도 반쯤 손을 미끄러뜨렸다.

호건 양의 색이 선명한 입술이 경멸하듯 구부러졌다. "살인자가 그 밑에서 기다리다가 지쳤겠네요." 그녀는 둥근 엉덩이를 좀더 큰 테이블 위에 걸쳤다.

크레인은 작은 테이블로 돌아가서 물었다. "핀 있어요? 끈이나?"

호건 양은 얼굴을 찌푸리더니 "있을 거예요"라고 말하고 현관 쪽으로 한들한들 걸어갔다.

윌리엄스가 반짝이는 눈으로 뒷모습을 좇았다.

"저 엉덩이는 어디 풍자극에 나오게 생겼는걸. 아니면 고급 익살극이나."

"식당으로 가는 문을 열어주겠나, 닥?" 크레인이 바닥에 앉더니, 거실 끝, 현관 근처에 있는 유리판을 댄 작은 미닫이문을 가리켰다.

윌리엄스는 호건 양의 침실 쪽 복도를 보면서 문을 밀어 열었다. 빨간 타일 바닥의 식당에는 다리를 단철로 만든 윤기 없는 커다란 식탁이 놓여 있었고, 벽에는 지나치게 파란 강 위로 분홍색 다리가 놓인 현란한 그림이 걸려 있었다. 주방으로 이어지는 여닫이문은 왼쪽, 바깥 복도 방향에 있었다.

호건 양이 돌아와서 크레인의 무릎에 시침핀과 갈색 삼끈 뭉치를 떨궜다. 라일락 향기가 강하게 났다. 크레인은 다시 한번 호건 양의 맨다리를 슬쩍 보고는 실크 실내복 아래에 뭔가 입고 있기는 할까 생각했다.

"이 집에 문은 하나뿐이지요?" 크레인은 호건 양에게 물었다.

"그 문으로 들어왔잖아요."

"주방에는 짐을 들이는 입구가 있고요?"

"그래요. 하지만 원숭이보다 크면 들어올 수 없을걸요."

"밤에는 꽤 안전하게 지내시겠군요?"

마스카라 안쪽으로 보이는 녹갈색 눈동자는 도도했다. "난 문 없이도 밤에 안전하게 지낼 수 있어요."

윌리엄스가 말했다. "그렇다면 여긴 계집애들만 사는 도시겠는데."

핑클스타인이 꾸짖듯이 말했다. "저 아가씨가 매력적이기는 하지만 우린 일을 하러 왔네."

윌리엄스는 대담하게 호건 양을 쳐다보았다. "난 언제든 들를 수 있어요."

크레인이 윌리엄스에게 끈을 흔들었다. "가서 식당과 주방 사이에 있는 문과 짐 들이는 문을 열어." 그는 호건 양을 보고 말을 이었다. "저 아가씨는 우리에게 관심이 없거든."

"아, 그건 모르겠네요." 호건 양이 말했다.

크레인은 현관으로 들어가서 현관문을 보았다. 문은 문틀에 딱 맞아 위로도 아래로도 열쇠를 통과시킬 만한 틈이 없었다. 막혀 있는 특별 잠금장치도 열쇠로 돌려 조여야 잠긴다는 점은 알 수 있었다. 돌아가서 부엌으로 걸어 들어가니 윌리엄스가 여닫이문을 열어서 받치고 있었다. "잠시만 바깥 복도에 나가 있어, 닥."

식료품을 받는 문은 사람 머리 높이에 있는 가로세로 삼십 센티미터쯤 되는 사각형이었다. 사람이라면 통과할 수 없을 것이다. 윌리엄스가 복도를 빙 돌아서 문 반대편에 서자 크레인은 그에게 삼끈 끄트머리를 건넸다. "잡고 있어." 끈 뭉치를 풀면서 식당을 통과하여 거실에 있는 작은 테이블 옆에 멈춰 선 뒤 크레인은 『캉디드』라는 책을 집어 테이블 틈에 시침핀을 단단히 고정시켰다. 그러더니 끈을 잘라내 시침핀 주위로 느슨하게 묶은 다음, 단단히 묶이기는 하되 핀에 걸린 느슨한 매듭이 풀리지는 않을 정도로만 잡아당겼다. 크레인은 끈을 팽팽하게 유지하면서 윌리엄스가 있는 곳으로 다시 돌아갔다. 호건 양과 핑클스타인이 이상해하며 따라갔다. 그는 현관문 열쇠를 잡아서 끈에 끼우고, 식료품 문 옆에 손을 들어올린 채로 열쇠가 끈을 타고 움직이게 했다. 끈은 식당 벽을 따라가다가 꺾여서 거실로 들어갔는데, 열쇠는 이 모퉁이를 돌지 못했다. 그가 끈을 흔들었다. 그러자 시침핀에 매인 끈이 풀리고 열쇠는 땡그렁 소리를 내며 식당의 타일 바닥에 떨어져버렸다.

"젠장! 이건 안 되겠군." 크레인이 말했다.

윌리엄스가 복도를 돌아 들어왔다. "이봐, 지휘관 양반. 뭘 하는 건지나 말해봐." 크레인은 잘라낸 끈을 뭉치에 다시 감았다. "주방에 있는 식료품 문에서 테이블까지 열쇠를 미끄러뜨린 다음, 시침핀에 건 끈을 잡아당겨서 열쇠만 테이블에 남겨두고 빼낼 수 있지 않을까 했지." 크레인은 테이블에서 핀을 당겨 뽑은 다음 핀과 끈 뭉치를 호건 양에게 건넸다. 덕분에 호건 양이 연한 노란색 브래지어를 입었음을 알 수 있었다. "멋부린 탐정소설마다 이런 속임수가 나오지. 살인자가 사람을 죽인 후에 몇 시간이나 끈기 있게 여기 바깥에 쭈그리고 앉아서 열쇠를 테이블 위에 돌려놓고 끈을 풀어 빼내려고 애쓰는 모습을 그려보라고. 혹시 누가 뭘 하고 있냐고 물으면 '저 안에 사는 부인을 죽이고 열쇠를 가진 다른 사람이 밖에서 문을 잠근 것처럼 보이게 만들려고 하는 중이오'라고 말하는 거야."

핑클스타인이 말했다. "열쇠를 가져다둘 훈련받은 원숭이가 있었을지도 모르지. 원숭이라면 식료품 문이라도 통과할 수 있었을 테니."

윌리엄스가 고개를 끄덕였다. "아니면 욕조 배수구로 물개를 올려 보냈든가."

호건 양이 오른쪽 엉덩이에 한 손을 대고 말했다. "뭐예요, 다들 정신병원에서 탈출하기라도 했어요?"

"신고하지는 마요. 몇 년 만에 밖에 나와보는 거니까." 크레인이 말하고 검은색 실크 소파에 앉았다. "호건 양, 경찰이 이 아파트가 웨스틀랜드 씨의 열쇠로 바깥에서 잠근 상태였다고 생각하게 만들고 싶었다고 쳐요. 열쇠를 테이블 위에 두고 문이 아닌 다른 방법으로 나가든가, 아니면 문으로 나간 다음에 문을 다시 열지 않고 다른 방법으로 열쇠를 테이블 위에 돌려놔야 해요. 당신이라면 어떻게 하겠습니까?"

"난 못 해요." 호건 양은 오렌지색 머리를 단호하게 흔들었다. "웨스틀랜드 씨의 열쇠가 문을 잠갔겠죠. 신문에서 읽었는데 내내 그 사람 짓이라고 생각했어요. 돈 많은 한량들은 도무지 믿을 수가 없다니까요."

"그건 어떻게 압니까?"

"나도 한때 신사 친구가 꽤 있었거든요."

"그렇겠지요." 크레인은 그 신사들이 돈을 꽤 쓰기도 했을 거라고 생각했다. "하지만 호건 양, 우리는 웨스틀랜드 씨를 위해 일하고 있으니 그 사람이 유죄가 아니라고 생각해야 해요."

호건 양은 실내복을 여며 날씬한 둔부를 감쌌다. "얼른 뭔가를 찾아내지 못하면 오래 일하지도 못하겠네요."

"여기에서 뭔가를 얻을 수 있을 것 같지는 않군." 핑클스타인이 논평했다.

크레인이 말했다. "윌리엄스, 가서 침실로 빠져나갈 수 있는지 살펴봐. 아무래도 이 문제를 해결할 방법이 있지 싶단 말이야."

"안에서 잠갔으니 창문을 쓸 수도 없었을 테고, 문은 하나뿐인데." 핑클스타인이 말했다.

호건 양은 윌리엄스를 따라 방을 나가면서 다시 한번 잘 태운 늘씬한 다리를 드러냈다.

크레인의 시선이 그녀를 따라갔다. "일을 제대로 하려면 여기에서 나가는 편이 낫겠군요. 호텔 관리인이 어떻게 저런 여자를 잡았나 모르겠습니다."

"불황 탓이지." 핑클스타인은 한쪽 창문으로 불이 밝혀진 대로를 내다보며 말했다. "진짜 돈주머니가 나타나면 그놈은 바로 차버릴걸."

"난 저런 여자가 좋아요. 저런 여자랑 있으면 언제나 자기 위치를 깨닫게 되거든요. 목이 베이지 않으려면 늘 한쪽 눈을 뜨고 자야

하고. 그러다가 여자가 배신하더라도 착한 여자에게 당했을 때만큼 놀랄 일이 없고."

"여자가…… 이를테면 브렌티노 양이 웨스틀랜드를 배신했다고 생각하진 않나?"

"그 여자 입으로 말하길 우드버리와 꽤 사이가 좋다더군요. 시먼스가 사실대로 말한 거라면 우드버리는 웨스틀랜드의 총을 꺼낼 수 있었지요."

"동기가 뭘까? 웨스틀랜드를 없애고 싶었다면 왜 그냥 그 양반을 쓰러뜨리지 않았을까?"

"모르겠습니다." 크레인은 피곤해하며 말했다. "블랙 대령님이 유럽이 아니라 여기에 계셨으면 좋겠네요. 전 형편없는 탐정입니다. 생각을 하려고 하면 머리에 쥐가 난다니까요." 그는 소파에서 몸을 일으켰다. "그 늙은 직원, 스프라이그가 동기를 말해주겠다고 한 건 허풍이었을까요?"

"정신이 온전해 보이지 않던데. 그냥 하는 소리였겠지."

윌리엄스가 호건 양과 함께 돌아와서 보고했다. "침실로는 나갈 방법이 없어."

"이만 가는 게 좋겠군." 크레인이 말하고 눈빛이 뚱한 호건 양의 뺨을 꼬집었다. "또 봅시다, 예쁜 아가씨."

"이번 세기 안에는 안 봤으면 좋겠네요." 호건 양이 대꾸하더니 현관에 들어서는 핑클스타인에게 상냥한 표정을 지었다. "혹시 제가 도울 일이 있으면 연락주세요, 저…….”

“핑클스타인입니다.” 변호사가 말했다.

문이 닫히고 나자 크레인이 말했다.

“휘유, 여자 마음을 이렇게 빨리 얻다니 기분 좋으시겠습니다.”

변호사는 낙타털 코트에서 보푸라기를 털어내며 수긍했다.

“내가 환심을 좀 살 줄 알지.”

로버트 웨스틀랜드는 에밀리 루에게 과일바구니를 또 받았다. 얇게 썬 쇠고기와 오래된 빵, 커피로 저녁 식사를 한 후에 바레차에게 과일을 내밀었다. 마약 판매상 바레차도 그날은 하루 종일 조금밖에 울지 않았다. 그는 초록색 서양배를 골랐다.

“고맙습니다.” 바레차가 웃자 시커먼 이가 보였다. “예전엔 나도 과일을 팔았는데 말이죠.” 목에 남은 찰과상이 자주색이었다.

코너스는 포도를 한 움큼 챙겼다. “유대인 놈이랑 꽤나 사이가 좋군. 응?”

“난 저 친구가 안됐어요. 여기가 아니라 병원에 있어야 할 사람이에요.”

웨스틀랜드는 바구니를 바닥에 놓고 복도에서 불어오는 한기에 몸을 떨었다. 다시 한번 코너스는 어떻게 상의도 걸치지 않고 그런 추위를 견디는지 의아했다.

코너스가 말했다. “이봐, 그랜트에 대해서 생각을 해봤는데 말이야. 그놈들이 우연히 그때를 골라서 그랜트를 죽인 게 아니야. 그놈들이 알리고 싶지 않은 어떤 정보를 흘릴까 봐 해치운 거지."

"그 말이 맞겠지만 그렇다 한들 어쩌겠어요? 그랜트를 죽인 자들을 쫓을 시간이 없는데. 이제 사흘밖에 남지 않았어요……. 나에게 도움이 될 만한 단서를 찾아야 해요."

코너스는 입술을 거의 움직이지 않고 입꼬리만 비틀며 말했다. "청부업자들을 고용한 놈들을 찾는다면 자네 마누라를 해친 놈도 찾게 될 거야."

"그래봐야 소용이 없어요. 결국에는 그자를 아내의 살인자와 연결 지을 수 있을지도 모르지만, 난 그사이에……."

"나한테 생각이 있어. 자네는 결백을 증명해줄 증거를 구해야 하지."

"그렇지요. 살 수만 있다면 진짜 살인자들을 찾아낼 시간이 더 생기겠지요."

코너스는 사과를 쥐고 이를 박아 넣었다. "어쨌든 총격 사건을 조사해본다고 해될 건 없잖아. 분명히 그건 프로의 짓이었어. 나한테 그게 어떤 놈들이 한 짓인지 알아보고 다닐 만한 친구들이 있지."

코너스가 한입 더 베어 물자 사과의 반이 없어졌다. "그러면 자네를 치우는 데 관심이 있는 놈을 알게 될 테고."

"맙소사, 난 평생 폭력배와 아무 관계도 없었어요. 왜 그런 사람들이 나한테 관심을 가지겠어요?"

바람이 웨스틀랜드의 목에 꾸준히 숨을 불어넣었다. 멀리 철도에서 칙칙폭폭 무거운 기차를 움직이는 엔진 소리가 들렸다.

"내가 친구들에게 연락을 하게만 해줘봐. 뭘 찾아낼 수 있나 보자고." 코너스가 말했다.

핑클스타인은 중요한 일이 있다면서 시내에서 두 사람을 떠났다. 두 사람은 셔먼 호텔에 잡아둔 방으로 가서 씻고 화이트록 탄산수를 섞은 캐나다산 호밀 위스키를 마시며 한 시간 정도를 보냈다.

크레인은 저녁을 먹기 위해 방을 나서면서 말했다. "이제까지 맡은 사건 중에 최악이야. 평생 이렇게 많이 취하고 싶었던 적이 없는데 감히 취하지도 못하겠군." 그는 열쇠를 돌려 방문을 잠갔다. "평범한 사건이라면 시간이 많지. 필요하다면 일 년씩 들일 수도 있고. 그런데 이 사건에서는 모든 일을 금요일까지 해내야 해. 미쳐버리겠군."

윌리엄스가 대꾸했다. "대령님이 여기 있었으면 좋겠어."

황록색 신사복을 입은 날렵한 이탈리아인이 엘리베이터를 기다리는 두 사람과 합류하더니, 강철 문이 열리자 거칠게 밀치고 엘리베이터에 탔다. 그는 내려가는 내내 두 사람을 노려보았다. 향수 냄새가 났고, 가무잡잡한 얼굴에는 면도 파우더를 잔뜩 뿌렸다. 내릴 때도 두 사람을 밀고 지나갔다.

"저 녀석 모양새가 마음에 들지 않는군." 윌리엄스가 로비에 놓인 슬롯머신 옆을 지나가면서 스스럼없이 말하자 크레인이 말했다.

"저자도 우리를 싫어했어."

두 사람은 디어본 스트리트에 있는 스테이크 집으로 걸어갔다. 웨이터가 주문을 받아간 후 윌리엄스가 말했다. "핑클스타인이 뭘 그리 중요한 일을 하고 있을까?"

"난 대충 알 것 같아." 크레인은 주머니에서 오 센트 동전을 하나 꺼내더니 현금 출납원 자리 옆에 있는 전화박스로 걸어가 번호를 하나 호출했다. "호건 양의 아파트요." 그는 잠시 후에 다시 말했다. "주 검사실인데, 핑클스타인 씨와 이야기를 해야 해요." 다시 사이를 두고. "핑클스타인 씨? 흠, 거실 블라인드를 내리는 정도 예절은 갖추셨겠지요."

그는 웨스틀랜드 사건을 해결했어도 그렇게 기뻐했을까 싶은 표정으로 자리에 돌아갔다.

화요일 밤

그들은 저녁 식사 후에 수사국에서 스트롬 반장과 이야기를 해 보기로 했다. 바깥은 바람이 그렇게 심하게 불지 않았고, 소리 없이 마른 눈이 떨어지기 시작한 상태였다. 메마른 눈발은 마치 손톱 가위로 타조 깃털 목도리를 잘라내어 뿌리는 것 같았다. 전차는 이미 눈에 덮힌 선로 위를 조용히 미끄러져 가고, 자동차들은 하얀 차도 위를 조심스럽게 움직였으며, 한산하고 깨끗한 스테이트 스트리트 는 꽤 목가적인 분위기를 자아냈다. 두 사람은 남쪽으로 걸어가다 가 거대한 백화점 진열장을 감탄하며 들여다보았다.

윌리엄 크레인은 웨스틀랜드에 대해 생각하고 있었다. "성과가 빨리 나오질 않는군." 그는 침울하게 말했다.

윌리엄스가 대꾸했다. "글쎄. 난 아직도 우드버리를 감시하자는
게 나쁜 생각 같지 않아."

그들은 고가 구조물 아래를 걸어서 밴뷰런 스트리트 남쪽에 있
는 싸구려 유흥가에 접어들었다. 그들은 사격장이 딸린 오락실,
'오십 명의 뉴욕 귀염둥이'가 나온다는 벌레스크 쇼*, 빨간 간판에
따르면 '일곱 명의 살아 있는 모델로 대담하게 표현한 대도시의 죄
악'이라는 쇼, 문신 가게와 전당포를 지나쳤다.

윌리엄스가 말했다. "이봐, 혹시 문신을 새기게 되거든 여자 이
름은 넣지 못하게 해."

"문신을 새기고 싶었던 적도 없어."

"어쨌든 혹시라도 하게 되면 부서진 심장이나 자유의 여신상, 아
니면 입에 풀 다발을 문 비둘기 같은 걸 새기고 이름은 넣지 말라고.
여자란 언제 바뀔지 모르는 법인데 그걸 지우는 건 지옥이거든."

수사국이 가까운 거리는 어둑했다. 오른쪽에는 지저분한 판자
울타리에 둘러싸인 고물상과 석탄 저장소가 있었다. 길 건너편에는
사 층짜리 갈색 공동주택이 늘어섰다. 사람은 가끔밖에 지나가지
않았다.

윌리엄스가 이어서 말했다. "예전에 메리라는 여자가 있었는데
말이야. 호보컨에서 어느 문신사를 찾아서 내 가슴팍에 인어를 새
기고 그 밑에 메리라고 쓰게 했거든. 앤절라라는 이탈리아 여자와
얽히기 전까지만 해도 괜찮았지. 앤절라는 '메리'를 지우기 전에는

나와 아무것도 하지 않으려고 했어. 종교적인 이유는 아니라고 하면서도 왜 그렇게 속상해했는지 아직도 잘 모르겠어."

크레인이 말했다. "신성모독과 간음죄를 동시에 저지르기 싫었나 보지."

윌리엄스는 어깨 너머를 돌아보더니 "빌어먹을!" 하고 외치면서 크레인의 허리를 잡아 넘어뜨렸다. 두 사람은 인도 위에 거칠게 쓰러졌다. 빗자루를 말뚝 울타리에 무서운 속도로 밀어대는 것 같은 빠르고 불규칙한 소리가 울리더니, 검은색 사이드 커튼을 단 투어링 카가 시속 오십 킬로미터로 달려 지나갔다. 앞자리에서 한 남자가 몸을 내밀더니 경기관총으로 두 사람을 쏘아댔다.

크레인의 얼굴에 닿는 눈이 차갑기 그지없었다.

윌리엄스가 뒤엉킨 오버코트에서 리볼버를 꺼내어 번개처럼 반격을 가했다. 뒤쪽 노란 가로등 불빛 아래에서 중절모를 쓰고 갈색 오버코트를 갖춰 입은 맵시 있는 흑인 한 명이 눈을 휘둥그레 뜨고 보고 있었다. 기관총을 든 남자는 두 사람에게 마지막 총격을 퍼붓고 뒷좌석으로 사라졌다. 크레인이 다시 몸을 숙였다가 눈밭에서 얼굴을 들었을 때 이미 자동차는 사라졌고 흑인은 배수로 안에 쓰러져서 낚싯줄에 걸려 보트에 떨어진 붕어처럼 팔딱거리고 있었다.

크레인은 시멘트 바닥에서 비칠비칠 일어나서 모자를 찾았다. 흑인은 팔다리로 헤엄을 치듯 움직여서 인도 위로 반쯤 기어올랐다가 다시 연석에서 길거리로 미끄러져 떨어졌다. 윌리엄스가 가까이

●　**벌레스크 쇼** _ 미국에서 발달한 통속 희가극으로 나중에는 남자들만을 위한 저속하고 음란한 쇼로 변했다.

몸을 굽히자 흑인은 발작적으로 몸을 움직였다.

"댁을 죽이려는 게 아니야. 총에 어딜 맞았나?" 윌리엄스가 말했다. 흑인은 눈을 수란처럼 크게 뜨고 다리를 가리켰다. 바지 아래로 흘러나온 피가 눈 위에 선명하고 걸쭉하게 고였다. 윌리엄스는 총을 치우고 칼로 바지 다리 부분을 잘랐다.

흑인은 신음하면서 말했다. "제일 좋은 옷인데."

"출혈 때문에 죽고 싶진 않을 거 아냐. 안 그래?" 윌리엄스는 못마땅하는 흑인의 목에서 물방울무늬 스카프를 낚아채더니 상처 바로 위에 묶었다. 크레인과 스카프 양쪽 끝을 잡고 단단히 당긴 다음 매듭을 지었다.

트럭 한 대가 옆에 멈춰 섰다. "무슨 일입니까?" 트럭 운전사가 물었다. 트럭에는 '독신남의 친구, 손세탁'이라고 적혔고 그 옆에 이렇게 찍혀 있었다. '우리가 있는데 뭐하러 결혼을 해요?'

윌리엄스가 대답했다. "이 친구가 다쳤어요. 뺑소니야." 그는 니켈 배지를 보여주고 말을 이었다. "이 친구를 세인트 루크 병원으로 데려가요."

운전사는 통통하고 앳된 얼굴이었다. "알겠습니다." 그는 흑인을 부축해서 앞좌석에 앉히고 잽싸게 트럭을 몰고 떠났다.

윌리엄 크레인이 말했다. "여길 벗어나는 게 좋겠군."

"말이라고! 여기 있다가 경찰에게 발견되기라도 하면 설명을 잔뜩 해야 할 거야……."

"난 투어링 카에 탄 놈들을 생각하고 있었어."

"그 깡패놈들! 그놈들이 돌아왔으면 좋겠군. 총질도 더럽게 못하던데." 윌리엄스의 목소리에 경멸이 깃들었다.

"그 점에는 감사해야지!"

뽀득뽀득 밟히는 눈 위를 빠르게 걸어서 수사국에서 반 블록 거리까지 갔을 때 윌리엄스가 크레인의 팔을 잡고 외쳤다. "엘리베이터에서 본 번드르르한 이탈리아 놈! 녹색 옷을 입고 있던 놈 말이야!"

"그놈이 뭐?"

"그놈이 우릴 미행했어. 어딘가 이상하다고 생각했지. 그렇게 해서 차에 탄 총잡이들이 우릴 쫓아온 거야. 그놈이 알려준 거라고."

"우리를 쏘고 싶어 할 이유가 뭐지?"

"난 자네같이 잘난 탐정이 아니야. 대학도 못 갔고. 하지만 장담하는데 그랜트를 쏴 죽인 놈들과 같은 패거리일걸. 우리가 놈들을 걱정시킨 거야."

경찰청의 여닫이 유리문 앞은 수많은 발이 눈을 밟아서 진흙탕이 되어 있었다. 두꺼운 유리에 서리가 꼈다.

"우리가 얼마나 모르는지 알면 놈들도 무서워하지 않을 텐데." 윌리엄 크레인은 서글프게 말했다.

경찰청 안으로 들어가자 땀냄새가 났다.

형사 반장 어니스트 스트롬 경위는 굵은 왼팔을 윌리엄스의 어깨에 두르고 윌리엄 크레인의 손을 힘차게 잡고 흔들었다.

"닥 윌리엄스의 친구라면 내 친구이기도 하지." 스트롬은 맥주통 같은 몸에 파란 눈과 분홍색 뺨을 지닌 사내로 목소리는 기차 안내원 같았다. "만나서 반갑네, 크레인 씨."

그는 두 사람을 창문이 하나 있는 작은 사무실로 데리고 들어가서 의자와 시가를 권했다. 책상 뒤에 놓인 갈색 회전의자는 스트롬이 앉자 삐걱거리는 소리를 냈다. 그는 시가에 불을 붙이고 책상 위에 발을 올렸다. 회색 정장은 세탁을 해야 할 상태였다. 그는 시가를 문 채로 말했다. "정말 오랜만이야, 닥. 욕 나오게 오랜만이지."

윌리엄스가 말했다. "지난 오 년간은 뉴욕에 있었어. 사설탐정으로."

"돈은 좀 버나?"

"나쁘지 않아."

"잘됐군." 스트롬 반장은 크레인을 응시했다. "난 예전에 닥과 같이 일을 했지. 우린 많은 사건을 함께 해결했어. 그중에는 욕 나오게 큰 사건도 몇 개 있었고." 그의 입에서 푸른 연기가 쏟아져 나왔다. "닥, 버코프 면허 공장 기억하나?"

"기억하냐고? 아직도 그 늙은이가 종이칼로 쑤신 자리에 흉터가 남아 있는데."

형사 반장의 웃음소리가 창문을 흔들었다. "자넨 언제나 살해당할 뻔하는 재주가 있었지." 그는 다시 똑바로 편 눈썹 아래로 크레인을 보았다. "하지만 나랑 수다나 떨려고 오진 않았겠고."

윌리엄스가 말했다. "웨스틀랜드 사건 때문이야."

"오호! 그 사건이 뭐?"

"자네가 그 사건을 수사했지, 안 그래?"

"그랬지." 형사 반장의 말투는 아까만큼 따뜻하지 않았다. "내 사건이었지. 무슨 일이 있었나?"

"전혀." 윌리엄스는 윌리엄 크레인 쪽으로 반쯤 몸을 돌렸고, 크레인이 말했다. "웨스틀랜드를 돕게 됐거든. 우린 웨스틀랜드가 유죄라고 생각하지 않고, 구하려고 노력하고 있어."

스트롬 형사 반장의 파란 눈이 냉담해졌다. 그는 숨을 참는 것 같더니 한참 만에 말했다. "흠, 뭔가 물긴 했군! 남은 시간은 사흘뿐인데, 그놈을 구할 수 있는 방법은 진짜 살인범을 내놓는 것뿐이야…… 물론, 그놈이 죽이지 않았다면 말이지만."

크레인이 말했다. "노력해봐야지. 웨스틀랜드가 아내를 죽이지 않았다는 점을 증명할 만한 증거를 얻기는 했는데 형 집행을 취소할 만큼은 못 돼."

"무슨 증거?"

"우선 물어볼 게 있네. 매니 그랜트 사건은 어떻게 됐지? 기억하나? 총에 맞은……."

"당연히 기억하지." 스트롬 형사 반장은 검은색 시가를 두 손가락으로 우아하게 들고 말했다. "꽤 강력한 단서들을 쫓고 있다네."

그러자 딱 윌리엄스가 말했다. "우리에게 그런 낡은 거짓말은 하지 마. 우린 신문기자가 아니야."

"그놈에 대해 뭘 알고 싶은가?"

크레인은 편지와 그랜트를 잡으러 나섰던 일에 대해 이야기했다.

형사 반장의 금빛 눈썹이 눈을 거의 덮었다. "흐으음. 자네들은 지금 그랜트의 친구들에게 별로 인기가 좋지는 않겠군. 자네들이 그랜트를 찾고 있었다는 사실을 안다면 말이야."

"그 편지는? 그랜트가 뭔가 봤을 거라고 생각하지 않나?" 크레인이 끈질기게 물었다.

"신문에 살인 사건이 올라갈 때마다 그런 편지를 수북이 받아. 그랜트라는 놈도 다른 놈과 마찬가지로 장난이었을 거야. 아마 살인이 일어난 밤에 마약이라도 하고 자기가 그 여자를 쏜 범인이라고 생각했겠지."

윌리엄스가 크레인에게 말했다. "시간 차에 대해서도 말해줘."

윌리엄 크레인은 볼스턴이 발견한 내용을 설명하고, 형사 반장에게 셔틀 박사의 증언이 달라지는 지점을 말한 다음 덧붙였다. "이건 웨스틀랜드의 이야기를 뒷받침하지. 본인이 말한 대로 아내가 아직 살아 있을 때 떠났을 가능성이 있어."

"본인이 말한 대로라······." 스트롬 형사 반장은 무거운 머리통을 흔들었다. "그치야 당연히 자기 마누라가 죽기 전에 떠났다고 말했겠지. 누군들 안 그러겠어?" 그는 문득 크레인의 얼굴을 노려보았다. "그 얼굴은 어떻게 된 거야? 누구한테 맞은 건가?"

크레인은 보도에 눌렸던 얼굴을 손으로 문질렀다. "눈에 미끄러졌어."

"제대로 들이받았군."

닥 윌리엄스가 끼어들었다. "이봐, 우린 자네에게 정보를 얻고 싶다고."

"막다른 골목에 들어섰네. 난 웨스틀랜드가 범인이라고 봐."

"그랜트가 총에 맞은 일은? 이상하다고 생각하지 않아?"

삐딱하게 기울인 시가에서 연기가 피어올랐다. "우연이야. 암. 그냥 우연이지. 그놈을 치우고 싶어 하던 누군가가 우연히 자네들이 찾고 있을 때 일을 저지른 거야." 스트롬 형사 반장의 발이 테이블 밑을 긁었다. "솔직히 말하면, 지금 그 사건에 대해 꽤 괜찮은 단서를 쥐고 있어. 그랜트는 보석 도둑이지. 꽤 큰 사건들에 연루되어 있었고. 그놈이 마이애미에서 일어난 발바움 보석상 털이에서 친구들을 배신했다는 정보를 얻었어. 기억하나? 작년 겨울에 있었던 큰 사건? 물론 자네들이 이 정보를 비밀로 간직해두리라 믿네."

반장이 엄지와 집게손가락으로 시가를 어루만지며 말을 마치자 크레인이 대꾸했다. "우린 웨스틀랜드 말고는 어디에도 관심이 없어. 웨스틀랜드에게만 관심이 있는 거지. 혹시 우리 사건에 관계된 다른 사람에게 전과가 있는지 알아볼 수 있을까?"

"누구 말인가?"

"우드버리, 볼스턴, 휘턴, 그리고 마틴 양과 브렌티노 양. 그리고 그 직원…… 스프라이그까지."

윌리엄스가 의자에서 몸을 바로 했다. "자네 설마 그 귀여운 마틴 양이……."

"모두 확인해봐서 나쁠 건 없잖아."

그러자 스트롬 형사 반장이 말했다. "뭐, 그 사람들이라면 다 신뢰할 만해. 직접 이야기를 나눠봤거든. 그 사람들은 그럴……."

"신원 조회는 해봤나?"

"아니. 뭐하러 그랬겠나? 웨스틀랜드를 잡았는데."

"흠, 지금이라도 조회해줄 수 없을까?"

형사 반장은 끙 소리를 냈다.

크레인이 종이에 이름을 쭉 적어서 바깥 사무실에서 불려온 형사에게 건넸다. "빨리 해." 형사를 재촉한 스트롬 형사 반장은 파란 눈에 경계의 빛을 띠고 크레인을 보았다. "그렇게 여섯으로 좁혔다면, 자네같이 똑똑하신 양반이 그중 한 명에게 불리한 정보를 찾아내는 일이 그리 어렵지 않았을 텐데."

"아직까지는 많이 조사해보지도 못했어. 그럴 시간이 없었지. 우리가 아는 건 우드버리가 웨스틀랜드의 권총을 가져갔을 수도 있다는 것뿐이야. 우드버리는 살인이 일어난 날 밤에 웨스틀랜드의 아파트에 갔어. 물론 웨스틀랜드의 권총이 실제로 살인에 쓰였다면 말이지만."

"그 총이 쓰였고말고. 탄도학 전문가인 리 소령이 전시에 쓰이던 웨블리 권총에서 나온 총탄이라는 점을 알아냈다고. 말해두는데 소령은 틀린 적이 없어."

"그렇다면 권총은 왜 숨겼을까?"

"웨스틀랜드가 유죄 판결을 받을 줄 알고 숨겼겠지."

"그래, 하지만 웨스틀랜드가 아내를 죽이지 않았다면 권총은 왜 숨겨진 걸까?"

스트롬 형사 반장은 시가를 물지 않은 쪽 입가로 씩 웃었다. "내가 나 스스로에게 반대 의견을 낼 것 같아?"

이름 목록을 가져갔던 형사가 돌아와서 말했다. "아무도 전과가 없습니다."

형사 반장은 승리감에 무거운 머리통을 끄덕였다. "봤지. 깨끗하다네."

윌리엄스가 말했다. "이건 나한테는 너무 힘들군."

형사가 나가고 문이 철컥 소리를 내며 닫혔다.

"웨스틀랜드가 마틴 양인 척하는 누군가에게 받았다고 증언한 전화에 대해서는 확인해봤나?" 크레인이 물었다.

"완전 헛소리였어." 형사 반장은 회전의자에 등을 기댔다. "처음에는 마틴 양이었다고 하더니, 마틴 양이 아니라고 하자 다시 마틴 양인 척하는 어떤 여자였다고 했지. 전화로 자기 여자 목소리도 못 알아듣다니 이상하잖아."

"이상하지."

"어쨌든 마틴 양을 확인해봤어. 로저스 파크에서 숙부, 숙모와 함께 사는데 그 집에는 전화기가 한 대밖에 없어. 거실 복도에 놓여 있지. 마틴 양이 웨스틀랜드에게 전화했다는 시간에는 부부 둘 다 거실에 있었고, 전화기를 쓴 사람은 없었어. 내가 직접 이야기를 나눴지."

윌리엄스가 말했다. "마틴 양이 밖으로 나갔을 수도 있지."

"그러지 않았다네. 그날 저녁에는 마틴 양도 집에 있었어. 숙부와 숙모는 조카가 집에서 나가지 않았다고 해."

"이런 젠장할. 어쨌든 웨스틀랜드에게 다른 누군가가 전화를 하긴 했는데."

윌리엄 크레인의 말에 형사 반장이 대꾸했다. "아무도 전화하지 않았어. 그냥 자기가 지어낸 이야기야."

"웨스틀랜드를 좋아하지 않는 모양이군."

"싫어하지도 않아. 그저 그놈이 마누라를 쐈다고 생각할 뿐이지." 형사 반장은 시가를 흔들어서 그런 사소한 문제는 웨스틀랜드에 대한 개인적인 감정에 아무 영향도 미치지 못한다는 점을 표현했다. "또 알고 싶은 게 있나?"

"제일 터무니없는 부분은 잠긴 아파트였어. 살인자가 열쇠 없이 빠져나올 방법이 있었을지도 모른다는 생각은 안 드나?" 크레인이 물었다.

"집은 완전히 안에서 잠겨 있었어. 우리가 눈알 빠지게 들여다봤는데 창문도 다 걸려 있었다고. 밖으로 나올 방법은 문을 이용한 다음 밖에서 잠그는 것뿐이었어. 그러니 그렇게 했겠지."

"그렇다면 누가 복제 열쇠를 가지고 있었어야 해."

"복제 열쇠는 없어. 열쇠는 두 개뿐이야. 신문마다 열쇠 두 개의 사진을 싣고 '세 번째 열쇠가 있을까?'라는 질문을 내보냈기 때문에 알아. 피고 측 변호단이 웨스틀랜드가 빠져나갈 기회는 복제 열쇠의 존재를 아는 사람을 찾는 것뿐이라는 사실을 알고 열쇠 사진을 내보냈지. 어떤 열쇠공이든 그 열쇠의 복제품을 만들었다면 신문을 보고 이야기했을 거야."

윌리엄스가 책상 위에 팔꿈치를 댔다. "그게 그 변호사들이 한 유일하게 똑똑한 짓이었지 싶군."

스트롬 형사 반장은 넓은 어깨를 으쓱였다. "그치들인들 어쩔 수 있었겠어? 검사보다 웨스틀랜드가 유죄 판결에 더 기여했다고. 심지어 복제 열쇠는 있을 수가 없다고 직접 인정하기까지 했지."

크레인이 물었다. "살인자는 어떻게 빠져나갔을까?"

"그거야 쉽지. 웨스틀랜드가 아내를 살해하고 자기 열쇠로 나간 거야."

"언제나 웨스틀랜드에게 돌아오는군."

형사 반장은 아랫입술을 따라 연기를 굴렸다. "왜 아니겠나?"

젊은 형사 한 명이 문을 열더니 방안으로 고개를 들이밀었다. "세인트 루크 병원에 이상한 총격 피해자가 들어왔답니다. 검둥이 하나가 다리에 총을 맞고 실려왔는데, 몇 블록 떨어진 곳에서 불량 배들이 탄 차와 경찰들 사이에 벌어진 기관총 싸움에 휘말려서 맞았대요. 가서 보는 게 좋겠죠?"

"물론이지." 형사 반장은 회전의자에서 몸을 일으켰다. 그는 낑낑거리며 오버코트를 껴입었다. "재미있는 사건일지도 모르겠군. 자네들도 같이 가서 그놈을 보겠나?"

크레인이 얼른 대답했다. "고맙지만 됐어. 가봐야 할 시간이라."

호텔 방으로 돌아가서 보니 10시밖에 되지 않아, 두 사람은 몇 잔 더 마시고 자기로 했다. 이번에는 캐나다산 호밀 위스키를 물과 섞었다.

크레인은 꽤 큰 잔을 받아들고 물었다. "자네보고 목숨을 구해 줘서 고맙다고 말했던가?"

윌리엄스는 유리잔 너머로 말했다. "자네를 밀었을 때는 분명히 내 정신이 아니었을 거야."

"흠, 어쨌든 고마워. 총탄을 몸으로 막고 싶지는 않았어."

"나도 그래."

크레인은 의자에서 침대로 이동해 베개로 머리를 받치고 탐탁 잖은 눈으로 방을 둘러보았다. "여긴 웨스틀랜드 부인의 아파트만 큼 고급이 아니야."

"아니지. 여기엔 오렌지색 머리의 귀여운 여자도 없고."

"그 여자를 어떻게 꾀었을까?"

"누구? 핑클스타인?" 윌리엄스는 위스키를 한 잔 더 따랐다. "보나마나 지금쯤이면 그 여자가 반짝이는 보석을 손에 넣었겠지."

크레인은 눈을 감고 베개에 머리를 얹었다. 보도에 부딪혔던 얼굴이 조금 아팠지만 편안히 졸음기에 잠기는 걸 방해할 정도로 아프지는 않았다. "그 경찰 친구는 우리 고객이 결백하다고 생각하지 않았지, 안 그래?"

"가끔은 나도 의심스러워."

한 블록 떨어진 팰리스 극장의 붉은 간판이 번쩍거리면서 호텔 방안에 간헐적으로 빛줄기를 쏘아 넣었다. 눈은 아직도 내리고 있었지만 이제 바람은 불지 않았다.

크레인이 말했다. "난 웨스틀랜드가 시간에 대해 거짓말을 했다고 생각하지 않아. 핑클스타인이나 나에게 자기가 무죄라는 점을 설득할 필요가 없었어. 우리는 유죄라 해도 똑같이 열심히 일했을 테니까." 그는 호밀 위스키가 담긴 잔에 손을 뻗어 입가로 가져갔다. "난 볼스턴이 발견한 셔틀의 증언 실수가 웨스틀랜드가 살인 사건이 일어났을 때 그곳에 없었다는 점을 증명한다고 생각해."

"자네에게는 그럴지도 모르지만 주지사에게는 그렇지 않지."

"그래, 주지사에게는 소용이 없지."

"흠, 우린 어떻게 해야 할까?"

"내가 그걸 알면 얼마나 좋겠나."

윌리엄스는 엄지손톱으로 부엌 성냥의 빨간 머리 부분을 쳐서 불꽃에 담뱃불을 붙였다. "나한테 한 가지 생각이 있어." 윌리엄스는 담배를 빨았다가 입으로 연기를 뿜어내며 말했다. "자네가 목록을 여섯 명으로 줄였잖아. 여섯 명이 살인이 일어난 밤에 어디에 있었는지 알아내면 어떨까?"

크레인이 한쪽 눈을 떴다. "좋은 생각이군. 내일 핑클스타인과 함께 그 조사부터 착수하지."

"핑클스타인이 그 귀염둥이랑 하고 나서도 살아 있을……."

전화벨이 요란하게 울렸다. 크레인이 펄쩍 뛰어 일어나다가 유리잔을 밀어내고는, 잔이 테이블에서 굴러떨어지기 전에 잽싸게 잡았다. "아무래도 총격 때문에 신경과민이 된 모양이야." 전화벨이 다시 울렸고, 크레인은 수화기를 집어 들었다. "여보세요! ……물론입니다. 올라와요."

"누구였어?"

"볼스턴. 우리와 이야기를 하고 싶다는군."

볼스턴은 검은색 버버리 코트 아래에 옷깃이 넓은 디너 재킷을 갖춰 입고 있었다. 단춧구멍에는 상아색 치자꽃을 꽂았다. 볼스턴은 필기용 테이블 옆에 놓인 등받이가 반듯한 의자에 앉아서 물을 탄 호밀 위스키잔을 받아들고 설명했다. "루프 지역에서 늦은 저녁 식사를 마친 참인데 잠시 들러서 무엇이든 내가 할 수 있는 일이 있는지 알아보고 싶었어요."

"바로 그게 문젭니다. 우리가 할 수 있는 일이 있을 것 같지 않아요." 크레인이 말했다.

볼스턴의 주의깊게 빗어 넘긴 금발머리가 위아래로 움직였다. "힘든 일이긴 하지요. 웨스틀랜드도 이 조사를 밀어붙이느라 엄청난 돈을 물고 있고……. 내가 교도소장에게 만 달러를 지불했는데 핑클스타인이 얼마를 받고 있을지 누가 알겠어요."

윌리엄스가 말했다. "어차피 그 돈 가져갈 수도 없잖습니까?"

"그건 그래요. 하지만 그렇게 많은 돈을 쓴다면 그만한 대가를 얻어야죠."

"지금 우리보다는 훨씬 많은 일을 해줘야 한다는 겁니까?" 크레인이 졸린 듯이 말했다.

"그게……."

"우리가 그다지 빨리 해내지 못하고 있다는 점은 인정합니다만, 노력하고 있습니다. 정말입니다. 노력하고 있어요. 뭔가 생각난 게 있다면 어디 들어봅시다." 크레인은 잔에 위스키를 더 부었다. 다섯 잔째였다. "우리가 열심히 일하고 있지 않다고는 못 할 겁니다. 핑클스타인을 보세요. 지금도 일하고 있답니다."

윌리엄스가 요란하게 기침을 해댔다.

볼스턴의 볕에 탄 얼굴이 누그러졌다. "불평하려는 게 아니라 댁들이 이 일을 해결해줬으면 좋겠다는 거요." 그는 고개를 저었다. "결백한 사람을 전기의자에 앉히다니 너무 끔찍한 일이에요."

윌리엄스가 말했다. "죄인이라고 해도 별로 즐거운 일은 아니지요."

크레인이 말했다. "지금까지 우리에게 확실한 결론이라고는 볼스턴 씨가 시간에 대해서 알아낸 부분뿐입니다. 살인자가 아파트에서 어떻게 빠져나왔는지 알아내려고 할 때마다 벽에 부딪히는군요. 저녁에 스트롬 반장과 그 문제로 이야기를 해봤는데 아파트가 잠겨 있었다는 점에 대해서는 의문의 여지가 없어요."

크레인은 몸을 굴려 침대에 앉아서 손가락으로 머리를 빗었다.

"깔끔한 문제지요. 아파트는 문만 빼고 모두 안에서 잠겨 있었다. 문은 단 두 개뿐인 열쇠 중 하나로 잠갔다. 잠금장치는 열쇠를 돌려서 여닫는 종류라 그냥 누르고 닫는다고 잠기지 않는다. 열쇠 두 개 중에 하나는 아파트 안에 있었고, 또 하나는 웨스틀랜드가 가지고 있었다. 여기서 질문, 살인자는 열쇠 없이 어떻게 빠져나갔을까?"

잠시 후에 볼스턴이 말했다. "웨스틀랜드 부인이 자살하고 살해당한 것처럼 보이게 일을 꾸몄을 수는 없을까요? 그 여자가 남편이 마틴 양과 결혼하기를 바라지 않았다는 사실은 알지요?"

"권총은 어떻게 없앨 수 있었을까요?"

"셜록 홈스 소설 중에서 어떤 여자가 다리 위에서 무거운 돌을 묶은 권총으로 자살하는 이야기를 읽은 기억이 있어요. 여자가 머리를 쏘고 나자 돌 때문에 권총이 손에서 빠져나가서 물속으로 떨어졌지. 홈스가 아니었다면 첫 번째 권총과 똑같은 총을 가지고 있던 다른 사람이 살인자로 교수형을 당했을 거요."

크레인이 말했다. "비슷한 생각을 해보기는 했지만 권총을 어디에 숨겼을지 생각해낼 수가 없더군요. 생각할 수 있는 곳이라 봐야 소파 밑 정도였는데 거긴 아니었어요."

"흠, 그런 곡예의 변형이었을 수도 있지요."

윌리엄스가 술을 더 따랐다. 액체가 꼴꼴거리며 세 개의 유리잔을 채웠다. 아래 길거리에서 신문팔이 소년이 외치고 있었다. "백만 달러 화재 소식 읽으세요. 두 명 사망. 백만 달러 화재에 대해 자세히 읽어보세요."

"우드버리에게 웨스틀랜드를 치우고 싶어 할 이유가 있을까요?" 크레인이 물었다.

"우드버리요?" 볼스턴은 웃음을 터뜨렸다. "맙소사, 그럴 리가요. 두 사람은 절친한 친구예요. 우드버리는 그런 짓을 해서 얻을 게 없습니다."

"살인이 일어난 다음날 아침에 우드버리는 어디 있었습니까?"

"사무실에요. 내가 롤스로이스를 몰고 웨스틀랜드 부인의 아파트에서 사무실로 가서 우드버리와 함께 변호사와 보석금 문제를 처리한 다음 수사국으로 달려갔지요."

윌리엄스가 물었다. "그런 커다란 차를 시내에 어떻게 주차합니까?"

"아, 난 길거리에 주차하지 않아요." 볼스턴은 이를 드러내고 웃었다. "사무실에서 한 블록 떨어진 라 샐 호텔 차고를 이용하지요."

크레인은 원래 하던 질문으로 돌아갔다. "우드버리가 중개 사무소에서 더 많은 지분을 얻게 되지는 않습니까?"

"아니요. 기껏해야 고객을 몇 명 더 얻을 수는 있겠지요. 웨스틀랜드는 어차피 별로 열심히 일하지 않았어요."

"그래요, 따로 수입이 있었다고 하더군요. 볼스턴 씨도 그렇겠지요."

"난 아니에요. 내가 버는 만큼만 내 돈이지요."

"흠, 웨스틀랜드의 죽음으로 이득을 얻을 사람은 누굽니까?"

"아마 휘턴 하나뿐이지 싶군요. 웨스틀랜드와 제일 가까운 친척이니."

"휘턴은 돈에 쪼들립니까?"

"그럴 거요. 웨스틀랜드가 없는 동안 우드버리가 휘턴의 일을 처리했어요. 몇 가지 큰 타격을 입었다고 들었습니다." 볼스턴은 크레인을 보고 미소 지었다. "휘턴에게 의심을 돌리려고 한다는 생각은 안 했으면 좋겠군요. 난 휘턴에 대해서 조금도 의심하지 않지만 확인해봐서 해가 될 거야 없겠지요.”

“훠턴에 대해서 또 아는 건 없습니까?”

“골프와 도박을 하고, 말을 좋아하는 레이크 포리스트 사람들과 어울리지요. 내가 아는 건 그게 다예요.”

“추문은 없습니까?”

“들어보지 못했습니다.”

방이 더웠다. 윌리엄 크레인은 창문을 밀어 올렸다. 창문 틈으로 쏟아져 들어오는 공기가 얼굴과 손을 식혀주었다. 그는 창밖으로 몸을 내밀고 길거리를 보면서 말했다. “살인이 일어난 날 밤에 여러분이 모두 어디에 있었는지 알 수 있었으면 좋겠습니다. 그러면 이어나갈 실마리가 잡힐지도 몰라요.”

전차가 눈 덮인 선로 위로 둔중한 소리를 내며 달렸다.

“어째서 우리 중 누군가라고 생각하는 거지요?”

“웨스틀랜드를 없앨 동기를 가진 사람이 또 누가 있겠습니까?”

“우리 중에도 그런 동기가 있는 사람은 안 보이는데요.” 볼스턴은 바지 주머니에 손을 밀어넣고 다리를 쭉 뻗었다. 흰색 세로 줄무늬가 희미하게 들어간 골진 검은색 실크 양말이 보였다. “웨스틀랜드 부인을 죽이고 싶어 한 누군가가 살인을 저지르고 범인을 로버트로 몰고 가기 위해 증거를 꾸몄을 수도 있지 않습니까? 경찰이 길을 잃게 만드는 제일 쉬운 방법이니까요. 애인이 부인에게 질렸다거나, 부인이 누군가에 대해서 무엇인가를 알고 있었을 수도 있습니다."

"애인들이란 보통 질렸다고 사랑하던 사람을 죽이지는 않는 법이지만, 그 생각이 맞을 수도 있지요." 크레인은 위스키를 마셨다. "이 사건 때문에 돌아버리겠습니다."

윌리엄스가 거들었다. "나도요. 감옥 안에서 목숨을 구하기 위해 우리에게만 의지하고 있는 양반을 생각할 때마다 몸이 떨려요."

볼스턴이 말했다. "살인이 일어난 날 밤에 모두가 어디에 있었는지 알아내고 싶다면 기꺼이 돕지요."

"다른 사람들이 그날 밤에 어디 있었는지 압니까?"

"아니요……. 나밖에 몰라요."

"볼스턴 씨는 어디 있었습니까?"

"그럴싸한 알리바이는 없어요. 극장에 갔다가 술 한잔하러 스포츠 클럽에 들렀다가 집으로 갔지요."

"극장에는 누구와 함께 갔습니까?"

"혼자 갔어요. 하지만 클럽에서는 피터 브래디와 같이 술을 마셨고, 그 친구가 12시쯤에 집까지 태워줬어요."

"결혼은 했습니까, 볼스턴 씨?"

"아니요. 하지만 일본인 하인이 그날 밤에 내가 집에 있었다고 말해줄 겁니다."

"좋습니다. 브래디가 누굽니까?"

"변호사요. 160 노스 라 샐 스트리트에 사무실이 있지요." 볼스턴은 미소 짓고 있었다. "브래디에게 확인해볼 필요까지는 없을 거예요. 그 친구가 날 집으로 데려다준 게 사실이라 해도 살인을 할 시간은 있었으니까요."

크레인이 말했다. "여러분 대부분이 그곳에 갈 수 있었음을 알게 될지도 모르겠군요. 하지만 누구든 완전히 목록에서 뺄 수 있다면 그것만 해도 훨씬 나을 겁니다."

"행운이 따랐으면 좋겠군요."

이어 크레인이 시신 발견에 대해 묻자 볼스턴은 디 양이나 아파트 관리인과 똑같은 이야기만 했다. 살인이 일어나기 전 금요일에 우드버리가 웨스틀랜드 부인의 말을 전했는데, 월요일 아침에 일하러 가는 길에 들러서 몇 가지 채권을 살펴봤으면 한다는 내용이었다.

"투자에 대해 충고를 받고 싶었겠지요."

볼스턴은 아파트 경비가 문을 열 때 뒤에 서 있었고, 그다음에는 다른 사람들과 함께 서둘러 안으로 들어갔다. 아파트를 둘러보고 모든 문이 잠겨 있는지 확인하는 문제는 직접 살펴보기보다 경찰에게 맡겼다.

크레인이 불쑥 물었다. "혹시 동업자를 보호하려고 권총을 집어서 몰래 들고 나오진 않았습니까?"

볼스턴은 잔에 담긴 위스키를 느긋하게 마셨다. "내가 그렇게 바보로 보이나요?" 재미있어하는 표정이었다. "난 아무 권총도 보지 못했어요. 봤다고 하더라도 다른 사람 눈에 띄지 않고 집어 들 수는 없습니다."

"그렇겠지요. 웨스틀랜드 부인이 어떤 옷차림이었는지 기억합 니까?"

"별로 자세히 기억나지는 않네요. 초록색 드레스를 입고 있었는 데……." 볼스턴은 미안하다는 듯이 말했다. "다른 건 잘 모르겠어 요. 이만저만 놀랐어야지."

"압니다. 많이 기억하리라 기대하지는 않았습니다. 그저 부인이 파자마나 그런 옷차림이 아니라 제대로 갖춰 입고 있었는지 여부만 알고 싶었어요."

"완전히 갖춰 입은 상태였어요." 볼스턴은 부드럽게 일어섰다. "무슨 옷을 입고 있었는지는 부인의 하녀가 정확히 말해줄 수 있겠 지요." 그는 버버리 코트를 걸치고 모자 챙을 잡았다. "가봐야겠네 요. 내일 사무실에서 고된 하루를 보내야 해서."

크레인은 문 앞에서 물었다. "교도소 회의에는 들르겠지요?"

"가도록 해보지요." 볼스턴은 복도에서 외쳤다.

크레인은 문을 닫았다. 닥 윌리엄스가 술잔을 든 채로 말했다. "저 양반은 동업자의 목숨을 구하기에는 너무 바쁘시군."

"아무려면 어때." 크레인은 자기 전에 마실 마지막 술을 따랐다. 위스키병이 거의 비었다. "이제까지 조금이라도 도움이 된 사람은 저 양반뿐이야."

"왜 살인이 일어난 밤에 우드버리가 권총을 훔칠 기회가 있었다는 이야기는 안 했나?"

크레인은 덤덤하게 대답했다. "탐정에게는 비밀이 있어야 하는 법이니까. 안 그래?"

"우리가 가진 제일 좋은 패가 그거라면 보이스카우트나 하는 편이 낫겠네." 윌리엄스는 술을 마저 마시고 자기 방으로 가는 문을 열었다. "난 잠자리에 들어서 풍자극에나 나와야 할 오렌지색 머리 여자와 우리를 쏴 죽이려던 깡패들에 대한 꿈이나 꿀래."

윌리엄 크레인이 이를 닦고 침대에 들어가서 불을 끄려는 순간 윌리엄스가 문간에 다시 나타났다. 그는 심장께에 모노그램이 새겨진 진홍색 실크 파자마를 입고서, 흥분해서 이렇게 말했다. "오늘 저녁에 우리를 쏜 놈들이 누군지 알았어."

윌리엄 크레인은 말했다. "나도 알아. 그만 자게나."

수요일 아침

교도소 마당을 덮은 눈이 버터색 햇살을 받아 반짝였다. 여성 교도관 사무실 창문 위 처마에서 물이 떨어져 시멘트 선반을 때리자 유리창에 물보라가 튀었다. 하늘은 빛바랜 작업복 색깔이었다.

웨스틀랜드는 놀란 얼굴로 윌리엄 크레인과 닥 윌리엄스에게 말했다. "경찰청 근처에서 총질을 하는 위험을 감수하다니 놈들이 엄청나게 겁을 먹었나 보군요. 우리가 무엇인가에 가까이 다가가긴 했나 봅니다."

크레인이 말했다. "모르겠습니다. 그 총격이 웨스틀랜드 씨와 관계가 있는지 여부도 모르겠고."

"짐작 가는 게 그것밖에 없지 않나요. 당신들을 죽이고 싶어 할 사람은 없잖아요."

"없지요." 크레인은 아픈 뺨을 문질렀다. "적어도 시카고에
는…… 여기에는 아는 사람이 없으니까요. 그래도 꽤 괜찮은 생각
이 있는데……."

"이봐요, 총에 맞는 위험은 감수하고 싶지 않잖아요. 여기 교도
소 안에서 사귄 친구가 나에게 도움이 필요하다면 기꺼이 자기 친
구들에게 전화를 걸어주겠답니다. 경호원 역할을 하기 좋은 친구들
일 거예요."

"닥 윌리엄스가 절 잘 지켜줄 수 있습니다." 크레인은 창밖에서
돌멩이 아래에 얼어붙은 끈 조각을 빼내려고 애쓰는 참새를 바라
보며 말했다. "말씀하신 친구들을 쓸 만한 다른 일을 알 것 같은데
요."

"좋아요. 내가 코너스에게 이야기하고 교도소장이 밖으로 메시
지를 전달하게 할게요."

윌리엄스가 끼어들었다. "코너스? 트럭 운전사 조합에서 알 카
포네를 쫓아낸 그 노동 폭력배요?"

"그럴걸요."

"그자의 친구들이야말로 딱 우리에게 필요한 사람들일 겁니다."

크레인이 물었다. "코너스가 어떻게 친구들과 접촉한답니까?"

"정오쯤에 교도소장에게 전화해요. 당신들이 그 친구들을 만날
장소를 주선해줄 거예요." 웨스틀랜드는 말하고서 문 쪽을 흘긋 보

왔다. "에밀리 루는 어디 있을까요?"

크레인이 대답했다. "올 겁니다. 우리가 조금 일찍 왔어요. 어젯밤에 벌어진 충격에 대해 다른 사람들에게 들려주고 싶지 않아서요. 함구하실 거죠?"

웨스틀랜드는 놀란 얼굴이었다. "물론입니다. 하지만 왜……."

"조심하자는 거죠. 그리고 유언장에 대해서도 묻고 싶었습니다. 당신이 마틴 양에게 돈을 남긴다는 걸 아는 사람이 있습니까?"

"동업자들과 유언장을 작성한 변호사밖에 몰라요. 세 사람 다 누구에게 언급하지는 않았을 거예요."

"그렇다면 부인에 대해서는……."

벅홀츠 교도소장이 문을 열고 우드버리와 브렌티노 양을 들여보냈다. 교도소장은 약삭빠르게 말했다. "여러분 곁에 오래 머물며 즐거움을 누리진 못하겠군요." 그는 기분 좋게 예의를 지켰다는 점을 의식하는 평온한 얼굴로 문을 닫았다.

"로버트의 아내가 뭐요?" 우드버리가 물었다.

브렌티노 양은 올이 고운 파란색 모직 정장을 입고 있었다. 어깨에 군복 같은 각이 졌고 허리는 꼭 맞았으며 스커트는 살짝 퍼졌다. 은색 여우 머플러 위로 보이는 얼굴은 창백한 꽃송이 같았다. 크레인은 그 모습에 몰래 찬탄하면서 우드버리의 질문에 답했다.

"웨스틀랜드 씨에게 그날 밤 찾아갔을 때 부인이 어떻게 입고 있었는지 물어보려던 참입니다."

웨스틀랜드가 말했다. "녹색 야회복을 입고 있었어요. 뚜렷하게 기억해요."

"거실 테이블 위에 쌓인 잔돈을 보셨습니까?"

"그래요, 작은 테이블 위에 잔돈이 있었지요. 조앤의 열쇠와 같이 있었어요."

크레인은 고개를 끄덕였다. "웨스틀랜드 씨가 떠나고 사람들이 아침에 부인을 발견할 때까지 사이에 움직인 물건은 없나 보군요."

"맞아요." 웨스틀랜드는 아직도 문만 쳐다보고 있었다. "재판정에서 증인의 증언을 듣고 분명히 내가 떠난 직후에 총에 맞았겠구나 싶었지요."

"이런 세상에!" 크레인은 창가에서 벗어나며 말했다. "웨스틀랜드 씨가 문밖으로 나올 때 복도에서 누군가 소음기를 단 자동 권총으로 부인을 쏘았을 리는 없겠지요? 터무니없는 가설이기는 하지만……."

웨스틀랜드가 반박했다. "조앤은 문까지 나와 같이 나왔어요. 게다가 화상을 입을 정도로 가까운 거리에서 총에 맞았고."

"말이 되질 않는군요." 크레인은 창문 쪽으로 돌아갔다. 참새가 아직도 얼어붙은 끈을 잡아당기고 있었다. "하지만 그건 어쩔 수 없겠고." 그는 우드버리를 흘긋 보았다. "그래도 한 가지 할 수 있는 일도 있지요. 살인이 일어난 날 밤에 모두의 행동을 확인하고 싶습니다만. 무슨 일을 했는지 기억합니까, 우드버리 씨?"

말끔하게 차려입은 우드버리는 그야말로 프랑스인 같았다. 희미한 회색 줄무늬가 들어간 진회색 더블브레스트 플란넬 정장을 입었는데, 탭 칼라가 달린 부드러운 녹색 셔츠가 올리브색 넥타이와 어우러졌다. 앞주머니에는 녹색으로 머리글자를 새긴 손수건이 꽂혀 있었다.

"내가 넘겨받은 로버트의 예전 고객에 대해 저 친구 아파트에서 이야기를 나눈 다음에 브렌티노 양을 블랙 호크에 데려갔지요. 10시쯤에 브렌티노 양을 태우러 갔고, 2시가 넘어서까지 춤을 췄어요."

"시간이 대충 맞나요, 브렌티노 양?"

흐릿한 빛 속에서 브렌티노 양의 까맣게 반짝이는 눈과 창백한 얼굴은 더없이 아름다웠다. 대답하는 목소리는 억양 변화 없이 단조로웠다. "웨스틀랜드 씨의 아파트에 간 일에 대해서는 모르겠지만 블랙 호크에서 10시부터 2시까지 춤을 추기는 했어요."

크레인은 그녀를 뚫어지게 바라보았지만 그녀는 흔들리지 않는 눈으로 시선을 맞받았다. 그는 생각했다. 맙소사, 저 여자를 꾀는 데 쓸 시간이 조금만 있다면. "두 분은 완벽한 알리바이를 갖춘 것 같군요."

브렌티노 양이 말했다. "우리에게 알리바이가 필요하다고 생각하시나요, 크레인 씨?"

크레인은 오래된 경찰 격언을 떠올렸다. "알리바이는 가지고 있으면 편리한 법이지요."

문이 다시 열리고, 마틴 양과 핑클스타인 변호사가 연이어 들어왔다. 마틴 양은 "자기!"라고 부르짖더니 웨스틀랜드의 품에 몸을 던졌다.

핑클스타인은 피부가 노랗게 뜨고 눈이 충혈된 모습이었다. 그는 의자에 주저앉으며 신음했다. "어휴." 윌리엄스는 놀랍게도 핑클스타인이 여전히 다이아몬드 반지를 끼고 있다는 사실을 확인했다.

마틴 양은 웨스틀랜드의 품에서 반쯤 몸을 떼어내더니 그의 초췌한 얼굴을 살폈다.

"무슨 소식이라도 있나요?"

우아하게 그린 눈썹 아래로 둥그렇게 뜬 커다란 파란 눈에 불안감이 깃들었다. 남색 드레스에 달린 하얀 레이스 칼라 때문에 예쁜 얼굴이 새침해 보였다.

웨스틀랜드는 고개를 저었다. 크레인은 그의 안색이 나쁘다는 사실을 알아차렸다. 핏기 없이 누렇게 떴고, 영안실의 차가운 금고에 든 시체처럼 피부에 윤기가 없었다. 웨스틀랜드가 묻듯이 핑클스타인을 보자 맥없이 앉아 있던 핑클스타인이 한 손으로 이마를 누르더니 답했다.

"아무것도 얻지 못했습니다. 크레인은?"

"아무것도요." 크레인은 그렇게 말했다. 창틀에 기댄 어깨가 차가웠다.

변호사는 방안을 둘러보았다. "오늘은 만원이 아닌 것 같군요."

우드버리가 물었다. "스프라이그는 어떻게 된 거요? 중요한 이야기를 하겠다더니."

크레인이 말했다. "그야 우드버리 씨가 알아야지요. 당신 밑에서 일하지 않습니까."

"아직 사무실에 가보지 않았어요. 볼스턴은 어디 있소? 스프라이그가 일하러 나왔다면 그 친구가 알 텐데."

웨스틀랜드는 에밀리 루의 허리에 한 팔을 두른 채 반쯤은 몸을 기대어 서 있었다. "리처드가 교도소장에게 전화해서 오늘 아침에는 여기 오지 못하겠다고 했다네. 봐야 할 업무가 있다고."

브렌티노 양의 침착한 목소리는 무심했다. "제가 일하러 나가서 스프라이그 씨에 대해 알아볼게요."

"그러면 여우 사냥복을 즐겨 입으시는 분이 남는군요."

핑클스타인의 말에 우드버리가 재미있어했다. "훠턴 말이오?"

"그래요. 훠턴은 어디 있습니까?"

웨스틀랜드가 대답했다. "훠턴에게는 반드시 나타나는 자리라는 게 없어요. 새로운 사냥 말을 길들이고 있거나 개를 훈련시키고 있을지도 모르겠네요. 개나 말이 주위에 있으면 모든 것을 잊어버리거든요."

"어떤 남자들이 여자만 보면 그러듯이 말이지요."

크레인이 말하자 핑클스타인이 험상궂은 얼굴로 물었다.

"오늘은 뭘 혼자 재미있어하는 건가, 탐정 나리?"

"그야 많지요. 몇 가지 질문만 더한 다음 조사에 착수합시다."

"진작 했어야지."

"오, 그래요?" 윌리엄스가 반쯤 내려뜬 눈으로 변호사를 쳐다보았다. "댁은 그런 불평이나 하면서……."

"신경쓰지 마." 크레인은 바지 주머니에 손을 넣고는 발뒤꿈치를 바닥에 대고 창틀에 걸터앉은 몸의 균형을 유지했다. "마틴 양, 어디까지나 형식상이지만 웨스틀랜드 부인이 살해당한 시각에 모두가 어디에 있었는지 알아보려고 하고 있습니다."

웨스틀랜드의 눈이 노기를 띠었다. "그런 문제로 이 사람을 귀찮게 할 필요 없어요." 그는 크레인 쪽으로 몇 걸음을 디뎠다.

"아, 기꺼이 대답해드릴 수 있어요." 마틴 양은 크레인을 보고 미소 지었다. "모든 사람을 확인하셔야겠죠. 전 그날 밤에 7시부터 쭉 집에 있었어요."

"누군가와 함께 있었나요?"

"네. 숙모님과 숙부님요. 우린 주사위놀이를 하고 라디오를 듣다가 12시 반쯤에 자러 들어갔어요."

"좋습니다. 좋아요. 또 한 명의 이름이 목록에서 빠지는군요." 그는 창틀에 기대어 있던 몸을 발가락 끝에 힘을 주어 일으켰다. "이제 마틴 양이 걸었다고 생각한 전화에 대해 자세히 듣고 싶군요. 정말로 그런 전화가 왔습니까, 아니면 지어낸 겁니까, 웨스틀랜드 씨?"

웨스틀랜드는 화가 나고 당황한 기색이었다. "당연히 전화가 왔지요. 내가 무엇 때문에 조앤을 보러 갔겠어요?"

"그 사람이 에밀리…… 아니, 마틴 양이라고 생각하셨단 말이지요?"

마틴 양이 색이 흐린 빨간 머리를 웨스틀랜드의 뺨에 대고 말했다. "물론 나라고 생각했지요. 난 이 사람을 탓하지 않……."

"그때는 이 사람이라고 생각했지만 지금은 그렇지 않습니다. 전화를 건 사람은 에밀리 루라면 쓰지 않을 말을 했어요."

웨스틀랜드의 말에 크레인은 한쪽 눈을 가늘게 떴다. "그 여자가 욕을 했다는 겁니까?"

"천만에요. 문법에 딱 맞지 않는 말을 했다는 뜻입니다."

"뭐라고 했습니까?" 크레인은 느긋하게 방안을 걸어 다녔다. "그 대화에서 기억할 수 있는 부분은 다 말해주세요."

웨스틀랜드는 눈을 감고, 이마에 주름을 잡았다. "워낙 오래전이라……. 흠, 전화벨이 울려서 받았더니 누가 그러더군요. '로비?' 에밀리 루처럼 들려서 난 '여보세요, 에밀리 루?'라고 말했어요."

"좋습니다. 계속하세요." 윌리엄 크레인이 흥미롭게 말했다.

"그랬더니 '자기, 정말 끔찍한 일이 일어났어요. 당신 아내가 방금 전화해서 당신을 그만 만나지 않으면 체포당할 줄 알라는 거예요'라더군요." 웨스틀랜드는 에밀리 루의 팔을 살짝 힘주어 잡았다. "또 뭐라고 했는지 정확히 기억할 수는 없지만, 아내가 자기를

'잡년'이라고 불렀다고 했어요. 이런 말을 들은 기억이 나는군요. '그런 짓을 하고 무사하진 말아요.'" 웨스틀랜드는 크레인을 보고 고개를 저었다. "나중에야 에밀리 루라면 그렇게 이상한 표현을 쓸 리가 없다는 사실을 깨달았지요. 전화를 건 여자는 흥분해 있었지만 내가 가서 조앤을 만나보겠다고 하자 진정했어요."

크레인이 물었다. "그건 누구 생각이었습니까?"

"내 생각이었어요. 난 이렇게 말했지요. '내가 당장 옷을 갈아입고…….'"

"여자가 아침까지 기다리라고 하지는 않았습니까?"

"안 했지만 난 내가 말한 거라……."

"대화가 어떻게 끝났습니까?"

"내가 '걱정 마, 에밀리 루'라고 했고 그 여자는 '자기에게 의지할 수 있다는 걸 알아요'라고 했지요."

"마틴 양이 당신을 '자기'라고 부릅니까?"

"그럼요. 왜 아니겠습니까?"

크레인은 주머니에 든 동전을 짤랑거렸다. "이상한 호칭은 아닌데 우리에게 도움이 된다고는 못 하겠군요."

"무슨 말을 하는 건지 모르겠군요."

"저도 모르겠습니다. 아직 남은 질문이 있어요."

핑클스타인이 물었다. "하나뿐인가?"

크레인은 핑클스타인을 무시하고 테이블에 앉아서 오른쪽 다리를 흔들고 있는 우드버리를 곁눈질로 지켜보며 웨스틀랜드에게 말했다. "살인이 일어난 밤까지 권총이 보관함 서랍 안에 있었다고 생각합니까?"

"그래요, 그건 확실합니다. 어쨌든 그…… 아내가 죽기 전날에 서랍에서 봤으니까요."

"그렇다면 그날 저녁 중에 도난당했겠군요. 하인인 시먼스가 오후에 청소하다가 권총을 봤으니까요."

웨스틀랜드는 놀란 얼굴이었다.

크레인은 우드버리를 지켜보면서 말을 이었다. "시먼스는 더 큰 말썽을 일으킬까 두려워서 그 일을 이야기하지 않았습니다. 자, 웨스틀랜드 씨, 그날 저녁에 방문한 사람이 있었습니까?"

우드버리가 흔들던 다리가 딱 멈췄다.

"여기 우드버리 말고는 없어요." 웨스틀랜드가 대답했다.

크레인은 허리를 틀어서 우드버리를 마주했다. "우드버리 씨가 권총을 가져가지는 않았겠지요?"

우드버리의 가무잡잡한 얼굴은 침착했지만 앞으로 뻗은 다리는 여전히 부자연스러웠다.

"나한테도 똑같은 권총이 있는데 뭐하러 저 친구 권총을 가져가겠소?"

"모르지요. 그저 혹시 가져갔냐고 묻는 것뿐입니다만?"

"가져가지 않았소."

크레인은 계속 우드버리를 보고 말했다. "그날 저녁에 다른 손님이 있었습니까, 웨스틀랜드 씨?"

"없었지만……."

"마틴 양은 어떤가요? 언제든 마틴 양이 들렀습니까?"

"내가 있는 동안에는 오지 않았어요."

마틴 양의 푸른 눈동자는 그다지 상냥하지 않았다. "그날 아파트에 간 적은 없어요."

"기분 나빴다면 미안합니다. 전 그저 일을 잘 해결하려는 젊은 탐정에 불과하답니다." 크레인은 마틴 양의 맵시 있는 다리를 찬탄하고 있던 윌리엄스에게 경고의 눈짓을 하고 문 쪽으로 움직였다. "어쨌든 당분간 질문은 없습니다."

핑클스타인은 크레인을 따라 교도소장의 방에 있는 불탄 자국이 남은 양탄자를 밟고 복도까지 나가서 말했다. "젠장, 숙취가 장난이 아니야."

바로 뒤에 따라오던 윌리엄스가 물었다. "그 귀염둥이에게 얼마나 들었어요?"

"이봐, 그 사람은 좋은 여자야."

"좋고도 위험한 여자겠죠." 크레인이 말했다.

브렌티노 양과 우드버리가 교도소장실을 빠져나왔다. 브렌티노 양은 장갑 낀 손으로 크레인의 팔을 잡았다. 그녀의 목소리는 끈적끈적했고 어두웠다. "혹시라도 누군가의 목소리와 제일 비슷하게 들리는 목소리는 바로 그 사람의 목소리라는 생각 안 해보셨나요?"

마틴 양은 이 미터쯤 뒤에 있었다. 그녀는 눈을 가늘게 뜨며 활 모양으로 둥글던 눈썹을 무너뜨렸다. 마틴 양의 목소리가 복도에 울려 퍼졌다. "다 들었어. 이 도둑고양이야!" 그녀가 두 사람 쪽으로 다가오자 크레인은 두 걸음 뒤로 물러섰다. "넌 비서로 있을 때 웨스틀랜드 씨를 잡으려고 했지만 그이는 날 더 좋아했지." 마틴 양은 격분해서 몸을 떨었다. "이제 나한테 앙갚음하려는 모양인데 너도 무사하진 못할걸."

브렌티노 양의 하얀 얼굴은 침착했다. 새빨간 입술이 비웃음 어린 곡선을 그리더니 목소리에서 다시 감정이 사라졌다. "바보같이 굴지 마." 그녀는 마틴 양의 격분한 얼굴에 등을 돌리고, 파란색 정장을 입은 날씬한 엉덩이를 호랑이처럼 우아하게 움직이며 걸어가 버렸다. 우드버리가 그녀의 뒤를 따라 복도를 걸어갔다.

길거리로 나서자 공기는 상쾌했고 발아래 눈에는 고무 매트 같은 탄력이 있었다. 옆으로 노란 택시 한 대가 전차 선로를 따라 불안하게 달려갔는데 타이어체인에서 풀린 고리가 왼쪽 후방 흙받이에 부딪혔다.

핑클스타인은 몸서리를 치더니 오버코트 깃을 귀까지 끌어당겼다. "기분이 별로 좋지 않군."

윌리엄 크레인이 말했다. "몸을 추스리는 편이 좋겠어요. 할 일이 많으니."

"뭐라도 빨리 하는 편이 좋겠어." 변호사는 호사스럽게 수를 놓은 돼지가죽 장갑을 끼고 말했다. "웨스틀랜드의 얼굴 봤나?"

"봤죠. 많이 겁먹었더군요."

닥 윌리엄스가 말했다. "그럴 만도 하지."

크레인이 말했다. "보십쇼. 우리에겐 사흘밖에 없고, 전 이 사람들 모두의 알리바이를 확인하는 데 시간을 낭비할 수가 없습니다. 그래도 누군가는 해야 한다고 생각해요."

핑클스타인은 열의 없이 동의했다. "물론이지. 내가 어떻게 했으면 좋겠나?"

"블랙 호크에 문의해서 우드버리와 브렌티노 양이 갔었는지 알아보십쇼. 누군가가 두 사람을 봤을 수도 있겠죠. 그다음에는 피터 브래디라는 변호사와 클럽에서 술을 마셨다는 볼스턴의 이야기에 대해……."

"피터 브래디라면 내가 알아. 기업 변호사지."

"볼스턴에게는 완벽한 알리바이가 없지만 살인이 일어난 밤에 브래디가 볼스턴을 집까지 태워줬다는 말이 사실인지 알아보고 싶습니다." 크레인은 다른 택시에 신호를 보냈다. 이 택시에는 체인이 없었다. "휘턴과 마틴 양은 제가 맡지요."

핑클스타인이 택시 문밖으로 머리를 내밀었다. "스프라이그는 어쩔 건가?"

"그렇죠. 스프라이그도 변호사님이 맡으십쇼. 점심때쯤 사무실로 전화하겠습니다."

핑클스타인은 문을 쾅 닫았다. 택시가 길거리로 나가자 뒷바퀴가 눈에 헛돌았다. 운전사는 유리창을 열었다. "어디로 갈깝쇼?"

"레이크 포리스트에 있는 디어패스 로드 알아요?"

"레이크 포리스트요?" 운전사는 뒷머리를 둥글게 깎았고, 목은 추위에 발갛게 텄다. "어이쿠! 거기까진 오십 킬로미터는 되는데요. 완전 시골에…… 완전 북쪽이고."

"흠, 갈 수 있는 데까지 가주면 나머지 길은 개썰매를 타고 가리다." 크레인이 말했다.

"여기가 그 집입니다." 택시 운전사가 말했다. 택시는 바퀴가 눈속을 뚫고 가다가 배수로에 빠지는 바람에 기우뚱했다가 쭉 미끄러지면서 멈춰 섰다. 미터기에는 육 달러 오십오 센트가 나왔고 추가 승객 요금이 오 센트 붙었다. "밖에서 기다릴까요?"

시골에 내린 눈은 상아색 비누 조각처럼 깨끗했다. 이 층짜리 석조 건물 앞으로 경사진 뜰에 청록색 전나무들이 점점이 흩어져 있었다.

윌리엄 크레인이 말했다. "그럽시다. 오래 걸리지는 않을 거요."

"원하는 만큼 있다 오시구려." 택시 운전사가 침을 뱉자 담뱃진이 눈밭을 태웠다. "사랑하던 여자가 갑자기 웬 경찰과 결혼한 후부터 시골에서 하루도 보낸 적이 없어요."

집 바로 안쪽에서 개 한 마리가 성난 듯이 짖어댔다. 크레인이 한 번 더 놋쇠 노커를 들어올려 문을 두드리려는데 젠체하는 하인 하나가 떡갈나무 문을 열었다. 반항적인 검은색 스코치테리어가 으르렁거리면서 남자의 다리 사이로 쫓아 나올 것처럼 굴었다.

하인은 눈썹을 추켜세웠다.

"휘턴 씨 계신가?"

"누구시라고 할까요?"

하인 뒤로 휘턴이 나타났다. 모직 골프 바지를 영국식으로 헐렁하게 입고 낙타털로 만든 풀오버 스웨터 위에 짙은 갈색 트위드 코트를 걸치고 있었다. 불그스름한 얼굴은 우호적이지 않았다. "여어, 무슨 일이지?"

하인이 집안으로 물러났다. 창문이 많은 거실에 장작불이 밝게 타오르고 있었지만 휘턴은 두 사람에게 들어오라고 하지 않았다.

크레인이 말했다. "몇 가지 질문이 있습니다."

"전화로 할 수 없었나?"

"전화는 언제든 끊어버릴 수 있으니까요."

스코치테리어는 석조 문간에서 나는 냄새에 관심을 쏟았다.

휘턴은 크레인을 노려보았다. "그게 무슨 뜻이지? 이보쇼, 난 댁의 허튼소리 들을 생각 없어."

"그러시든지 말든지. 난 당신 사촌을 도우려고 하고 있습니다.

몇 가지 질문에도 대답하지 않을 만큼 사촌에게 관심이 없다면 그 거야 당신 문제죠."

문고리를 잡은 채 휘턴은 결정을 내리지 못하고 망설였다. 그러 다가 말했다. "뭘 알고 싶은가?"

"우선 웨스틀랜드 부인을 얼마나 잘 알았는지 알고 싶습니다."

"거의 알지 못했지. 물론 말을 나눠본 적은 있지만 그게 다요."

"부인에게 적이 있었는지 여부는 모르겠군요?"

휘턴은 고개를 저었다.

"부인의 죽음에 대해 언제 들었습니까?"

"웨스틀랜드의 사무실에서 볼스턴이 말해줬소. 로버트가 체포 된 날 그 녀석과 약속이 있었거든. 내가 로버트를 기다리고 있는데 볼스턴이 들어오더니 살인 사건에 대해 말했소."

"웨스틀랜드와의 약속은 몇 시였습니까?"

"11시 30분이오." 휘턴은 계속 문을 당겼다 밀기를 반복했다. "몇 분 일찍 도착해서 정오까지 사십 분쯤 기다렸지. 볼스턴이 들어 왔을 때는 떠날 채비를 하고 있었소."

"그게 몇 시였습니까?"

"12시 2분쯤. 브렌티노 양에게 벌써 12시니 더 기다리지 않겠다 고 말한 직후였으니."

"우드버리가 사무실에 있지 않았습니까?"

"있었지만, 내 볼일은 웨스틀랜드에게 있었거든."

스코치테리어는 크레인의 트위드 바지 냄새를 좋아했지만 귀를 긁어주려고 하자 피했다. 윌리엄스는 거실에서 타오르는 장작불을 애타게 바라보고 있었다.

크레인이 말을 이었다.

"자, 살인이 일어난 날 밤 말입니다. 11시에서 2시 사이에 어디 있었는지 말해줄 수 있습니까?"

휘턴은 눈에 띄게 부어올랐다. 얼굴이 자줏빛으로 물들었다. "이런 세상에, 그걸 내가 왜 말해야 하는지 모르겠군. 내가 용의자라는 거요?"

크레인은 거짓말을 했다. "그럴 리가요. 정해진 확인 절차일 뿐입니다."

"어쨌든 그건 말해줄 수 없어. 사적인 일이오."

윌리엄스가 크레인을 밀어내고 나섰다. "이보십쇼! 알리바이가 없으면 없다고 해요. 그러면 시간이 많이 절약될 테니까."

크레인이 말했다. "당신 사촌을 도우려는 입장에서 유일한 방법은 실제 살인자를 찾아내는 것뿐입니다. 당신에게 알리바이가 있다면 당신을 고려할 필요는 전혀 없겠지요."

회색 다람쥐 한 마리가 발레 댄서처럼 눈밭을 달려오더니 스코치테리어를 보고 얼른 나무 위로 올라갔다. 다람쥐는 잔소리하듯 재잘거리기 시작했다. 택시 운전사는 잠든 모양이었다.

"젠장!" 휘턴은 분노와 당혹감이 담긴 눈으로 두 사람을 보았다.

"그냥 내 말을 믿어줄 순 없나?"

"대체 우리가 왜 그래야 합니까?" 크레인이 물었다.

"세상에! 난……." 멈칫한 휘턴이 콧수염을 거칠게 문질렀다. "로버트는 깨끗한 친구요. 그 녀석이 전기의자에 앉는 걸 보고 싶진 않아. 이건 정말 지독한 바보짓이지만 할 수 없지. 그날 밤에 내가 어디 있었는지 아는 사람에게 데려다주겠소." 그는 거칠게 문을 밀어 열었다. "카터! 내 코트."

하인이 거친 코트와 갈색 모자를 들고 나타났다. 휘턴은 코트를 입고는 모자를 쓰고 스코치테리어에게 외쳤다. "가자, 보기." 그는 계단에서 멈칫하다 말했다. "댁들을 위해 이런다고 생각하진 마쇼. 그게 아니니까. 난 당신들이 싫어."

크레인이 대꾸했다. "크라프트에빙°이라도 당신에게 내가 열정을 품었다며 병력을 쓸 일은 없을 겁니다."

낮잠으로 생기를 되찾아 깨어난 운전사는 눈 덮인 길거리로 잽싸게 택시를 몰았다. 휘턴은 그린 베이 로드에 있는 거대한 튜더식 주택으로 그들을 이끌고 가서 초인종을 눌렀다. 제복을 입은 단정한 하녀가 문을 열고 "오! 휘턴 씨세요" 하고 외치더니 일행을 빛나는 거실로 안내했다. 윌리엄스와 스코치테리어는 구리 합금으로 만든 장작 받침 위에서 철도 침목 두 개가 타고 있는 벽난로 앞에 고마운 마음으로 멈춰 섰다. 휘턴과 크레인은 똑같은 불쾌감을 안고 서서 서로를 바라보았다.

●   **크라프트에빙** _ 독일의 신경정신과 의사로 변태성욕에 대한 연구로 유명하다.

이윽고 어떤 여자가 곡선 계단을 따라 내려오더니 무늬가 선명한 코사크 양탄자를 밟고 일행 쪽으로 비칠비칠 걸어왔다. "안녕, 래리워리." 그녀는 놀라울 정도로 귀에 거슬리는 목소리로 외쳤다. 덩치가 큰 여자는 오십 대가 다 되어갔고 큼지막한 얼굴은 죽어라 달리는 생활로 불그스름한데다가 정맥이 도드라졌으며, 인사불성으로 취해 있었다. 그녀는 지친 수영 선수가 암초를 잡듯이 벽난로 근처에 있는 커다란 테이블을 붙잡더니 윌리엄스를 보고 눈을 껌벅였다.

"거기 잘생긴 아저씨, 안녕."

휘턴이 충격을 받고 나무라는 말을 던졌다. "에이미! 이렇게 이른 아침부터?"

여자는 위험하게 휘청거리면서 말했다. "이 타락한 늙은이. 당신 숨결에서도 위스키 냄새가 날 텐데, 뭘." 그녀는 다시 윌리엄스를 보고 음흉하게 웃었다. "이 귀여운 놀이 친구는 누구?"

휘턴은 진지하게 말했다. "이 사람들은 탐정이야. 조앤 웨스틀랜드 살인 사건을 수사하고 있지."

"살인? 살인?" 여자는 숨을 깊게 들이마셔 가슴을 부풀리더니 외쳤다. "애나!"

스코치테리어 보기가 귀를 쫑긋 세워 놀란 티를 냈다.

계단 옆 복도에서 단정한 하녀가 나타났다. "위스키." 여주인이 쉰 목소리로 말하자 하녀는 깔끔하게 몸을 돌려 사라졌다.

"이 사람들은 웨스틀랜드를 구하려고 하고 있어, 에이미. 가능한 용의자를 확인해서 지우려고 하고 있지." 훠턴은 외국인에게 이야기하듯이 단어를 신중하게 발음했다. "웨스틀랜드 부인이 살해당한 날 밤에 내가 어디에 있었는지 듣고 싶어 해."

"말해주지그래요." 여자는 테이블 주위를 돌아서 윌리엄스에게 다가갔다. "잘생긴 아저씨, 이름이 뭐야?"

"내가 그걸 말해봐야 좋을 게 없어." 훠턴은 소리를 지르기 시작했다. "내 말은 믿지 않을 거라고."

여자는 윌리엄스를 뒤쫓다 말고 멈춰 섰다. "자기, 내가 당신이 어디 있었는지 어떻게 알아?"

하녀가 테이블 위에 쟁반을 내려놓자 유리잔이 짤그렁거렸다. 조각상처럼 서 있던 여자가 듀어스 네 플러스 울트라 위스키병을 기울여 네 개의 유리잔에 조금씩 위스키를 따랐다. "됐어, 애나." 여자는 사이펀을 쥐어짜서 세 잔에 탄산수를 넣고 나머지 한 잔을 집어 들었다. "건배!" 여자는 잔을 비웠다.

크레인과 윌리엄스가 위스키를 홀짝이는 동안 훠턴은 계속해서 말했다. "내가 어디 있었는지 잘 기억하잖아. 다음날 아침에 웨스틀랜드를 만나러 루프 지역으로 가야 했는데 당신이 날 태워줬지."

훠턴은 여자에게 고함을 지르고 있었다.

여자는 큰 소리로 웃고는 즐겁게 위스키를 또 한 잔 따랐다. "아무래도 자기는 날 위태롭게 하려는가 봐."

"날 태워준 일 기억하지?"

"뭔가를 기억하기에는 내가 너무 숙녀랍니다." 그녀는 윌리엄스에게 더 다가갔다. 윌리엄스는 불 쪽으로 물러섰다. "그래도 뭐, 자기한테 도움이 된다면야, 그날 아침에 내가 당신을 태워다 줬어." 그녀는 크레인을 보고 눈을 깜박이더니, 두껍게 화장한 얼굴을 일그러뜨렸다. "그때 래리가 웨스틀랜드와 약속을 했다니 재미있다고 생각했기 때문에 기억이 나요." 그녀는 '약속'을 발음하기 힘들어했다. "아내를 막 죽인 남자인데 말이야."

"누가 아내를 죽였다는 겁니까? 래리요?"

크레인이 묻자 웃음소리가 터져 나왔다. "래리가 결혼이라니! 자기야, 래리와 결혼하는 여자는 개집에서 살아야 할 거야."

크레인은 휘턴을 돌아보았다. "그날 이분이 당신을 루프 지역까지 태워줬다면 뭐가 증명됩니까?"

"잠깐만. 에이미, 내가 살인 사건이 일어난 날 밤에 어디에서 지냈는지 기억이 안 나?"

"안 나는데."

얼굴을 찌푸린 에이미는 자기 발을 내려다보고 있었으며, 이제는 그렇게까지 취한 사람 같지 않았다.

"들어봐, 에이미. 당신이 사실대로 말해줬으면 좋겠어. 그래야 사촌에게 도움이 되거든. 그냥 나 때문이었다면 부탁하지 않았을 거야."

에이미는 턱이 가슴에 닿을 정도로 머리를 숙였다.

"내가 어디에서 밤을 지냈는지만 말해줘." 그래도 에이미가 움직이지 않자 휘턴이 말을 이었다. "아니면 애나를 불러줘. 애나는 알잖아."

에이미는 오락실에 있는 충격 시험기라도 건드린 사람처럼 느닷없이 행동에 돌입했다. 그녀는 소리를 질렀다. "난 아무도 안 부를 거야. 내가 아는 한 당신은 그날 밤 마굿간에서 잤어." 그녀는 유리와 은으로 만든 사이펀을 집어 들었다. "점잖은 여자의 평판을 망치려고 들다니 배짱 한번 좋네, 로런스 휘턴. 하지만 알리바이를 대주진 않을 거야. 당장 여기서 꺼져." 놀랍게도 그녀는 사이펀병에 달린 레버를 눌러서 세 사람 모두에게 차갑게 쉭쉭거리는 물줄기를 뿜었다. "나가, 안 들려? 나가라고! 이 지저분한 개자식들아! 나가! 나가!"

그들은 얼굴에서 옷 위로, 칼라 안으로 물을 떨어뜨리면서 달아났고 스코치테리어는 일행의 발밑으로 뛰었다. 그들은 전력으로 문을 통과해 눈밭을 가로질러 택시까지 달려갔다. 에이미는 현관까지 일행을 좇아와서 사이펀을 집어던졌다. 사이펀병은 시멘트 인도에 맞아 박살이 났다. 택시 운전사는 "맙소사!" 하고 외치고 택시를 확 출발시켰다.

크레인은 뛰고 웃어대느라 숨이 차서 스코치테리어를 안고 좌석에 기대앉았다. 휘턴은 불안한 상태로 계속 중얼거렸다. "저 구제불능 멍청이. 구제불능의 늙은 멍청이."

닥 윌리엄스는 듀어스 위스키를 생각하고 논평했다. "대접은 좋았어. 끝나기 전까지는."

수요일 정오

"이 사건은 점점 바보 같아지는군." 크레인은 두 번째 바카디 칵테일을 다 마셨다. "난 계속 감옥에 있는 불쌍한 그 양반을 걱정하면서 살날이 닷새, 나흘, 사흘밖에 남지 않았다는 생각만 하느라 정작 사건에 대해서는 정말 건설적인 생각을 할 여유가 없어. 그런데 주지사에게 형 집행 연기를 받을 순 없습니까, 핑클스타인?"

변호사는 침울하게 고개를 저었다. "월요일 밤에 주지사가 여기 왔을 때 이야기해봤네. 제대로 된 증거를 잡기 전에는 아무것도 할 수 없다더군."

웨이트리스가 조개껍데기에 담긴 버찌씨 조개 요리를 놓는 동안, 크레인은 핑클스타인에게 휘턴과 그의 숙녀 친구와 보낸 오전에 대해 이야기했다.

닥 윌리엄스가 설명했다. "꼭 카포네의 기관총 사수였던 잭 맥건이 자기 여자와 했던 것처럼 알리바이를 대려고 하더군요. 그 금발 알리바이 기억해요? 맥건은 나중에 그 여자와 결혼했죠."

"아주 신사적인 일이었지." 크레인이 말했다.

핑클스타인이 물었다. "그렇다면 휘턴의 이야기는 효력이 없어 보이는 건가?"

"법정에서는 그렇겠지요."

크레인은 단단한 조갯살 위에 레몬즙을 짜고, 조갯살과 비엔나 롤빵 한 조각을 입에 밀어넣었다. "하지만 난 믿는 쪽입니다. 그 숙녀분이 상냥하게 '어머, 그럼요, 래리워리와 전 망치로 십계명을 부수면서 그 밤을 보냈답니다'라고 했다면 믿지 않았겠지만 에이미라는 여자는 우리를 내쫓음으로써 숙녀답게 휘턴의 이야기를 뒷받침한 거라고 봐요."

"에이미?" 핑클스타인은 호기심 어린 눈으로 크레인을 보았다. "곡물왕의 과부인 에이미 던마는 아니겠지?"

"누군지는 모릅니다. 그린 베이 로드에 있는 큰 집에서 훌륭한 위스키를 두고 살더군요."

"그게 에이미 던마야. 주류 탐닉자고, 조폐국보다 더 돈이 많지."

윌리엄스가 깜짝 놀라서 물었다. "주류 탐닉자가 뭡니까?"

크레인이 대답했다. "그냥 그 여자가 술을 좀 마신다는 말을 고급스럽게 한 거야."

"그건 부정할 수 없지!"

핑클스타인이 다시 말했다. "그 일이 우리의 수사에 약간은 품위를 더해주긴 했지만 별로 도움은 안 되는 것 같군. 다음은?"

"변호사님이 확인한 부분은 어떻게 됐습니까?" 크레인이 물었다.

핑클스타인은 갈색 도자기 그릇에 담긴 에그 베네딕트를 열심히 먹었다. "블랙 호크에서 브렌티노 양과 같이 춤을 췄다는 우드버리의 이야기는 틀렸어." 마지막 말은 한입 가득 문 달걀 요리 때문에 뭉개졌다.

"틀리다니! 왜죠?"

"블랙 호크는 그날 밤에 노스웨스턴 대학교의 여학생 클럽 파티가 점령했어. 매니저가 날 위해 예약부를 찾아봐줬지."

"그건 우드버리에게 별로 좋아 보이지 않는군요." 크레인은 과일 샐러드를 싫어했지만 살이 찔까 두려워서 먹고 있었다. "볼스턴은 어때요?"

"브래디가 12시 30분쯤까지 같이 술을 마신 다음, 집까지 태워줬다는군." 핑클스타인은 크레인을 향해 롤빵을 흔들었다. "그렇다고 볼스턴이 결백해지는 건 아니지. 웨스틀랜드 부인을 죽일 시간은 충분했으니."

"압니다. 볼스턴의 이야기가 유효한지 알고 싶을 뿐이었어요."

식사가 끝나고, 크레인과 윌리엄스를 위한 스카치 소다가 나온 휴식 시간 중에 그들은 오렌지색 머리의 호건 양에 대해 토의했다. 탐정들은 핑클스타인에게 계속 질문을 던졌지만 변호사는 말을 많이 하지 않았다. "남자는 사생활도 누릴 수 없나?"

크레인이 대꾸했다. "호건 양의 경우에 사적인 부분이라곤 없습니다."

"호건 양에게 비슷한 친구가 있을까요?" 윌리엄스가 물었다.

핑클스타인은 약속했다. "다음에 만나면 꼭 물어보지."

"지금 물어보시죠. 괜히 애태우지 말자고요." 윌리엄스가 부추겼다.

크레인은 호건 양에게 친구가 있다면 행실이 어떨까 하는 주제로 토론하는 두 사람을 내버려두고 공중전화박스로 갔다. 처음에는 웨스틀랜드의 집으로 전화했는데, 시먼스의 목소리가 쌀쌀맞았다. "누구십니까?"

"크레인."

"크레인이라는 분은 모릅니다만."

"핑클스타인 씨와 함께 갔던 탐정이야."

"그런데요?"

"웨스틀랜드 부인이 살해당한 날 마틴 양이 아파트에 갔었는지 묻고 싶군."

"오지 않으셨습니다."

"확실한가?"

"네. 끊겠습니다."

두 번째 전화는 웨스틀랜드의 사무실로 걸었다. 생기발랄한 여자 목소리가 답했다. "웨스틀랜드, 볼스턴 앤드 우드버리 사무소입니다."

"우드버리 씨 계신가?"

"비서분과 연결해드리죠."

브렌티노 양의 목소리는 낮고 단조로웠다. "여보세요."

"안녕, 아가씨. 스프라이그에 대한 정보는요?"

잠시 대답이 없어, 크레인은 연결이 끊어진 줄 알고 화가 나 전화통을 잡아당겼다. 그때 브렌티노 양의 생기 없으면서도 묘하게 유혹적인 목소리가 말했다. "스프라이그는 죽었어요."

"뭐요!"

"어젯밤 8시에 뺑소니차에 치여 죽었어요."

크레인은 갑자기 과일 샐러드가 부대끼는 느낌이었다. 그는 전화박스의 유리문을 열고 신선한 공기를 들여보냈다.

"어떻게 된 일입니까?"

"저도 몰라요. 론데일 경찰서에 경위서가 있대요. 제가 아는 내용은 시신이 크로포드 애버뉴에 있는 배스컴이라는 장의사에게 맡겨졌다는 것뿐이에요."

"바로 조사해보지요." 크레인은 전화기 옆 선반에 묶인 메모장에 이름을 적었다. "그런데 우드버리 씨 안에 있어요?"

"네. 이야기하시겠어요?"

"고맙지만 됐습니다. 안녕."

윌리엄 크레인은 살짝 땀을 흘리기 시작했다. 그는 손수건으로 얼굴을 문지르고는 오 센트짜리 동전을 찾아서 주머니를 뒤졌다. "이게 무슨 일이람! 이게 무슨 일이야!" 그는 큰 소리로 말하며 세 번째 번호를 돌렸다.

벅홀츠 교도소장이 개인 직통 전화를 받았다. "여보세요?"

"크레인입니다. 나한테 남겨진 전언 있습니까?"

"3시에 랜돌프와 웰스 스트리트의 교차로에 있는 웨버의 담배 가게에서 두 남자를 만나요. 코너스의 친구들로 알아서 자기소개를 할 거요. 3시요."

"정말 고맙습니다, 소장님."

"진전은 좀 있소?"

"별로 좋지 않습니다."

"서두르는 편이 좋을 거요……. 시간이 별로 없으니."

"난들 그걸 모르겠습니까!"

크레인은 테이블로 돌아가서 두 사람에게 스프라이그에 대해 말했다.

핑클스타인이 한참 만에 말했다. "누가 살해한 것 같군. 다른 설명이 보이지 않아."

윌리엄스가 말했다. "장난 아니게 수상쩍네요. 특히나 깡패 몇 놈이 비슷한 시간에 우릴 죽이려고 했던 것까지 생각하면."

크레인은 핑클스타인에게 수사국 근처에서 차에 탄 남자들이 총질을 했던 경위를 이야기해야 했다. 그는 아슬아슬하게 살았다는 이야기를 하다가 마음이 흔들린 나머지 웨이트리스에게 스카치 소다를 더블로 주문했다. 윌리엄스도 같은 주문을 했다.

변호사는 당황했다. "그럴 수가 있나. 처음에는 그랜트, 그다음에는 자네들, 그리고 이제는 스프라이그라니. 그러다간 말썽이 생길 수밖에 없는데."

크레인은 단숨에 술잔을 절반이나 비웠다. 아주 약간 기분이 나아졌다. 그는 물었다. "왜 지금 스프라이그를 죽였을까?"

"오늘 아침에 우리에게 뭔가를 털어놓을 줄 안 거야." 윌리엄스가 말했다.

"놈들이 그걸 어떻게 알았지?"

크레인의 질문에 핑클스타인이 이마에 주름을 잡았다. "세상에! 우리 중 누가 정보를 흘리고 있나 보군."

"우리가 하는 말을 엿들을 수 있는 유일한 다른 사람은 교도소 장이죠." 크레인이 말하고는, 위스키를 마저 비우고 한 잔을 더 시켰다. "하지만 소장은 우리의 모임에 대해 떠들고 다니느라 위험을 감수하진 않을 겁니다. 자기가 걸려들까 두려워서요."

"흠, 스프라이그에 대해서는 어떻게 할 건가?"

"닥과 제가 가보겠습니다. 변호사님은 어젯밤 7시에서 9시 사이에 모두가 어디에 있었는지 알아내보시죠."

크레인은 웨이트리스에게 위스키잔을 받아들고 말을 이었다.

"다른 사람을 시켜서 스프라이그의 움직임을 추적해볼 수도 있겠지요. 스프라이그가 언제 사무실을 떠났는지, 그날 평소와 다른 일을 했는지 알아보세요."

"알겠네." 핑클스타인은 계산서를 집었다. "언제 다시 보지?"

"모르겠군요." 크레인은 위스키잔을 기울이고 혀로 잔 가장자리를 핥은 후에 모호하게 덧붙였다. "영영 못 볼지도요."

우선 그들은 605 사우스 크로포드 애버뉴에 있는 배스컴 장례식장으로 가서 눈 밑에 시커멓게 기미가 낀 장의사와 이야기를 나눴다.

장의사는 되풀이해서 말했다. "고인은 자동차에 치여 생긴 부상으로 죽었다고 확언할 수 있습니다. 시신을 조사하고 싶다면 제가⋯⋯."

"신경쓰지 마세요. 스프라이그 씨가 살해당했을지도 모른다는 생각이 있었는데, 총에 맞거나 칼에 찔리지 않았다는 점을 확신한다면 말씀대로 받아들이겠습니다."

장의사는 분개했다. "제가 직접 시신을 준비했습니다." 그는 마치 방부 처리라도 한 것처럼 보이는 야자수 밑에 서 있었다.

"좋아요." 크레인은 모자를 쓰려다가 다시 생각하고 말했다. "여기서 괜찮은 장례식을 치러주는 겁니까?"

"그렇습니다!" 장의사는 더 병들어 보이는 작은 야자수 옆으로 보이는, 마호가니판을 댄 벽에 걸린 표지판을 가리켰다. "우리 배스컴의 '경이로운 장례식' 절차 중 하나로 치러드리지요."

표지판에는 멋진 링컨 영구차, 자동차 세 대를 채운 문상객(원한다면 문상객을 늘려드릴 수 있습니다), 팔천 달러짜리 바턴 오르간과 골든 아일랜드 사중주 악단이 있는 부속 예배당 이용을 포함한 '경이로운 장례식'을 겨우 이백십칠 달러에 치를 수 있다고 씌어 있었다. 독특한 다섯 가지 관 중에서 선택할 수도 있었다.

크레인은 진심으로 말했다. "정말 멋지군요. 여기 있는 내 친구를 위해 이보다 더 좋은 장례식을 찾을 수는 없겠어요."

장의사는 유혹하듯이 말했다. "마음에 드신다면 저희에게······."

윌리엄스가 중얼거렸다. "내가 거꾸러질 때는 시카고에서 죽진 않을 거야."

장의사는 두 사람을 따라 문까지 나왔다. "문제없습니다. 이제는 미합중국 어디에서나 저희에게 전보를 보낼 수 있습니다."

"맙소사! 다음에는 전신으로 아기도 낳을 수 있겠군." 크레인이 말했다.

관할 지역 경찰서는 비바람에 닳은 벽돌 건물이었다. 그들은 무너질 듯한 계단을 밟고 공동 조사실로 가서 내근 경사에게 스프라이그의 죽음에 대한 사고 경위서를 볼 수 있겠냐고 물었다. 경사가 던져준 두꺼운 보고서 책에서 한참 만에 문제의 경위서를 찾아냈지만 별로 쓸모는 없었다. 에이머스 스프라이그, 육십칠 세, 주소는 4221 해리슨 스트리트, 사무직, 매디슨 스트리트 노면 전차에서 크로포드 애버뉴에 내리다가 뺑소니차에 치명상을 입었으며, 시신은 배스컴 장례식장으로 옮겨졌다. 경위서에는 '월런'이라는 서명이 적혀 있었다.

윌리엄스가 내근 경사에게 어디에서 월런을 찾을 수 있을지 물으려는데, 지서장 방의 문이 열리더니 스트롬 형사 반장과 다른 경찰관이 나왔다.

형사 반장은 두 사람을 반가워하지 않는 얼굴이었다. "또 자네들이군. 여기 서장님에게 아직 연락이 안 됐냐고 묻던 참이야."

윌리엄스가 말했다. "우린 방금 소식을 들었어. 어떻게 된 거야?"

"서장님이 다 알아." 스트롬 형사 반장은 몸을 돌리고 앞장서서 서장실로 들어갔다. "오그레이디 서장님, 이쪽은 과거에 주 검사실에서 일했던 닥 윌리엄스고, 이쪽은 에……."

"크레인입니다."

"만나서 반갑네." 금색 끈 장식이 달린 파란 제복을 입은 오그레이디 서장은 우락부락한 눈썹과 곧은 등을 가진, 잘생기고 나이 많은 아일랜드 남자였다. "우리가 아는 정보를 이 사람들에게 줘도 괜찮은 건가?"

"그럼요. 다 말씀하십쇼."

형사 반장이 대답하자 오그레이디 서장은 일행에게 의자를 가리키고 자기 책상 앞에 앉았다. "흠, 어차피 할말도 별로 없네. 스프라이그라는 사람은 어젯밤 8시경 매디슨 노면 전차에서 크로포드에 내리고 있었어. 인도에 다다랐을 때 커다란 세단이 스프라이그를 쳤지. 차장인 지머만이……."

스트롬 형사 반장이 끼어들어 덧붙였다. "선량한 얼스터 사람•이지."

오그레이디 서장은 다시 말했다. "지머만이 전차를 세우고 뛰어내려보니, 세단에 타고 있던 두 남자 중 한 명이 이미 스프라이그 옆에 무릎을 꿇고 앉아서 시신을 만져보고 있었다더군. 남자는 일어나면서 지머만에게 '죽었소'라고 했다네. 지머만이 이름을 묻자 '알 게 뭐야'라고 하고는 자동차에 타서 누가 막을 겨를도 없이 가버렸어."

크레인이 물었다. "자동차 번호를 본 사람은 없습니까?"

"그게 정말 이상한 점이야. 차에 번호판이 달려 있지 않았던 모양이네."

스트롬 형사 반장의 경계하는 눈동자는 거칠고 태연한 얼굴과

• **얼스터 사람** _ 얼스터는 영국의 북아일랜드 지방으로, 얼스터 사람은 충성심이 강하고 잘 싸우며 명예를 중시하고 신앙심이 깊다고 알려져 있다.

대조를 이루었다. "어두웠으니 차장도 승객들도 번호판을 볼 수 없었을지도 모르죠."

크레인이 물었다. "그러면 사고라고 생각하나?"

형사 반장은 턱을 문질렀다. "모르겠군. 자네들 둘이 어젯밤에 터무니없는 이야기로 들쑤시지만 않았어도 그랬을 텐데."

그러자 윌리엄스가 말했다. "들쑤시다니, 록펠러가 바지에서 새로운 동전을 찾아냈을 때만큼이나 무덤덤했잖아."

"그때는 자네들 이야기에 별로 신경쓰지 않았을지도 모르지만 경찰이라도 마음은 바뀌는 법이거든. 물론 뺑소니 사고야 매일 일어나지만 운전자가 멈추는 일은 거의 없어. 그것만 해도 이상해. 스프라이그도 자네들이 조사해달라던 사람 아니었나?"

윌리엄 크레인은 고개를 끄덕였다.

"스프라이그가 웨스틀랜드와 무슨 관계야?"

크레인은 웨스틀랜드 부인 살해의 동기를 알려주겠다던 노직원의 약속과, 그날 아침 회의에서 다들 스프라이그는 어디에 있을까 의아해했던 일을 이야기했다.

"벅홀츠 늙은이가 매일 전원이 웨스틀랜드를 만나게 해주나?" 형사 반장의 질문에 윌리엄스는 거짓말로 답했다.

"아니. 변호사인 핑클스타인만 만나게 해주지. 우리는 밖에서 기다리고."

크레인은 오그레이디 서장에게 말했다. "세단을 탄 남자가 스프라이그가 죽었는지 확인한 후에 무슨 서류라도 가지고 있는지 살펴봤을 수도 있지 않을까요?"

"그랬을 수도 있지. 적어도 스프라이그의 시신에서는 아무것도 나오지 않았네."

형사 반장은 스타카토로 테이블에 손가락을 두드렸다. "스프라이그가 뭘 가지고 있었을까?"

크레인이 대꾸했다. "나도 알았으면 좋겠어. 스프라이그가 살해당했다면 분명히 쓸모 있는 물건이었겠지."

"이건 내 평생 최고로 어지러운 사건이야." 스트롬 형사 반장이 말했다. "스프라이그가 뭔가 알고 있었다면 왜 오래전에 우리에게 오지 않았지? 왜 웨스틀랜드가 전기의자에 앉기 며칠 전까지 기다렸지? 그리고 그랜트. 그랜트는 그림에 어떻게 들어맞는 거야? 싸구려 범죄자가 사교계 인사들과 무슨 관계가 있어서? 하나도 말이 되질 않아."

크레인은 벽 쪽으로 걸어가서 헤이마켓 사건•에 투입된 베테랑 경찰들을 찍은 1893년의 사진을 살펴보았다. 손잡이 같은 콧수염이며 긴 파란색 코트, 앞면에 금색 숫자가 박힌 딱딱한 경찰 헬멧이 이상해 보였다.

"내가 생각할 수 있는 답은, 그랜트가 재판 기간에는 살인 사건이 일어난 날 밤에 웨스틀랜드 부인의 아파트 건물에 있었다는 이유로 감옥에 들어갈까 두려워 경찰에 오지 못했다는 것뿐이야. 아

• **헤이마켓 사건** _ 1886년에 시카고에서 경찰과 노동자들 사이에 일어난 충돌로, 훗날 노동절이 만들어진 배경이기도 하다.

마 그날 밤 그 동네에서 도둑질을 했겠지. 어쨌든 그랜트는 분명히 웨스틀랜드가 아파트를 나서면서 아내에게 작별 인사를 하는 모습을 봤고, 그래서 웨스틀랜드가 살인자가 아니라고 확신했을 거야. 그리고 웨스틀랜드가 유죄 선고를 받는 모습을 보고는 경찰에 잡힐 위험을 무릅쓰고 증거를 내밀기로 한 거지."

그러자 스트롬 형사 반장은 고개를 절레절레 흔들며 말했다. "스프라이그는……?"

"스프라이그는 아마 핑클스타인이 우리들의 회의에 부르기 전까지 웨스틀랜드가 유죄라고 생각했겠지. 변호사가 모두에게 처음 던진 질문이 이거였어. '웨스틀랜드를 치우고 싶어 할 동기가 있는 사람이 있을까요?' 스프라이그는 그 질문을 생각해보다가 갑자기 전에는 아무 의미도 없었던 뭔가를 기억해낸 거야. 그래서 조사하다가 살인자의 발가락을 밟는 바람에 살해당했지."

형사 반장이 말했다. "그건 전부 다 웨스틀랜드가 아내를 죽이지 않고 누명을 썼다고 믿을 때만 성립해."

"난 웨스틀랜드를 위해 일하니까 믿을 수밖에 없어."

오그레이디 서장이 말했다. "자네가 올바른 방향으로 가고 있다고 생각하네. 물론 난 형사 반장만큼 훌륭한 수사관은 아니지만 말이야."

스트롬 형사 반장은 기분 좋게 받아들였다. "과찬은 그만두시죠, 서장님. 전 그저 운좋은 경찰일 뿐입니다." 그는 윌리엄스의 어깨에 한 손을 얹었다. "아직 웨스틀랜드가 유죄라는 의견을 바꿀 이유는 없지만 나도 무고한 사람이 전기의자에 앉는 걸 보고 싶지는 않아. 크레인이나 자네를 돕기 위해 할 수 있는 일이 있을까?"

크레인이 대답했다. "핑클스타인이 스프라이그가 살해당했을 때 모두가 어디에 있었는지 확인중이야." 그는 목덜미를 문지르며 말을 이었다. "그리고 그날 스프라이그의 움직임도 추적해보려고 하는데, 핑클스타인에게는 무리일 거야. 사람을 시켜서 알아봐줄 수 있을까."

"물론이지. 몇 사람 배정하겠네."

"한 가지 더 있어." 크레인은 미심쩍은 눈으로 형사 반장을 보았다. "우드버리라고, 웨스틀랜드의 동업자에게 웨스틀랜드와 똑같은 웨블리 자동 권총이 있어. 두 사람은 영국 항공대에서 함께 복무했지. 탄도학 전문가라는 리 소령에게 그 권총을 보이고 싶어. 웨스틀랜드 부인을 죽인 총탄에 대한 보고서는 아직 가지고 있겠지?"

"소령은 모든 보고서를 보관해두네. 하지만 어떻게 우드버리에게 권총을 받아낼지 모르겠군. 아파트로 들어가려면 영장이 필요해. 그렇지만 닥 윌리엄스와 난 권총 한 자루 훔치는 것보다 더한 일도 해봤네. 그 권총에 대해 뭘 알고 싶나? 웨스틀랜드 부인을 죽이는 데 쓰였는지 아닌지?"

"그것과 또 그게 웨스틀랜드의 권총일 가능성이 있는지까지. 웨스틀랜드의 권총에는 명패가 달려 있었는데, 리 소령이라면 명패가 제거됐거나 조작됐는지 알아볼 수 있겠지."

"알았네. 권총은 자네 이름으로 리에게 맡기겠네. 난 공식적으로 이 일과 얽히고 싶지 않아."

"그편이 좋겠지. 오늘밤에 리 소령에게 접촉해서 뭘 알아냈는지 자네에게도 알려주겠네."

"내가 권총을 손에 넣으면 말이지." 스트롬 반장이 대꾸했다.

"걱정 마쇼, 대장. 우리가 처리할 수 있으니까."

부치라는 이름의 남자가 말했다. 그는 가무잡잡한 얼굴에 코가 부러졌다가 잘못 붙은 아담한 체격의 남자였다. 왼쪽 눈동자에는 흰 점이 얼룩졌고, 삐죽삐죽한 상처가 이마를 반으로 나눠놓았다.

크레인, 윌리엄스, 부치, 그리고 리틀 조라고 불리는 또 한 명은 옆 창문에 커튼이 달린 검은색 링컨 투어링 카를 타고 매디슨 스트리트 서쪽을 달리고 있었다. 리틀 조는 불그스름한 억센 머리털이 촘촘하게 나서 일부는 회색 모자 아래 목에까지 달라붙은 다부진 사내였다. 그는 차를 몰면서 중력과 교통 규칙과 다른 운전자들을 가볍게 무시했다.

크레인이 말했다. "어차피 거친 놈들이 아닐 수도 있어."

"이보쇼, 대장. 놈들이 우리보다 거칠지는 못할 거요." 부치는 허풍을 떠는 게 아니라 사실을 말하고 있었다. "놈들이 더 거칠었다면 우리가 트럭 운전사 조합을 굴리고 있진 않겠지. 안 그래, 조?"

"어." 조가 대답했다.

부치는 기분 나쁘게 크레인을 쳐다보았다. "코너스가 우리에 대해 이야기했을 테지."

"그야 물론이지." 바람이 옆 커튼을 펄럭여 차체를 때리고 휭 소리를 내며 뒷좌석을 쓸었다. 크레인은 몸을 부르르 떨다 칼라를 귀까지 끌어당겼다. "자네들이라면 힘으로 천국까지 치고 들어가서 하프를 트럭에 싣고 나올 수 있다더군."

거짓말이었지만 부치는 만족스러워했다.

"코너스도 경찰만 내버려뒀으면 괜찮았을 텐데. 깡패 한두 놈쯤 죽이는 거야 괜찮지만 경찰을 쏘는 건 조심해야지. 그러면 판사가 화가 나서 가끔 사건을 수습하지 못하게 만들거든."

그들은 요란하게 벽돌에 타이어가 미끄러지는 소리를 내며 홀스테드 스트리트 모퉁이를 돌다가 막 주차장에서 빠져나오던 반짝이는 세단 후미를 들이받았다. 덩치 큰 남자 하나가 무겁게 세단에서 나오더니 내려서 피해를 살피던 리틀 조에게 슬금슬금 다가갔다. 남자는 시뻘건 얼굴로 말했다.

"눈 똑바로 뜨고 다니지 못해?"

리틀 조는 발로 링컨 투어링 카의 앞 범퍼를 확인해보고는 만족스럽게 고개를 끄덕이고 앞자리로 돌아가기 시작했다.

"어이, 잠깐 기다려. 기다리라고. 이렇게 그냥 빠져나갈 순 없지." 남자는 리틀 조의 어깨를 잡아당겼다.

리틀 조는 발가락에 중심을 두고 몸을 홱 돌려서 남자를 마주했다. 땅딸막한 몸에 비해 이상하게 팔이 길었다.

"이걸로 싸움이라도 하게, 형씨?"

리틀 조가 묻자 으름장을 놓느라 시뻘게졌던 남자의 얼굴에서 핏기가 빠져나가고 겁에 질려 창백한 얼굴로 변했다. 그는 두 걸음 물러서서 뭐라고 하려다 말았다. 리틀 조에게서 멀어지고 싶다는 듯 팔을 앞으로 내밀기도 했다.

"내가 바빠서 운 좋은 줄 알아. 안 그랬으면 박살을 내놨어." 리틀 조는 그렇게 말하고 투어링 카에 올라 기어를 넣더니 덩치 큰 남자를 망가진 차 옆 벽돌길에 세워두고 차를 출발시켰다.

"건방진 놈이군." 부치가 말했다.

리틀 조는 애석하다는 듯이 말했다. "확 패주는 건데 모퉁이에 경찰이 하나 있어서."

그들은 홀스테드 스트리트에 있는 페트로의 레스토랑 앞에 매끄럽게 차를 세우고, 네 명 모두 안으로 들어갔다. 바에서는 이탈리아인 두 명이 놋쇠 난간에 한 발을 걸치고 앉아 술을 마시고 있었다. 작은 대머리 바텐더는 놋쇠 꼭지에서 맥주잔을 빼고 있었다. 부치는 문 앞에 멈춰 서서, 문이 닫히면 바로 잠기도록 잠금장치를 찰칵 눌렀다. 바텐더가 색 바랜 자로 맥주잔 거품을 평평하게 걷어내다가 놀라서 쳐다보았다.

리틀 조가 이탈리아인 손님들에게 말을 걸었다. "제 발로 걸어서 집에 갈래, 아니면 영구차에 실려서 갈래?"

두 남자는 부드러운 갈색 눈에 두려움을 담고 리틀 조 옆을 돈 뒤, 부치 옆을 돌아서 조용히 문을 빠져나갔다. 부치는 두 사람이 나가자 문을 단단히 닫았다.

바텐더가 물었다. "무슨 일이오? 댁들 뭐하려는 거야?"

"페트로는 어디 있지?" 크레인이 물었다.

바텐더는 여전히 한 손에 맥주잔을, 반대쪽 손에 거품 미는 자를 들고 있었다. 맥주 거품은 그사이에 사라졌다. 그는 같은 말만 되풀이했다. "뭔 일인데? 뭔 문제 있소?"

부치가 꼬불꼬불한 금속 다리가 달린 높은 테이블에 놓인 슬롯머신 옆으로 돌아서 바에 손을 뻗더니 바텐더의 옷깃을 움켜잡았다. 그는 바텐더의 손에서 맥주잔을 떼내고 바 너머로 끌어냈다. 바텐더의 발이 이탈리아 손님들이 두고 간 잔을 때리는 바람에 넘어진 잔이 바닥에 떨어져 깨어졌다. 쏟아진 맥주가 나무를 타원형으로 적셨다.

화려하게 나염된 꽃무늬 커튼이 달린, 식당으로 통하는 문으로 월요일에 일행의 음식을 내왔던 젊은 웨이터가 나타났다. 검은 눈에 믿지 못하겠다는 듯한 분노가 어렸다. "당신들 여기가 어딘 줄 알아?" 웨이터의 얼굴은 때와 이틀 기른 턱수염으로 거무스름했다.

리틀 조가 그쪽으로 움직였다. "어이, 이탈리아 놈."

"잠깐만." 윌리엄스가 땅딸막한 폭력배 앞을 막아섰다. "저 성가대원은 내 거야."

그는 왼손으로 웨이터를 한 대 슬쩍 때린 다음, 오른손을 크게 휘둘러서 턱뼈 아래 목을 쳤다. 웨이터는 무릎이 꺾여 금속 다리 테이블에 자빠진 뒤 슬로모션 장면에 나오는 배우처럼 바닥으로 미끄러져 내려갔다. 테이블 윗면이 기울어지는 바람에 미끄러진 슬롯머신이 웨이터의 어깨 위에 내려앉았다가 바닥에 떨어져서 쪼개진 판 사이로 동전을 토해냈다. 이윽고 웨이터는 동전 무더기 위에 쓰러져 누운 채로 악의를 담아 윌리엄스를 노려보았다.

크레인이 넋 놓고 그 광경을 지켜보는데 부치가 말했다. "한 놈 더 나왔군."

조 페트로였다. 슬리퍼를 신고 벨트 없는 바지와 자주색 셔츠를 입은 뚱뚱한 몸이 문간을 채웠다. 마치 첫 소설을 팔고 나서 사진을 찍기 위해 기다리는 작가처럼 단추를 푼 셔츠 옷깃 사이로는, 맨 가슴이 아니라 얼룩진 플란넬 속옷이 보였다. 얼굴에는 표정이 없었다. 왼손은 커튼을 잡고 있었다.

"손 들어. 댁한테 할 얘기가 있거든." 리틀 조는 손에 총신이 짧은 38구경을 쥐고 있었다.

크레인은 권총이 발사됐을 때 맞지 않게 옆으로 비켜서서 페트로에게 물었다. "나 기억하나?"

이탈리아인은 고개를 저었다.

"이 성가대원은 날 기억하는데. 안 그러나?" 윌리엄스가 웨이터를 보면서 말했다.

동전 무더기에서 번득이는 검은 눈동자에 반항기가 역력했다.

부치가 바텐더를 그 근처로 끌어당겼다. "너도 늙는 게 좋을걸." 부치가 손목을 비틀자 나이든 남자는 빙글 돌아서 바닥에 쓰러졌다.

크레인이 말했다. "사실대로 말한다면 해치지 않겠어, 페트로. 우린 왜 너와 네놈 부하들이 어젯밤 수사국 근처에서 우리를 죽이려고 했는지 알고 싶다."

"그래, 말해봐." 리틀 조가 거들었다.

페트로의 뚱뚱한 얼굴이 창백해졌다. "미친놈. 난 너희를 몰라."

"한 방 먹일까, 대장?"

부치가 묻자 크레인이 말했다. "아직이야." 그는 덩치 큰 이탈리아인을 무섭게 노려보았다. "네놈이 우리를 쏜 건 알아. 이유를 알고 싶다."

페트로의 입이 경련하듯 움직였다. "개자식, 여기에서 나가." 굵은 목에서 나오는 목소리치고는 터무니없이 새된 소리였다. "조 페트로에게 어디서 장난질이야."

"패." 크레인이 말했다.

부치가 페트로를 팼다.

리틀 조가 말했다. "그 손 내리지 마라, 이탈리아 놈. 그랬다간 쏴버린다."

"자, 이제 말할 마음이 드나?" 크레인이 물었다.

처진 눈에는 미움만 번들거렸다.

크레인이 말했다. "다시 패."

이번에는 부치가 어깨 힘을 실어서 쳤다. 자동차가 말을 쳤을 때 같은 둔탁한 충격음이 일어나고, 균형을 잃은 페트로는 벽 쪽으로 비틀거리며 쓰러졌다. 그는 벽에 기댄 채로 멍청하게 눈을 깜박였다. 부치는 믿지 못하겠다는 듯이 페트로를 지켜보다가 말했다. "젠장! 내가 주먹 힘이 줄었나 봐."

부치는 가까이 다가서더니 주먹을 망치처럼 아래로 내리꽂아서 페트로를 바닥에 때려눕혔다.

동전 무더기에서 주르륵 미끄러지는 소리가 났다. 크레인이 고개를 돌리자 윌리엄스의 발이 웨이터의 오른팔을 강타하는 장면이 보였다. 단검이 허공에서 우아한 포물선을 그리더니 앞문 옆 벽을 때리고 바닥으로 떨어졌다. 웨이터는 아픔에 비명을 내지르며 손목을 붙잡았다.

"성가대 꼬마가 총에 맞고 싶나 본데." 리틀 조가 말했다.

페트로가 의식을 되찾기를 기다리는 동안 윌리엄스는 맥주 네 잔을 뽑아서 모두에게 나눠주었다. 맥주는 차갑고 맛도 괜찮았다. 부치는 단숨에 잔을 비우더니 맥주를 다시 채워서 페트로에게 걸어갔다. "이런 맥주를 낭비하기는 참 싫은데 말이야." 부치는 페트로의 머리 위에 맥주를 부었다.

해질녘이 되었기에 크레인은 전깃불을 켰다. 덩치 큰 이탈리아인이 신음하면서 일어나 앉으려고 했다. 윌리엄스는 담뱃불을 붙이면서 흥미로운 눈으로 페트로를 지켜보았다.

"이제는 말하려나?"

윌리엄스는 기분 좋게 담배 연기를 빨아들였다가 코와 입으로 동시에 내뿜었다.

늙은 바텐더는 아직도 부치가 팽개친 자리에 머리를 두 팔에 묻고 누워 있었다. 정신을 잃은 척하고 있었다.

바깥으로 덜컹덜컹 전차 지나가는 소리가 잦아들자 크레인이 다시 시도했다. "이제는 말하는 편이 낫겠어, 페트로. 네놈이 이야기할 준비가 될 때까지 여기서 죽칠 작정이거든."

페트로는 폐렴이라도 걸린 사람처럼 힘겹게 숨을 몰아쉬면서 바닥에 한쪽 팔꿈치를 대고 반대쪽 팔로 크레인을 막으려고 했다. 입에서는 피가 흘렀고 눈은 사나웠다. 그래도 그는 말하지 않았다.

크레인은 페트로 위로 허리를 굽히고는 다른 일행에게 물었다. "이걸 대체 어쩌지?"

"내가 성가대 꼬마에게 말을 시킬 수 있어." 윌리엄스가 진작 주워두었던 단검을 둘째손가락 위에 올렸다. "안 그러냐, 꼬마?"

웨이터는 잇새로 듣기 싫은 소리를 냈다.

"아니야. 난 페트로에게 이야기를 듣고 싶어." 윌리엄 크레인이 말했다.

식당 문간에 있던 리틀 조가 주방 쪽을 들여다보았다. "안에 저 이탈리아 놈의 딸이 있을지도 몰라. 내가 걜 좀……."

부치가 가로막았다. "이 스파게티 계집들은 독이야." 부치는 바 안쪽으로 손을 뻗어 일 리터짜리 버번병과 레몬에서 즙을 짜내는 크롬 도금 압착기를 꺼냈다. "나한테 더 좋은 생각이 있어. 별로 재미는 없을지 모르지만." 부치는 이로 코르크 마개를 뽑아 바닥에 뱉은 뒤 소리 내어 버번을 마셨다.

크레인이 물었다. "무슨 생각인가?"

부치는 코트 소매로 입을 닦고는 빈병을 리틀 조에게 넘기고 크레인에게 지시했다. "저 이탈리아 놈의 왼팔을 잡으쇼."

자주색 실크 셔츠 아래 드러난 페트로의 살은 놀라울 정도로 탄탄했다. 크레인은 양손으로 팔을 잡았다. 반대쪽에 무릎을 꿇은 부치는 코트 주머니에서 갈색 끈 뭉치를 꺼내더니 일부 풀어서 페트로의 오른쪽 손목을 라디에이터 관에 단단히 묶었다. "이 정도면 버텨주겠지."

또 전차 한 대가 홀스테드 스트리트를 지나가면서 방을 흔들었다.

리틀 조는 한 손에는 38구경을, 반대쪽 손에는 반쯤 빈 술병을 쥐고 그들을 내려다보며 히죽 웃었다. "그놈에게 금붕어를 보여주게?"

부치가 크롬 압착기를 집었다. 지렛대의 원리로 레몬을 짜기 위해 긴 손잡이가 두 개 달려 있었다. "평생 본 적 없을 금붕어를 보여주지." 부치는 크레인이 잡고 있는 손 위에 압착기를 댔다.

페트로의 작은 눈에 설마 하는 공포에 질린 빛이 떠올랐고, 숨을 쉬는데 목구멍에서 요란한 소리가 났다.

압착기 가운데 부분이 페트로의 부드러운 손바닥에 착 맞아 들어갔다. "말랑말랑한데. 안 그래?" 부치가 묻더니 압착기 양쪽 손잡이를 눌렀다.

페트로의 목쉰 비명소리가 요란하게 울려 퍼졌다.

부치가 압력을 늦추자 크레인이 물었다. "우리를 쏜 게 네놈과 네 부하들이었지, 안 그래?"

페트로의 얼굴에서 진땀이 배어 나왔다. 그는 시퍼런 입술을 핥고 호소하는 눈빛으로 크레인을 보았다. 부치가 레몬 압착기에 힘을 주려고 하자 얼른 말했다. "맞아, 우리가 쐈어."

"좀 낫군." 크레인은 고개를 끄덕였다. "자, 왜 우리를 죽이려고 했지?"

페트로의 부들부들 떨리는 입술이 이름을 웅얼거렸다. "그랜트."

"우리가 그랜트를 죽인 줄 알았군. 그렇지?"

페트로는 고개를 끄덕였다.

바닥에 누운 웨이터와 바텐더는 흐릿한 전등빛 속에서 잘 익은 올리브처럼 까만 눈으로 말없이 그들을 바라보았다. 지루해진 리틀 조는 위스키를 비우고 있었다.

크레인이 말했다. "우리가 아니야. 그랜트가 웨스틀랜드 사건에 대해 뭘 아는지 알아내기도 전에 누가 해치웠어. 우리가 정보를 얻어내고 싶은 대상을 죽일 것 같나?"

페트로는 땀만 흘릴 뿐 대답하지 않았다. 크레인은 말을 이었다.

"그랜트가 웨스틀랜드에 대해 뭘 알고 있었는지 알고 싶다."

부치는 지금이 레몬 압착기에 힘을 넣기 좋은 순간이라고 생각했다. 페트로가 신음하며 "예수 그리스도여!"를 외치고는 기절해서 라디에이터 쪽으로 다시 쓰러졌다.

리틀 조가 동료에게 타이르듯이 술병을 흔들며 말했다. "그럴 필요는 없었어. 막 털어놓으려는 참이었잖아." 리틀 조는 나머지 위스키를 페트로의 얼굴에 부었다.

부치가 분개하며 말했다. "내가 이 이탈리아 놈이 이렇게 연약할 줄 어떻게 알았겠어?"

안쪽 어딘가에서 시계가 은탄환이 발사되는 듯한 소리를 다섯 번 울렸다. 페트로는 혈색이 돌아오는 얼굴로 힘겹게 앉았다. 그의 눈은 더이상 절박한 두려움에 시달리지 않고, 운명을 받아들여 차분해져 있었다. "날 죽이기 전에 기도는 하게 해주겠소?"

페트로의 물음에 크레인이 말했다. "먼저 그랜트가 웨스틀랜드 사건에 대해 알고 있었던 내용을 말해."

페트로의 목소리는 들릴락 말락 했다. "아무 말 안 했어."

부치가 말했다. "그럴 리가 있나. 분명히 말했을걸. 실토하지 않으면 이번엔 제대로 쥐어짤 줄 알아."

페트로가 고개를 내저었다.

"잠깐만!" 웨이터가 바닥에서 일어나 앉았다. "말할게. 더 해치지 마. 매니 그랜트는 살인이 일어난 날 밤에 웨스틀랜드 씨가 작별인사하는 모습을 봤어. 그때까지 그자 마누라는 살아 있었고."

"잘한다, 꼬마." 닥 윌리엄스가 말했다.

크레인이 말했다. "좋아. 이제 호텔에서 우리를 미행했던 느끼한 놈이 누군지 말해."

웨이터의 눈이 조 페트로를 피했다. "그냥 셰벌리어란 사람이었어."

리틀 조가 휘파람을 불었다. "집행인 주제에! 기사라는 별명을 갖고 너희 같은 아마추어들과 뭘 하는 건데?"

웨이터는 방어적으로 대답했다. "여기에서 식사를 많이 하거든."

"그냥 너희에게 친절을 베풀었다 이거냐." 리틀 조는 악당 같은 얼굴로 말했다. "잘 들어! 그 셰벌리어란 놈에게 다음에 보이스카우트 놀이를 하고 싶으면 백인들은 놔두라고 해. 스페인 사람한테나 붙어 있는 게 좋을 거다. 그렇지 않으면 돌아오지 못할 여행을 곧 가게 될 줄 알라고."

페트로 옆 바닥에 한쪽 무릎을 대고 있던 부치가 크레인에게 물었다. "뭐 더 있나, 대장?"

크레인은 페트로의 고통에 일그러진 얼굴을 보자 속이 메스꺼웠다. "아니. 놔줘."

부치는 페트로의 손에서 압착기를 떼어내려다가 놀라서 다시 보았다. "이런! 망할 것이 뼈를 건드렸어."

크레인은 얼른 일어나서 문으로 향했고, 길거리로 나서면서 어깨 너머로 외쳤다. "의사를 부르게 해." 아크등의 단단한 빛줄기가 어둠에 줄을 넣었다. 윌리엄스와 부치가 따라 나왔다. 얼굴을 때리는 바람이 젖은 수건 같았다.

뒤이어 나온 리틀 조가 불빛 밝은 문간에 멈춰 서서 소리 없는 인사를 던지더니 말했다.

"처신 잘하는 게 좋을 거야. 다음에 다시 오게 되면 기분 좋게 끝나지 않을 테니까."

"아니. 이 방에는 아무 문제 없어요."

윌리엄 크레인은 전화기를 가슴팍에 올려놓고 호텔 방 침대에 누워 있었다. 저녁 식사 시간이었고, 바깥은 꽤 어두운데다가 조용한 편이었다. 4분의 1 정도 열어둔 창문으로 날카로운 찬바람이 불어 들어왔다. 침대에 누워 있으니 좋았다.

크레인은 전화기에 대고 애처롭게 말했다. "그냥 경찰청에 전화를 하고 싶을 뿐이에요. 내가 경찰청에 전화하는 게 그렇게 거슬립니까?"

윌리엄스는 빵빵하게 속을 채운 의자에 파묻혀서 재미있다는 듯이 어깨를 늘어뜨리고 그 모습을 지켜보았다. 손에는 뉴올리언스 압생트를 섞어 넣은 버번위스키잔을 들었다.

크레인이 말했다. "관리인과 이야기하고 싶지 않아요. 경비원과 이야기하고 싶지도 않아요. 이 방에는 아무 문제도 없다니까요. 그저 경찰청에 전화를 걸고 싶을 뿐이에요."

결국 패배한 호텔 교환원이 화가 나서 수화기 안으로 혀를 차는 소리를 냈다. 마침내 다른 여자가 나와서 "경찰청입니다"라고 하자 크레인이 말했다.

"스트롬 형사 반장 부탁해요."

여러 구내전화를 거치면서 퉁명스러운 목소리의 남자들이 이어지고 나서야 형사 반장에게 연결이 됐다. 크레인은 무슨 소식이 있는지 물었다.

"권총 가져다가 리 소령에게 맡겼어." 형사 반장의 목소리는 대서양 횡단 전화선을 통해 말하는 것처럼 우렁우렁했다. "저녁을 먹은 후에 보고서가 나올 거야. 자네 둘이 소령에게 알아낸 내용은 나에게도 알려주리라 믿네."

"전화하지. 스프라이그는?"

"별로 나온 게 없어. 어제 평소와 같은 시간에 사무실에 갔고, 6시까지 일하다가 떠났어."

"어쩌다가 그렇게 늦게까지 일했대?"

"원래 사무실에서 일주일에 몇 번은 그 정도, 아니면 더 늦게까지 일했다는군."

"사무실을 떠나서는 어디로 갔지?"

"확실하지는 않지만 웨스틀랜드의 집사인 시먼스를 찾아간 것 같아."

"설마!"

"그렇다니까. 사무실에 있던 속기사 한 명이 스프라이그가 시먼스에게 전화해서 6시 30분쯤 가도 되겠냐고 묻는 소리를 들었어."

"시먼스에게 스프라이그의 전화를 받았는지 물어봤나?"

"몇 사람 보내서 이야기를 해봤는데 스프라이그를 보지 못했다고 대답했네. 속기사 아가씨 말대로 전화를 받은 건 사실이라고 인정했는데 스프라이그가 나타나질 않았다는 거야."

여자 하나와 남자 하나가 큰 소리로 이야기를 나누면서 문 앞을 지나갔다. 문 위 채광창으로 목소리가 흘러들어왔다. 여자가 불만스럽게 말하고 있었다.

"왜 그런 놈을 참아야 하나 모르겠어. 날 평범한 매춘부처럼 취급하는데……. 아니면 마누라처럼."

크레인은 닥 윌리엄스를 보고 씩 웃은 다음 전화기에 대고 말했다. "시먼스에게 전과가 있는지 살펴봤나?"

형사 반장은 분개한 목소리로 답했다. "내가 수사를 우편 교육으로 배운 줄 알아? 당연히 찾아봤지. 전과는 없어."

"이제 어쩔 거야?"

"아무것도. 뺑소니차에 치여 살해된 사람과 이야기를 나눴다고 추정된다는 이유만으로 누굴 체포할 순 없지 않나?"

"그야 그렇지."

"시먼스와 이야기를 해봐. 자네들이라면 뭔가 끌어낼지도 모르지." 형사 반장의 목소리는 힘을 잃어갔다. "스프라이그나 총 건으로 생각나는 게 있으면 나중에 전화하든가. 자정까지 수사국에 있을 테니까."

"알았어." 크레인은 부드럽게 전화기를 내려놓고, 몇 초 후에 다시 귓가에 올렸다. 조개껍질을 귀에 댔을 때 들을 법한 소리가 나다가 찰칵 소리가 났다. "망할 교환원."

윌리엄스가 말했다. "잊어버려. 교환원들은 전화 거는 사람이 싫어한다 싶으면 꼭 엿듣거든. 시먼스 이야기는 뭐야?"

크레인은 윌리엄스에게 설명하고는 버번과 압생트를 한 모금 마셨다. 처음에는 달콤한 맛이 나다가 잇몸에 닿고 나자 압생트에 들어가는 아니스의 향으로 변했다. 그는 천천히 술을 삼키는 동시에 코로 숨을 내뱉어 날카로운 향을 부비강에서 이마로 올려 보냈다.

윌리엄스가 크레인을 바라보았다. "조심하지 않으면 머리꼭지까지 취할걸."

"꼭지까지 취하고 싶어."

"시먼스에 대해서는 어떻게 하려고?"

크레인은 물잔에 압생트를 4분의 1 채우고 같은 양의 위스키를 부었다. 결과물은 퇴폐적인 초록빛이었다. 그는 시험 삼아 마셔보고 나서 얼음 한 덩이를 넣었다. "버번위스키에 압생트를 타는 것과 압생트에 버번위스키를 타는 것, 어느 쪽이 나을까?"

"이봐, 이 사건을 포기할 작정이야?"

크레인은 다시 술을 마셨다. 얼음이 코에 닿도록 술잔을 기울였다. "초록색이 더 예술적이고, 갈색은 더 사나이답지." 크레인은 윌리엄스에게 눈의 초점을 맞추기가 힘들었다. "포기라고? 포기?" 그는 일어서서 나폴레옹 같은 태도로 셔츠 버튼 사이에 한 손을 밀어 넣었다. "윌리엄 크레인 사전에 포기란 없다."

딱 윌리엄스는 애석해하면서 남은 버번과 압생트를 욕조에 부어버렸다. "뭘가 먹으면 기분이 나아질 거야." 그는 그 위로 물을 쏟으며 흐르는 물소리 너머로 들리도록 외쳤다.

크레인은 택시 문을 밀어서 닫고 기사에게 말했다. "기다려도 돼요. 곧 북쪽으로 갈 테니까."

크레인과 윌리엄스는 초록색 자동 엘리베이터에 탄 뒤 8층 버튼을 눌렀다.

윌리엄스가 불평했다. "평생 택시를 이렇게 많이 타보기는 처음이야. 하는 일이라곤 택시 타기밖에 없잖아. 택시만 생각해도 멀미가 날 지경이라고. 얼마나 북쪽으로 가는데?"

크레인이 대답했다. "곧 알게 될 거야." 그는 8층 문을 밀어 열고 웨스틀랜드의 아파트 초인종을 울렸다. 아직도 꽤 취한 상태였지만 동작은 전혀 흔들리지 않았다.

시먼스가 안전 사슬을 고리에 건 채로 문을 열었다. "아, 두 분이군요." 시먼스는 사슬을 풀지 않았다.

"그래, 우리야." 윌리엄스가 맞장구를 쳤다.

시먼스는 하얀 실크 셔츠에, 폭이 넓은 벨트로 허리를 꽉 조인 검은색 바지를 입고 에나멜 가죽 슬리퍼를 신었다. 복도에 켜진 밝은 전등빛을 받으니 두드러진 턱과 튀어나온 광대뼈에 각이 지면서 눈은 그늘 속에 가려졌다. "뭘 원하십니까?" 시먼스가 물었다. 마른 얼굴에 드리운 기묘한 빛과 그림자, 실크 셔츠와 허리를 조이는 넓은 벨트 때문에 스페인의 투우사 그림을 보는 것 같았다.

"몇 가지 질문을 더 하고 싶은데."

크레인의 말에 시먼스는 귀에 거슬리는 목소리로 되물었다. "무엇에 대해서요?"

시먼스의 등뒤에서 재즈 빅밴드가 라임하우스 블루스를 연주하는 소리가 들려왔다. 곡에 어울리게 달콤하고 느리면서도 강약이 제대로 들어간 연주였다. 시먼스는 몸을 돌리고 어깨 너머로 외치면서 사라졌다. "라디오 볼륨 좀 조정하고 오겠습니다."

윌리엄스가 말했다. "저 친구 문제가 뭐야? 왜 우리더러 들어오라고 하지 않지?"

크레인이 대답했다. "모르겠군. 우리가 은식기라도 노리는 줄 아나 보지."

시먼스가 돌아오더니 문틈으로 두 사람을 내다보았다. "말씀하시죠."

크레인은 문설주에 한 손을 대고 물었다. "어젯밤에 찾아왔을 때 스프라이그가 뭘 물어보던가?"

시먼스는 눈을 깜박이며 말했다. "어젯밤에 스프라이그가 찾아왔다고는 하지 않았는데요. 우린 전화로……."

"전화로 이야기한 것도 알지만 스프라이그가 여기까지 와서 만난 것도 알아."

"아!" 시먼스의 얼굴에 잠시 스쳐간 망설임이 진실을 드러내고 말았다. 스스로도 알고 있었다. "여기서 말입니까……?"

"그래. 여기에서." 크레인은 화가 났다. "경찰에 말하지 않은 내용을 알고 싶어."

시먼스 안에 있는 하인의 마음이 겸손한 목소리를 냈다. "경찰에 스프라이그 씨가 여기 오셨다는 말을 하지 않은 건, 핑클스타인 씨가 원하실지 여부를 알지 못해서였습니다. 잘못 판단했다면 죄송합니다."

"괜찮아. 무슨 일이 있었는지 말해준다면."

안에서 버터나이프로 반쯤 물이 찬 유리잔을 때리는 듯한 소리가 났다.

시먼스가 서둘러 큰 소리로 말했다. "스프라이그 씨가 전화를 해서 만나러 오겠다고 하셨지요. 굉장히 흥분한 모습으로 나타나셔서 무척 이상했습니다. 스프라이그 씨는 안으로 들어오시더니 문을 잠그게 하고 말을 꺼내기 전에 창가로 가서 거리를 내려다보셨습니다."

"왜 그랬지?"

"말은 하지 않았지만 제 생각에는 따라오는 사람이 있나 두려워하시는 것 같았습니다." 전보다 덜 조심스럽게 말하고 있는 시먼스는 이제 얼굴 전체가 조명을 받았다. "커튼을 닫고 저한테 와서 이러시더군요. '시먼스, 웨스틀랜드 부인을 누가 죽였는지 알 것 같아.'"

시먼스는 극적인 효과를 최대한 살리려고, '웨스틀랜드 부인'이라고 할 때는 마치 영화 〈이스트 린〉에 나오는 악당처럼 잇새로 소리를 내보냈다.

"'웨스틀랜드 부인을 누가 죽였는지 알 것 같아'라고요." 시먼스는 다시 한번 그 말을 되풀이했다.

"정확히 그렇게 말씀하셨지만 제가 누구냐고 묻자 고개만 저으면서 '우선 확인을 해야 해'라고 하셨어요. 그런 다음에는 웨스틀랜드 씨의 총에 대해 몇 가지 질문을 하셨습니다."

엘리베이터가 지나가자 다들 멈칫했다. 8층을 지나쳐서 올라가는 엘리베이터 문의 원형 유리창에 화장을 진하게 한 예쁜 여자의 지루한 얼굴과, 야회복을 입은 남자의 하얀색 실크 스카프와 검은색 오버코트가 스쳐지나갔다.

덜컹거리는 소리가 그치자 크레인이 물었다. "스프라이그가 뭘 알고 싶어 했지?"

"총이 언제 없어졌는지 물어보시기에 살인이 일어난 날 저녁이라고 했습니다. 그날 오후에 청소하다가 봤으니까요. 그러자 그날 저녁에 누가 아파트에 왔었는지 물으시더군요. 저는 우드버리 씨라고 했지요."

"그 말을 듣고 좋아하는 것 같던가?"

"고개만 끄덕였습니다. 어차피 그건 상관없다고 하더군요."

"상관없다고?"

"그렇게 말했어요. 상관없다고."

"젠장!" 크레인은 귀를 문질렀다. "또 뭘 알고 싶어 하던가?"

"그게 답니다."

윌리엄 크레인은 그 말을 메아리처럼 되풀이했다. "그게 다라고!" 크레인은 윌리엄스를 분연히 돌아보았다. "스프라이그가 여기까지 와서, 총에 대해 물어보고, 우드버리가 가져갔을지도 모른다는 사실을 알아낸 다음, 어차피 그건 상관없다고 말하고 집으로 갔다. 대체 그게 무슨 뜻이야?"

윌리엄스가 말했다. "여기 있는 우리 친구가 아는 대로 다 말하지 않았을 수도 있지."

"맹세코 스프라이그 씨가 말한 대로 다 말씀드렸습니다, 신사분들. 저도 이상하다고 생각했어요."

크레인은 시먼스의 눈을 보고 말했다. "스프라이그가 맡긴 서류
는 없나?"

"없습니다."

"혹시 감옥에 들어간 적 있나, 시먼스?"

"감옥이라뇨!" 시먼스의 얼굴은 창백했고 눈은 적의를 담고 이
글거렸다. "누가 제가 감옥에 있었다고 하던가요?"

"아무도. 그냥 물어본 거야."

시먼스의 얼굴은 이제 완전히 그림자 속에 잠겼다. "방금 대답
한 대로입니다. 전 감옥에 들어간 적이 없습니다……." 그는 안전
사슬이 축 늘어질 정도로 문을 닫았다. "댁들이 알 바인지 모르겠지
만요. 안녕히 가십시오."

크레인과 윌리엄스는 뒤늦게 놀라서 닫힌 문을 바라보았다. "꽤
강경했지?" 윌리엄스의 말이었다.

크레인은 엘리베이터 버튼을 치면서 말했다. "어쨌든 저 친구에
게 뭘 더 알아내진 못하겠어." 크레인은 초록색 문을 획 열고 덧붙
였다. "애초에 뭘 알아내지도 못했지만."

그들은 말없이 건물 밖으로 나가 택시에 올랐다. 기사는 문을
쾅 닫으면서 물었다. "어디로 갈깝쇼?"

"5123 셰리든 로드로 갈 건데 가는 길에 술집 한 군데에 들러야
겠소."

크레인이 대답하자 윌리엄스는 가죽끈에 팔을 걸고 물었다. "거

긴 마틴 양이 사는 곳 아닌가?"

"술집이?"

"아니. 셰리든 로드 주소 말이야, 멍청아."

"아무 술집이나 됩니까?"

기사가 묻자 크레인은 양쪽 모두에게 대답했다. "그래."

크레인은 고풍스러운 술집에서 한잔 마신 후에 과학수사 연구소의 리 소령에게 전화를 걸었고, 10시쯤에나 돌아온다는 답을 들었다. 술집 안쪽에 있는 유리 선반 위, 뚱뚱한 베네딕틴과 가느다란 골트바서 술병 사이에 시계가 하나 놓여 있었다. 크레인은 바 너머로 몸을 기울이고 시간을 읽으려고 했다. 눈에 초점이 잘 맞지 않는 걸 느낀 그는 고개를 흔들었다.

윌리엄스가 말했다. "저 시계를 보려고 하는 거라면 지금 9시 5분이야."

"젠장! 그렇다면 술을 두 잔 더 마실 시간밖에 없군."

택시 쪽으로 돌아간 크레인은 숨을 훅훅 불고는 차가운 공기 속에 퍼지는 은빛 안개를 재미있다는 눈으로 지켜보았다. 원 모양으로 입김을 불어보려고 했지만 그럴 수가 없었다. "이래서 담배 산업이 있는 거야. 고리 모양으로 입김을 불려면 담배 연기가 있어야 해." 윌리엄스가 택시 안에 밀어넣자 크레인은 심술을 내며 물었다. "왜 미국 공중 보건 학회에는 이런 사실이 알려지지 않은 거야? 침묵하자는 모의라도 했나?"

스모킹 재킷 Smoking Jacket

/

19세기 중반 남성들이
실내 흡연 시 입는 용도로 탄생한 덧옷.
숄칼라가 기본이다.

기사는 택시를 부드럽게 출발시키고 평평한 보도를 따라 북쪽으로 차를 몰기 시작했다. 기사의 왼쪽 팔 옆으로 살짝 열린 창문에서 바깥공기가 들어오는 덕분에 따뜻한 택시 안이 상쾌해졌다. 크레인은 가죽 쿠션에 등을 기대고, 눈을 감고 숨을 무겁게 몰아쉬다가 이내 잠들었다.

셰리든 로드 주소에 다다르자 윌리엄스가 크레인을 거세게 흔들었다. "내 평생 이렇게 어이없는 탐정은 처음이야. 훌륭한 탐정들은 일주일쯤 밤마다 뜨거운 커피를 마시며 앉아 사건을 푸는데 자네는 기회만 있으면 자는군."

크레인은 분개했다. "누가 잤다고 그래?"

그는 택시에서 내려서 기사에게 기다리라고 말하고, 힘차면서도 어느 정도 균형을 잃은 걸음으로 삼 층 아파트 건물의 모조 대리석 로비에 들어섰다. 크레인이 앨버트 프루던스라는 이름 곁에 있는 검은색 버튼을 꾹 누르자 안쪽 문에서 초인종 울리는 소리가 돌아왔다. 그는 문을 잡고 윌리엄스를 들여보낸 다음, 초록색 카펫이 깔린 계단으로 세 층을 올라갔다.

프루던스 씨는 예쁜 조카딸과는 조금도 닮지 않은 남자였다. 탈지면 같은 머리털에 콧마루가 높은 노인이었는데 초록색 스모킹 재킷을 입고 토끼털을 덧댄 슬리퍼를 신었으며, 어깨는 굽어 있었다. 윌리엄스는 두 사람의 신분을 밝혔다.

"들어와요, 들어와요." 프루던스 씨의 목소리는 마치 귀가 먹은 사람처럼 높고 노쇠하면서도 초조했다. "마틴 양은 집에 있어요."

그들은 집안의 복도를 지나서 창문이 세 개 달린 커다란 거실에 들어섰다. 원형 벽난로에서 느긋하게 장작이 타고 있었다. 은은한 색의 코바늘뜨기 깔개가 단풍나무 바닥에 섬을 만들었다. 은가루를 뿌린 표면 아래로 희미하게 구리가 비쳐 보이는 아주 오래된 백랍 촛대 한 쌍이 벽난로 선반에 있는 거울에 비쳤다.

"여보, 에밀리 루를 만나러 온 사람들이라는구려." 프루던스 씨가 말했다.

프루던스 부인은 오만한 눈동자에, 머리에 회색보다는 검은색이 많은 가슴 큰 여자였다. 그녀는 팔걸이가 툭 튀어나온 깊은 의자에서 몸을 일으키더니 기계적으로 즐거운 표정을 얼굴에 새기고 그들을 향해 다가왔다.

프루던스 씨가 말을 이었다. "웨스틀랜드 씨를 위해 일하는 탐정이라는군."

여자의 얼굴에 떠오른 망설임이 기계적인 즐거운 표정을 지웠다. 탐정이라니 하인 대하듯 할까, 아니면 그보다는 조금 낫게 대접해야 할까? 그녀는 확실해질 때까지 애매하게 굴기로 결정한 티를 내며 멈춰 섰다. "기다리면 마틴 양을 불러오지요." 하인들에게 쓰는, 아랫사람 다루는 목소리였다. 그녀는 작은 물레 주위를 돌아서 복도 저편으로 사라졌다.

프루던스 씨는 안절부절못하고 말했다. "밖이 참 춥지요."

윌리엄스가 대꾸했다. "보통 추운 게 아닙니다."

그들은 방을 보았다. 크레인은 초기 미국 양식인 이 방에 놓인 길쭉한 의자들이 골동품일까 궁금했다. 그는 이 미터를 훌쩍 넘는 높이의 패널 벽에 붙박이로 넣은 작은 보관장의 얇은 선반에 올라가 있는 물주전자와, 하나 금이 가기는 했지만 네 개가 갖춰진 의식용 잔의 반짝이는 루비 빛깔에 감탄했다.

"안녕하세요." 에밀리 루가 복도에서 걸어왔다. 고와 보이는 피부는 장밋빛, 머리는 불빛을 받아 어두운 붉은색으로 보였다. "두 분이 여기에서 뭘 하시는 거죠?"

크레인은 의지력을 발휘해 몸을 바로 세우고 악수를 나눈 후에 말했다. "전화 통화에 대해 확인해보려고요."

"전화 통화라면……."

"그래요. 당신이 건 전화처럼 들렸던 그 통화요."

에밀리 루 뒤를 맴돌던 프루던스 부인이 경멸 조로 웃었다. "난 그 전화에 대해 믿지도 않았어. 왜 웨스틀랜드 씨가 처음에는 내 조카딸이 전화를 했다고 했다가 이야기를 바꿔서 애 같은 목소리의 누군가였다고 했겠어요?"

"저야 모르지요. 왜입니까?" 윌리엄 크레인이 말했다.

"지어낸 이야기였으니까 그렇죠. 에밀리 루가 거짓말을 해가면서 뒷받침해주지 않으니까 말을 바꿔야 했던 거고."

"메이 숙모." 에밀리 루는 화가 난 목소리였다. "전에 터놓고 이야기했잖아요. 전화 통화 이야기는 어차피 로비의 사건에 도움이 되지 않았어요. 그런 이야기를 만들어낼 이유가 없다고요."

프루던스 부인은 바다사자처럼 콧방귀를 뀌었다. "이유가 있건 없건……."

남편이 그 말을 끊었다. "여보, 이 사람들이 뭔가 알아내고 싶어 하잖소."

크레인은 진저리를 내며 불을 바라보았다. 열기 때문에 어지러웠다. "그게 이렇습니다, 부인. 정말로 그런 전화가 걸려왔다면, 전화를 건 사람은 마틴 양이 그 시간에 어디에 있는지 알고 있었어야 합니다. 누군지는 몰라도 마틴 양이 웨스틀랜드와 함께 있다거나 시내에 없다거나 그런 위험을 감수할 수는 없었을 테니까요. 따라서 그자들은 어떤 식으로든 마틴 양의 소재를 알고 있었다고 봅니다."

"얘는 우리와 같이 있었어요. 누구든 얘가 집에 들어오는 모습을 봤을 수 있겠죠."

"거기에다 누가 전화했든 웨스틀랜드가 마틴 양과 다시 통화하지도 못하게 해야 했습니다. 웨스틀랜드가 마틴 양과 연락이 닿는 순간 계획이 날아가니까요."

"계획이라니!" 프루던스 부인은 완연히 경멸을 담아 외쳤다.

에밀리 루의 투명한 파란 눈에는 놀라움이 가득했다. "여기 전화선을 가로챘을 거란 말씀인가요?"

"웨스틀랜드가 다시 전화를 걸 경우 중간에서 막을 방법은 그것뿐이니까요."

프루던스 부인이 의기양양하게 말했다. "하지만 다시 전화했다는 말은 없었죠."

크레인은 프루던스 부인의 못마땅한 눈길을 받으면서 고집스럽게 오버코트와 씨름을 하다가 겨우 벗었다. "그래도 달라지는 건 없습니다. 그자들은 웨스틀랜드가 전화를 걸든 걸지 않든 대비하고 있었어야 해요."

에밀리 루 마틴은 자그마하면서도 보기 좋게 둥글둥글한 체형의 유혹적인 곡선으로 밝은 녹색 드레스를 채우고 있었다. "하지만 어떻게 우리 전화를 가로챌 수 있었을까요?"

"바로 그 점을 알아내고 싶습니다. 윌리엄스 씨가 이 집의 전화선을 봐도 괜찮을까요? 이 친구는 도청 전문가거든요."

윌리엄스는 살짝 놀란 얼굴로 입을 열었다. "나는……."

크레인은 손을 들어올려 말을 막았다. "지금은 겸손 떨 때가 아니야." 크레인은 프루던스 부인에게 정중하게 인사하다가 쓰러질 뻔했다. "전화기를 볼 수 있겠습니까……?"

전화기는 일행이 통과해 들어온 복도에 있었는데 거실에서 쉽게 소리를 들을 수 있는 거리였다. 윌리엄스는 신중하게 전화기를 조사했다. 이전에 본 여느 전화기와 비슷했지만 "흠"이라고 말하자 다른 사람들이 흥미진진한 눈으로 지켜보았다.

"여러분이 아파트 안쪽에 있는 동안 누군가가 들어와서 전화기를 쓸 수는 없었을까요?"

크레인이 묻자 프루던스 부인이 답했다. "문에는 안전장치가 달렸고, 게다가……." 그녀는 심술궂게 코웃음을 쳤다. "우린 웨스틀랜드 씨가 전화를 받았다고 한 시각에 거실에 있었어요."

"전 아니었어요. 제 방에 있었죠." 에밀리 루가 말했다.

크레인이 의견을 냈다. "누가 방에 있는 마틴 양을 볼 수 있었을지도 모르지요. 그런 식으로 마틴 양의 소재를 알 수 있었을지도 몰라요. 그러면 두 팀이 필요하지요. 하나는 전화선을 빼내고 하나는 마틴 양이 안에 있는지 보고."

프루던스 씨가 자연스럽게 대화에 끼어들었다. "그 사람이 전화선을 빼돌려놓고 유리한 지점에서 지켜볼 수는 없었을까요?" 프루던스 씨는 호소하듯이 아내를 보고 말을 이었다. "그 여자가 에밀리 루가 침실에 들어간 모습을 보자마자 전화를 걸었을 수도 있지요."

"꽤 가능성 높은 얘깁니다. 가능성이 높아요, 프루던스 씨." 크레인이 선언하고, 현기증을 떨치려고 열심히 말했다. "마틴 양의 침실 창문을 내다보는 편이 좋겠군요. 마틴 양을 관찰할 만한 지점을 찾아낼 수 있을지도 모릅니다."

프루던스 부인이 "흐으음!" 하고 소리를 내더니, 남편의 팔을 잡아 거실 안으로 끌고 들어갔다. "에밀리 루가 저 사람들에게 침실을 보여주게 놔둬요." 에밀리 루에게 새로이 부도덕한 품행이라도 생겼다는 투였다.

침실은 무척 여성스러웠다. 뒷면이 은색인 화장실 용품들, 장미색 퍼프가 딸린 커다란 분갑, 이상한 모양의 향수병들이 긴 거울을 마주보고 놓인 낮은 침실 테이블을 채웠다. 열린 옷장 안을 보니 개별 주머니에 든 구두들로 무장되어 있고, 그 뒤로 드레스가 줄줄이 걸려 있었다. 벽지는 창문 커튼과 어울리는 꽃무늬였고, 방안에는 향수 냄새와 소나무 향이 뒤섞여 났다.

크레인은 창을 열고 차갑고 건조한 공기를 깊이 들이마셨다. 바로 기분이 나아졌다. 옆에 선 마틴 양에게서 기분 좋은 은방울꽃 향기가 희미하게 풍겼다. 창문은 노란 벽돌로 지은 커다란 아파트형 호텔 정원을 들여다보는 위치였다. 마틴 양의 방을 들여다볼 수 있는 창문은 오십여 개는 될 것 같았다. 비교적 가까운 창문 하나로 초록색 실크 반바지를 입은 운동선수 같은 남자가 아령을 들고 머리 위로 밀어 올렸다가 내렸다가 옆으로 미는 운동을 하고 있었다. 가슴팍에는 검은 털이 무성했고 얼굴은 넋이 나간 표정이었다.

크레인이 말했다. "경치 좋네요……. 아가씨에게는."

마틴 양의 입술이 경멸하듯 말려 올라갔다. "저 정원을 지켜보면서 인생의 여러 가지를 배웠죠."

운동선수 같은 남자가 아령을 내려놓고 바지를 벗기 시작했다. 마틴 양은 얼른 고개를 돌렸다. 두 사람 뒤에 서 있던 닥 윌리엄스는 책상 서랍 안을 들여다보고 있었다. "당신 혼인 증명서인가요?"

마틴 양은 액자에 든 증명서를 집어 들었다. "아니, 제 어머니

증명서예요."

"아, 에밀리 루 마틴이라는 이름만 보고 착각했네요."

"어머니 이름이 에밀리 루였어요."

크레인이 말했다. "전화선을 빼돌렸을 가능성을 조사해보는 편
이 좋겠군요. 선이 어디로 이어집니까?"

"거실 복도를 따라서 나가요. 여기는 오래된 건물이라 선이 벽
안으로 달리지 않거든요. 어쨌든 전화기를 설치할 때 기사는 그렇
게 말했어요."

전화선을 찾기 위해 복도로 들어가면서 윌리엄스가 물었다. "집
안에서 빼내지는 않았겠지, 안 그래?"

크레인은 전화선이 전화기 밑 징두리 벽판 아래로 들어가는 곳
을 살펴보았다.

"달리 어디로 빼낼 수 있었겠어? 수백 개의 다른 전화선과 함께
메인 케이블에 합쳐지고 나면 프루던스가의 전화선을 따로 골라내
기는 불가능에 가까워. 여기 아니면 지하실에서 했어야 해."

에밀리 루가 말했다. "지하실은 힘들었을 거예요. 수위가 지하
실에 사는데 경찰견을 키우거든요."

그래도 그들은 지하실로 내려가서 배우 칙 세일을 닮은 분개한
수위를 침대에서 끌어내고 드러난 전화선을 조사했다. 완벽한 상태
였다.

"나 모르게 여기까지 내려온 사람은 없어요. 낮에는 종일 이 개

가 있고, 밤에는 내내 내가 있죠." 수위는 한 손으로 색 바랜 바지춤을 붙잡고 다른 손으로는 단추가 풀린 셔츠를 여미려고 하면서 장담했다.

나무로 만든 뒷계단으로 다시 올라가면서 마틴 양은 그 개가 마당에 있는 개집에서 잔다고 설명하고 덧붙였다. "대부분 고양이들에게 짖어대면서 시간을 보내죠."

그들은 하얀색 부엌에서 전화선이 지하실로 내려가는 구멍을 발견했다. "여기가 삼 층 아파트 중에 꼭대기 층이죠?" 크레인이 물었다. 에밀리 루가 고개를 끄덕이자 그는 계속해서 물었다. "아래층 아파트들은 어떻습니까? 둘 중에 빈 곳이 있나요?"

"둘 다 저희가 아는 사람들이 살아요."

블러드하운드처럼 복도로 이어지는 전선을 따라가던 닥 윌리엄스가 외쳤다. "어이! 여길 봐!"

고함소리를 따라간 크레인과 마틴 양은 어두워진 식당을 통과해서 복도 입구까지 갔다. 윌리엄스는 널빤지를 하나 떼어내고 전화선을 살피고 있었다. 그 지점에서 잘렸다가 조심스럽게 연결된 것이 분명했다.

크레인은 몸을 굽히고 전화선을 살펴본 후 고개를 흔들었다. "뭔가 찾아내기는 했는데 무슨 뜻인지는 모르겠군."

윌리엄스가 물었다. "누가 여기 들어와서 이런 짓을 할 수 있었을까?"

"당치도 않아요!" 프루던스 부인이 허리에 두 손을 올리고 서서 그들을 지켜보고 있었다. "상태가 안 좋다고 불평했더니 찾아온 전화 기사가 그랬어요. 사고로 전화선이 잘린 게 분명하다고 했다고요."

"그 전화 기사가 언제 고치러 왔습니까?" 크레인이 물었다.

에밀리 루가 눈을 크게 떴다. "살인 사건이 일어나기 전날……. 아니, 웨스틀랜드 부인이 발견되기 전날 왔어요."

"말도 안 돼, 얘야." 프루던스 부인이 고개를 흔들었다. "기사는 시신이 발견된 날 왔어. 분명히 기억해. 우드버리 씨가 너한테 전화하려고 했는데 연결이 되질 않았거든. 그래서 우드버리 씨가 전보를 보내야 했던 일이 기억나지 않니?"

"맞아요……. 하지만 제가 생각하는 사람은 그 전날인 일요일에 왔어요. 그 남자가 왔을 때는 저 혼자 있었어요. 전화선을 시험해보라는 지시를 받았다고 했어요."

크레인은 윌리엄스를 도와서 널빤지를 제자리에 끼우다가 말했다. "그러니까 전화 수리 기사가 두 명이었다는 겁니까?"

"분명해요. 숙모님이 월요일에 만나셨고, 저는 일요일에 만났어요. 이게 어떻게 된……?"

"첫 번째 놈이 가짜였군. 그놈이 이 전화선을 빼냈던 게 분명해."

크레인이 윌리엄스의 말을 바로잡았다. "자르기만 했지. 혹시

가짜 에밀리 루가 전화한 후에 웨스틀랜드가 다시 전화하더라도 아파트 안에서는 전화가 울리지 않게 하려고 자른 거야." 크레인은 일어서서 바지 엉덩이에 두 손을 털었다. "다른 전화선을 어디로 돌릴 수 있을지 한번 보자고."

복도 모퉁이를 돌자 커튼을 친 식당 창문이 나왔다. 이 층짜리 아파트 건물의 지붕과 텅 빈 주차장이 내려다보이는 창문이었다. "전화선을 이리로 빼낼 수 있었겠군."

프루던스 부인이 크레인을 노려보았다. "말도 안 돼. 우린 언제나 이 창문을 닫아둔다고요."

"그래도 차이는 없습니다. 그 남자는 전화선 위로 창문을 닫을 수 있었을 거예요. 여러분은 알아차리지도 못했을 겁니다. 특히나 일요일 저녁에 식당을 이용하지 않으셨다면요."

"일요일 저녁에는 안 써요." 마틴 양이 말했다.

"그렇다면 전화를 하고 나서 그 남자는 전화선만 잡아당겨 빼낼 수 있었을 겁니다. 끊어진 부분은 사고라고 여기길 바라면서요."

프루던스 부인은 요지부동이었다. "전화선을 이 길로 빼낼 수 있었을 리가 없어요. 그런 전화선이 있었다는 사실을 인정하는 건 아니지만."

크레인은 거실 복도로 돌아가서 전화선이 잘린 자리에 몸을 굽히고 물었다. "이 벽 맞은편에는 뭐가 있습니까?"

"제 화장실요." 에밀리 루가 대답했다.

준보석처럼 빛을 발하는 반들반들한 녹색과 하얀색 타일 때문에 전등빛을 받은 화장실은 눈이 부셨다. 보송보송한 검은색 깔개 두 장이 타일 바닥에 떨어진 잉크 얼룩 같았다. 아쿠아마린색의 유리가 샤워실을 둘렀고, 은색 수도꼭지가 달린 아스파라거스색의 싸늘해 보이는 욕조는 유혹적으로 느껴졌다. 욕조 위에 달린 크롬 선반에는 일본 수세미, 소나무 목욕 소금 통, 그리고 손톱 솔이 놓여 있고 크롬 걸이에는 녹색으로 모노그램을 넣은 큰 수건이 여섯 개쯤 걸려 있었다.

윌리엄스는 박물관 전시회에라도 들어간 사람처럼 조심스럽게 바닥을 걷다가 복도와 붙어 있는 벽을 조사했다. 아무 표시도 없었다. 주의깊게 화장실 안을 둘러보았지만 아무 흠집도 찾을 수가 없었다. 그는 생각했다. 대체 무슨 화장실이 이래?

"전화선이 이리로 들어오지는 않았어." 크레인이 말했다.

"아무데로도 들어오지 않았지. 전화선 같은 건 없었으니까. 이만하면 충분히 오래 우릴 귀찮게 했다고 생각하지 않아요?" 프루던스 부인은 격분한 눈초리를 하고 말하더니 몸을 돌리고 응접실 쪽으로 걸어가버렸다.

윌리엄스는 프루던스 부인을 따라갔지만 에밀리 루는 크레인을 잡고 낮은 목소리로 물었다. "그이를 구할 가능성이 있나요?"

크레인은 에밀리 루의 눈에 맺힌 눈물을 외면했다. "모르겠군요. 아직 뭔가 찾아낼 시간은 있어요."

에밀리 루는 뺨 위로 흐르는 눈물을 부끄러워하지 않고 그를 쳐다보았다. "견딜 수가 없어요. 저도 내내 용감할 수는 없어요. 괜찮아질 거라고 믿으려고는 하지만……." 새빨간 아랫입술이 부르르 떨렸다.

크레인은 손가락에 부드럽게 힘을 주어 그녀의 팔을 잡았다. "동요하지 말고 버텨요. 웨스틀랜드에게 큰 힘이 될 테니."

복도로 나가서 에밀리 루가 물었다. "전화선에 무슨 의미가 있다고 생각하세요?"

"글쎄요, 분명히 여기에서 빼내기는 했다고 생각하는데 선을 어디로 돌릴 수 있었을지 모르겠군요. 식당을 통과하거나 당신 방을 통했을 텐데, 들키지 않고 어떻게 그럴 수 있었을지 알 수가 없어요."

윌리엄스와 프루던스 부인은 현관 앞에서 기다리고 있었다. "만족했으면 좋겠군요." 프루던스 부인이 매섭게 말했다.

"천재성이란 도무지 만족할 줄 모르는 능력이지요." 윌리엄 크레인은 그렇게 대꾸하고 프루던스 부인에게 목례한 뒤 에밀리 루에게 미소를 지은 다음 계단을 내려가기 시작했다. 그는 네 계단을 내려가서 멈칫하고 외쳤다. "마틴 양, 브렌티노 양이 당신 목소리를 똑같이 흉내낼 만큼 잘 알까요?"

에밀리 루는 천천히 대답했다. "로버트의 비서로 일할 때 제 목소리를 많이 듣기는 했어요."

2층에서도 프루던스 부인의 경멸스러운 콧방귀 소리를 들을 수 있었다.

윌리엄스는 기다리던 택시에 오르면서 논평했다. "더럽게 웃기는 사람들이군."

크레인은 택시 기사에게 탄도학 연구소의 주소를 댄 후에 물었다. "왜?"

"모든 돈을 화장실에 쏟아붓고는 변기 하나 놓지 않다니 말이야."

"자네가 못 본 거야. 따로 만든 칸 안에 있었어."

"좋아, 그렇지만 왜 거실에 부엌 가구를 놓아둔 거지?"

그들은 택시가 달리는 시간 내내 말을 더 나누지 않았다. 크레인은 그 질문에 대한 답을 생각해낼 수가 없었다.

탄도학 전문가인 리 소령은 바깥 사무실에서 두 사람을 만났다. 그는 크레인에게 우드버리의 권총을 건넸다.

"운이 없던가요?" 크레인이 물었다.

"뭘 원하냐에 따라서요." 리 소령은 위스키 때문에 붉어진 얼굴에 곱슬곱슬한 콧수염을 기른 키가 큰 금발 사내였다. "웨스틀랜드 부인을 죽인 총탄을 발사한 총은 아니지만 같은 종류이기는 해요."

"이게 웨스틀랜드의 권총일 가능성은 전혀 없는 겁니까? 그 권총에는 명패가 붙어 있었는데, 떼어냈을 수도 있어요."

소령은 고개를 저었다. "이 권총에는 명패가 붙은 적이 없어요."

크레인은 권총을 만지작거리며 소령의 희고 검은 점이 뒤섞인 정장을 가만히 바라보았다.

"스트롬 반장이 뭐라고 하던가요?"

"'그 친구들은 웨스틀랜드에게 돈을 얻어내려는 거야'라고 하더군요. 내가 이게 문제의 총이라는 결과를 내놓을까 봐 걱정한 것 같아요."

"그랬습니까."

"스트롬을 비난할 순 없지요. 웨스틀랜드 씨가 유죄라고 내가 전혀 생각하지 않았던 것도 증거가 너무 잘 들어맞은 탓이거든."

"그렇다면 왜 기소 측 증인으로 증언한 겁니까?"

"난 그저 웨스틀랜드 부인을 죽인 총탄이 웨블리 자동 권총으로 발사되었다고만 했지, 그게 웨스틀랜드의 총이라고는 안 했어요."

"웨스틀랜드의 총이 아니라고도 안 했지요."

"웨스틀랜드의 권총을 찾아오기만 하면 아주 빠른 시간 안에 둘 중 어느 쪽인지 말해주리다."

"한 방 먹었군요! 지금까지는 이 사건에서 아무것도 찾을 수가 없었습니다." 크레인은 소령에게 고맙다고 말하고 윌리엄스를 이끌어 충성스러운 택시로 돌아갔다.

"이제 어디로 가나?" 윌리엄스가 물었다.

"핑클스타인을 만나러 호건 양의 아파트로."

"거기 있을 줄 어떻게 알고? 거기에서 만나자는 말은 없었는데."

"그런 말은 안 했지. 하지만 난 탐정이거든." 크레인이 말했다.

수요일 밤

　크레인은 호건 양이 거주하고 있는 아파트의 반질반질한 문을 소리가 크게 잘 울리도록 두드렸다. 압생트와 다른 독주들이 일으킨 현기증이 잦아들자 기분이 무척 흥겨웠다. 그는 다시 문을 두드렸다. 똑똑, 똑똑똑.

　뒤에 서 있던 닥 윌리엄스는 얼굴을 찌푸렸다. "택시비가 얼마나 나왔지?"

　크레인은 손마디가 문을 두드리면서 나는 울림에 푹 빠져 있었다. 그는 손가락 관절을 나무에 교대로 돌려 두드리면서 군대 북소리를 흉내내어 남북전쟁 시대의 노래 속 '우리는 깃발을 한데 모으리, 다시 깃발을 한데 모으리'라는 가사 부분을 연주해보려고 했다. 결과는 인상적이었다. 그는 윌리엄스에게 말했다. "자네에게 백파이프만 있었어도 〈양키 두들〉을 연주할 수 있겠는데."

"택시비가 얼마였냐고?" 윌리엄스는 같은 질문을 되풀이했다.

"십일 달러." 크레인은 대답하고 양손으로 문에 〈나무 병사들의 행진〉을 연주하려고 했다. 하지만 이 시도는 문이 벌컥 열리며 청남색 정장을 입고 한 팔에 오버코트를 걸친 핑클스타인이 나타나면서 수포로 돌아갔다. 핑클스타인은 품위 있게 태연한 얼굴을 하고 있다가 서서히 맹렬한 분노를 담은 표정으로 변했다.

"이런 세상에, 경비원인 줄 알았더니만. 대체 무슨 일인가?"

"난 탐정입니다." 크레인이 위엄 있게 말했다. "아주 훌륭한 탐정이죠."

"이 친구 취했습니다." 윌리엄스가 말했다.

변호사는 다시 물었다. "대체 무슨 일이야? 여기까지 올라와서 날 죽도록 놀라게 한 이유가 뭐냐고?"

크레인은 그를 밀치고 아파트 안으로 들어갔다. "사랑스러운 호건 양은 어디 있습니까? ……사랑스러운 호건 양은?"

그녀는 허리에 두 손을 올리고 진홍빛 입술에는 경멸 어린 미소를 머금은 채 현관 복도에 서 있었다. "뭘 원해요?" 묻는 목소리가 금속성이었다. 그녀는 가슴팍이 깊이 파인 편안한 검은색 실크 파자마를 입고 굽 높은 오픈 샌들을 신었다. 발톱에 칠한 색이 오렌지색 머리와 잘 어울렸다.

"당신. 난 당신이 좋아."

크레인은 정말 그렇게 느꼈다. 호건 양에게서 풍기는 수선화 향기만이 아니라 잘 태운 매끈한 살과 파란색으로 화장한 가늘게 뜬 눈, 부루퉁하게 아래로 처진 입술 곡선까지 좋았다. 그가 호건 양을 바라보자 그녀는 관능적인 눈으로 마주보았다. 핑클스타인이 문가에서 돌아올 때까지.

변호사가 물었다. "오후 내내 어디 있었나? 날 찾아올 줄 알았는데."

"너무 바빴습니다. 일했죠."

크레인의 대답에 핑클스타인이 미심쩍은 눈으로 윌리엄스를 보자, 윌리엄스가 대답했다.

"모르겠네요. 택시비를 삼십사 달러 쓰긴 했는데요."

"삼십구 달러야. 마지막 기사한테 오 달러 줬거든." 크레인이 호건 양에게서 시선을 떼고 덧붙였다. "좀 앉읍시다. 변호사님이 알아내기로 했던 알리바이 이야기를 듣고 싶군요."

램프 두 개의 은은한 조명 속에서, 동전 장식이 들어간 벽걸이와 테라코타 벽에 걸린 커다란 붉은색과 갈색의 스페인 소년 초상화, 그리고 가로등 불빛이 스며드는 커다란 창문이 갖춰진 거실은 이국적인 분위기를 띠었다.

크레인은 푹신한 의자에 파묻혀서 마실 것을 요구했다.

"진밖에 없어요." 호건 양이 말했다.

"진? 그건 약용 음료 아닌가? 탄산수 같은?"

"안 마셔도 돼요." 호건 양은 매섭게 대꾸했다.

"그렇지만 당신이 추천하는 걸 거절할 생각은 없거든. 사실은 진이 무슨 맛인지 마셔보고 싶어. 듣기만 한 지 워낙 오래돼서." 호건 양이 웃어야 할지, 화를 내야 할지 결정하지 못하고 머뭇거리고 있으니 핑클스타인이 말했다. "모두가 마실 수 있게 진 벽을 만들어 오는 게 좋겠군."

호건 양이 빨간 타일이 깔린 식당 바닥을 가로질러 주방으로 들어가자 크레인이 물었다. "알리바이는 어떻게 됐습니까?"

핑클스타인은 고개를 저었다. "뚫고 들어갈 여지가 없어. 스프라이그가 차에 치인 시각에는 시먼스만 빼고 모두 소재를 설명할 수 있네."

"아무도 그 차를 운전할 수 없었던 게 확실합니까?"

"확실해. 다들 어디에 있었는지 말할까?"

"아니, 그냥 믿기로 하죠." 크레인은 의자 팔걸이 너머로 다리를 흔들었다. "마틴 양도 확인했습니까?"

"시먼스만 빼고 전원 다라니까."

"시먼스는 내가 알아내죠. 이 아파트에 전화기 있습니까?"

상아색 전화기는 크레인이 의자에서 움직이지 않고도 쓸 수 있을 만큼 연결선이 길었다. 그는 워배시 4747로 전화해서 마침내 스트롬 형사 반장을 찾았다.

"그 총은 그 총이 아니었어."

형사 반장이 대답했다. "내 그럴 줄 알았지. 부인을 죽인 총은 웨스틀랜드의 권총이었다니까."

"그럴 수도 있고 아닐 수도 있지."

형사 반장은 코웃음을 쳤다.

"들어봐." 크레인이 말했다.

"말해."

"시먼스 말이야. 시먼스 알지?"

"알지."

"음, 잘 들어. 조금 전에 시먼스가 나보고 스프라이그를 봤다고 했어."

"망할 놈이!"

"그래, 그랬어. 시먼스가 스프라이그를 봤다고 했다는 건, 그러니까 시먼스가 스프라이그를 봤다고 말했다는 거야. 경찰에는 거짓말을 했다고 하더군."

형사 반장이 이 정보를 소화하는 동안 잠시 정적이 이어졌다. 주방에서 서리가 앉은 유리잔을 여러 개 담은 은쟁반을 들고 돌아온 호건 양에게 크레인이 손짓을 하자 그녀는 잔 하나를 내밀었다. 크레인이 잔을 들고 꿀꺽꿀꺽 마시는데 형사 반장이 물었다.

"그놈이 왜 그 사실을 숨겼는지 말했나?"

"별로 많은 이야기를 하지는 않았지만, 굉장히 수상하게 굴었어……. 아주 수상했지."

얼음덩어리 때문에 크레인의 손에 쥔 유리잔 바닥이 축축해졌다. 레몬즙과 탄산수, 설탕과 진이 잔뜩 든 칵테일을 마시고 나니 입안이 깨끗하고 상쾌했다. 그는 진과 레몬즙으로 구강 청결제를 만들면 잘 팔리겠다고 생각했다.

스트롬 형사 반장이 말했다. "그놈을 잡으러 가야겠군. 몇 가지 질문한다고 나쁠 건 없겠지."

"지문을 확인해보는 편이 좋겠어."

"누구와 이야기하고 있다고 생각하는 거야, 내가 멍청이인 줄 아나?"

형사 반장은 신랄하게 던진 질문에 크레인이 "응"이라고 대답하자 거칠게 통화를 끊었다.

핑클스타인이 총에 대해 묻자 크레인은 어떻게 형사 반장의 부하가 권총을 탄도학 전문가에게 가져갔는지 설명했다.

핑클스타인은 말했다. "들어맞지 않았다니 안타깝군. 그게 들어맞았다면 웨스틀랜드 부인이 살해된 밤에 가짜 알리바이를 댔다는 점과, 웨스틀랜드의 권총을 가져갈 수 있는 유일한 사람이었다는 사실까지 엮어서 우드버리를 꼼짝 못하게 할 수 있었을지도 모르는데."

"난 그놈도 그놈 여자도 마음에 안 듭니다." 닥 윌리엄스가 말했다. 그는 술을 천천히 마시고 있었다. "그 여자는 그날 밤 웨스틀랜드가 받은 전화가 진짜 마틴 양이 건 전화였다고 말하려고 했어요."

크레인이 말했다. "브렌티노 양은 괜찮아. 몸매가 아름답잖아."

호건 양이 말했다. "바로 그런 여인들을 조심해야죠."

크레인은 술을 다 마시고 호건 양에게 잔을 내밀었다. "나야 언제나 그런 여인들을 조심하지."

윌리엄스가 말했다. "그 여자는 웨스틀랜드가 궁지에 몰리기 전에 비서였어. 그 여자와 우드버리가 웨스틀랜드에게 뭔가를 뒤집어 씌웠다고 볼 순 없을까? 두 사람이 웨스틀랜드의 주식이라든가 그런 걸 훔치고는 누명을 씌웠을지도 모르잖아."

핑클스타인이 되물었다. "그 사람들이 왜 웨스틀랜드에게 누명을 씌워야 했겠나? 뭔가를 훔쳤다면 그냥 이 나라를 떠나면 그만이지. 누명을 씌워봐야 좋을 게 없어. 웨스틀랜드의 유산이 회계감사를 받으면 다 밝혀질 일이니까."

윌리엄스는 고개를 저었다. "그럴지도 모르지만 그 두 사람에겐 뭔가 이상한 구석이 있단 말입니다."

크레인이 말했다. "어쨌든 우드버리의 장부를 확인해주시면 좋겠습니다, 핑클스타인. 무슨 이상한 거래가 있었을지도 몰라요."

"알겠네. 내일 회계감사관 몇 명에게 일을 시키지." 핑클스타인은 갑자기 의자에 앉은 자세를 바로 했다. "그렇지! 덕분에 생각났네. 웨스틀랜드의 변호사 한 명이 어제 나에게 전화해서 웨스틀랜드 부인의 유산을 공증했을 때 거의 팔천 달러 정도의 주식과 채권이 도난과 위조 증권이라는 사실을 알아냈다고 했어."

"설마요!" 크레인은 아랫입술을 내밀었다. "설마 볼스턴이……?"

"아니, 그건 내가 확인했어. 웨스틀랜드가 아직 부인의 계정을 관리하고 있는 동안에 가짜 비서들이 부인을 위해 매입한 걸로 되어 있더군. 웨스틀랜드는 궁지에 몰려 있고 유산은 웨스틀랜드에게 가니까, 변호사가 아무 조치도 취하지 않은 거야."

"맙소사! 모든 것이 웨스틀랜드에게 돌아가는군요." 크레인은 진 벅을 마시는 동시에 말을 하다가 넥타이에 흘렸다. "난 그래도 웨스틀랜드가 했다고는 생각하지 않습니다."

호건 양이 물었다. "그 사람 돈은 누가 받죠? 난 돈 받는 사람이 저질렀다고 봐요."

핑클스타인이 감탄하는 눈으로 그녀를 보았다. "똑똑하기도 해라."

"난 언제나 돈을 먼저 생각하거든요." 호건 양은 솔직하게 인정했다.

"용병처럼 말이지." 핑클스타인의 논평이었다.

크레인이 말했다. "용병보다 더 오래된 직업 종사자시죠."

"지옥에나 떨어져요." 호건 양이 말했다.

핑클스타인이 서둘러 말했다. "마틴 양이 모든 유산을 물려받아. 유언장으로 그렇게 남겼지."

"휘턴이 그 유언을 깰 기회는 없습니까? 제일 가까운 친척이잖아요." 크레인이 물었다.

"그럴 수도 있지만, 뭔가 얻어내려면 협박, 부당 위압, 아니면 정신이상을 증명해야 해."

윌리엄스가 말했다. "젠장, 모두에게 동기가 있었어요. 볼스턴이나 우드버리는 사무소를 도둑질하기 위해 웨스틀랜드를 없애고 싶어 할 수 있었고 시먼스는 유언장에 따라 만 달러를 받죠. 맞습니까, 변호사님?"

"주요 유증은 그래."

"만 달러를 위해서 사람은 많은 일을 할 수 있죠." 호건 양이 말했다.

크레인은 유리잔을 가리켰다. "술을 좀더 갖다주는 건 어때요?" 그는 호건 양의 생기발랄한 얼굴을 보고 미소 지었다. "진을 조금만 더 넣어주면 좋겠는데."

호건 양이 사라진 사이 크레인은 마틴 양의 집으로 갔던 일을 이야기했다. 핑클스타인은 대단히 큰 인상을 받았다.

"어떻게 집안에 들어가서 전화선을 잘랐다고 생각하나?"

"마틴 양이 말한 첫 번째 전화 기사였다고 봅니다. 두 번째 기사는 진짜였고."

"하지만 마틴 양이 첫 번째 남자를 봤다면 왜 알아보지 못했을까? 이 음모를 꾸민 사람은 분명히 웨스틀랜드와 가깝고, 확실히 마틴 양도 아는 사람이잖아."

"공범이 있었을 수 있지요."

"그렇겠지. 하지만 그자들이 웨스틀랜드에게 전화를 건 후에 어떻게 전화선을 풀어낼 수 있었을까? 속임수를 들키지 않으려면 그래야만 했을 텐데."

"휙 잡아당겨서 풀기만 하면 됐을 겁니다. 식당 창문을 살짝 열어놓고 당겨서 빼냈던 거죠. 그래서 전화기가 먹통이 된 걸 겁니다."

호건 양이 술을 가지고 돌아왔다. 그녀는 크레인에게 레몬즙과 탄산수보다 진이 조금 더 들어간 잔을 건네고 말했다. "그 정도면 되겠죠."

크레인은 칵테일을 마셔보고 대답했다. "점점 솜씨가 좋아지는데, 아가씨." 그는 잔을 반쯤 비웠다.

핑클스타인은 마뜩잖은 감탄을 품고 크레인을 지켜보았다. "술을 마셔대는 만큼만 수사를 잘한다면 좋겠군."

"난 훌륭한 탐정이라니까요." 크레인은 강조하기 위해 유리잔을 허공에 휘두르다가 바지에 술을 튀겼다. 그는 그런 사고를 또 일으키지 않으려고 남은 술을 다 마셔버렸다. "난 훌륭한 탐정이란 말입니다."

"물론이지. 자네는 훌륭한 탐정이야. 오늘 오후에 또 뭘 했나?"

크레인은 조 페트로에 대해 이야기했다. "그 불쌍한 녀석이 두

들겨 맞는 꼴이 보기 좋지는 않았습니다만 계속 총을 쏴대고 돌아다니게 놔둘 수야 없으니까요. 무엇이든 한계는 있는 법입니다." 크레인은 털어놓고 나서 갑자기 일어섰다. 유리잔이 바닥에 떨어져서 박살이 났다. "나도 알고 보면 좋은 사람이지만 말입니다……."

"왜 그자가 자네들을 죽이려고 했지?" 핑클스타인은 깊은 인상을 받고 물었다.

윌리엄스가 대답했다. "우리가 매니 그랜트를 나이트클럽에 끌어냈다고 생각한 거죠. 그냥 우리에게 복수하려고 했던 겁니다."

크레인은 비틀거리면서 호건 양 쪽으로 몸을 기울이고 우겼다. "난 훌륭한 탐정이야. 당신도 날 알지, 안 그래, 아가씨?"

"그럼요. 알죠." 호건 양은 다른 두 사람의 대화에 귀기울이고 있었다.

윌리엄스가 말했다. "그다음에 우린 웨이터의 입을 통해서 그랜트가 웨스틀랜드 부인이 살해된 밤에 무엇을 봤는지 들었습니다."

"그게 뭐였나?"

크레인이 말했다. "그렇지, 훌륭한 탐정에게는 아무 관심도 두지 말고……." 크레인은 커다란 테이블에 걸려 넘어질 뻔하다가 쓰러지는 램프를 기적적으로 잡았다.

윌리엄스는 말을 계속했다. "그랜트는 웨스틀랜드가 아파트를 나서는 모습을 보았고, 그때 웨스틀랜드 부인이 작별 인사를 하는 모습을 봤습니다. 그러니까 웨스틀랜드는 부인을 죽일 수 없었다는 게 증명되죠."

핑클스타인은 고개를 저었다. "증거로는 쓸모가 없어." 핑클스타인은 금테 안경을 코 위로 높이 밀어 올렸다. "간접 증언은 아무 가치가 없다네. 그랜트만 있었어도……."

"그놈은 죽었어요. 그 소식도 못 들었습니까, 변호사님?" 스트레이트 진이 담긴 유리잔을 들고 주방에서 돌아온 크레인이 조롱하듯 얼굴을 찌푸렸다.

"이 친구가 진을 다 마신 거요?" 윌리엄스가 호건 양에게 물었다.

"아니, 다 마시진 않았어. 병에 좀 남겨뒀지." 크레인은 소파 위에 무너져 내렸다. "난 돼지가 아니야. 그저 훌륭한……."

세 사람은 서둘러 주방으로 향했다. 호건 양은 핑클스타인과 윌리엄스의 잔을 받아들고 남은 술을 부어주었다. 핑클스타인은 얼음통 위로 뜨거운 물을 부으면서 윌리엄스에게 물었다. "크레인이 뭔가 찾아낸 것 같나?"

윌리엄스는 즙을 짜낸 레몬을 쓰레기통에 던졌다. "모르겠네요. 저 친구는 사건을 제대로 설명한 적이 없지만 대개 결과물은 냅니다." 윌리엄스는 압착기에서 유리잔으로 레몬즙을 따랐다.

완벽한 엉덩이를 하얀 싱크대에 기대고 있던 호건 양이 말했다. "웨스틀랜드가 살아날 가능성은 별로 없다고 봐요. 저 '훌륭한 탐정'님은 완전 머저리 같거든요."

윌리엄스가 말했다. "나라면 그런 말은 안 할 거요."

화이트록 병에서 꼴록거리며 흘러나온 탄산수가 핑클스타인의 소매에 흘렀다. "저 친구는 잘나가는 탐정이야. 탐정 사무소에서 큰 사건을 몇 개 해결했다고."

"그렇다면 이 일을 별로 진지하게 받아들이지 않나 보죠. 아직까지 멀쩡한 모습을 본 적이 없네요." 호건 양이 말했다.

그들은 새로 만든 칵테일을 마시면서 사건을 의논했다. 윌리엄스는 웨스틀랜드의 권총을 훔칠 수 있는 유일한 사람이었다는 이유로 우드버리가 범인이라는 주장을 고수했다.

"시먼스는 어때? 시먼스도 권총을 훔칠 수 있었잖나." 핑클스타인은 술을 마시면서 덧붙였다. "난 그놈 생김새가 마음에 안 들어."

호건 양은 볼스턴을 꼽았는데, 볼스턴을 싫어하는 사람이 별로 없어 보여서라고 했다. 그녀는 훌륭하신 탐정 나리는 누굴 제일 용의자로 보는지 알아보라고 했다. 다들 거실로 들어갔지만 크레인에게 물어볼 수는 없었다. 훌륭한 탐정은 턱을 가슴팍에 떨구고 소파에 드러누워서 깊고 규칙적인 숨소리를 내고 있었다. 정신을 잃은 것이다.

이저도어 바레차의 눈은 충성스러운 스패니얼 개처럼 웨스틀랜드의 움직임을 따라다녔다. 그는 바구니에서 오렌지를 하나 집어들더니 자진해서 말했다. "예전에 오렌지를 팔았는데 말이죠." 바레차는 입가를 씰룩거리며 조금 키들거렸다.

웨스틀랜드는 고개를 끄덕였다. 그는 가끔 누가 말을 걸어주면 이 몸집 작은 살인자가 덜 운다는 사실을 알게 된 뒤로는 으레 말을 걸어주었다. 그러면 바레차는 에밀리 루가 쏟아붓는 과일을 먹어치울 수 있게 도와주었다.

"예전에는 여자도 있었죠." 바레차는 덧붙여서 말했다. 그는 색이 변한 엄지손톱을 오렌지 껍질 속에 찔러 넣고 한 조각을 벗겨냈다. "그 여자한테 사탕을 주곤 했죠." 그는 입을 씰룩거리며 얼른 어깨 너머를 돌아보더니 웨스틀랜드에게 음흉하게 웃었다. "내가 그년을 죽였어요."

"뭐라고!"

"그렇다니까요." 바레차는 침을 조금 흘렸다. 이거 좋은데! 그렇지! 저 착한 친구에게 내가 어떤 사람인지 보여주는 거야! "론데일 애버뉴에서 여자를 자동차 앞으로 밀어버리고 도망쳤지. 아무도 날 보지 못했어." 바레차의 머리가 기계적으로 틀어지며 어깨 너머를 살피는 동작을 취했다. "그 여자 이름은 애나였지요."

복도의 전등빛은 살인자의 얼굴을 창백하게 비췄다. 턱에 이십오 센트짜리 동전만 한 털이 자랐고, 목에는 아직도 목을 매려다가 남은 생채기가 벌겋게 남아 있었다. 웨스틀랜드는 떨리는 바레차의 입술에 맺힌 거품을 지켜보다가 넋을 놓고 물었다. "아무도 당신인 줄 몰랐다면 어쩌다가 잡혔어요?"

"호! 호! 날 잡은 건 그 일 때문이 아니었어요." 이거 좋은데! 그렇지! 바레차는 더듬거리며 열성적으로 자기 이야기를 풀어놓았다. "그건 다른 여자였지. 난 그 걸레 년 방으로 올라갔어, 응? 일 달러를 주니까 그 여자가 누웠는데, 몸집도 큰데다가 애새끼라도 있는 것처럼 뚱뚱하더라고. 응? 그래서 내가 칼을 꺼내어 배를 따버렸지." 바레차의 얼굴은 광기에 차서 의기양양했다. "그년 소리 지르는 소릴 들었어야 해."

"이런 세상에! 왜 그런 짓을 했어요?"

"왜냐고?" 바레차의 눈에서 황홀감이 사라지더니 마른 어깨가 앞으로 굽고 사람이 쪼그라들었다. 머리가 아팠다. 이 남자는 나한테 뭘 묻는 거야? 아, 그렇지. 왜냐고? 그는 대답을 중얼거렸다. "나도 몰라요."

코너스의 감방에서 깊고 우렁차게 코고는 소리가 들렸다. 건강한 사내가 기분 좋게 자면서 코를 고는 소리였다.

바레차는 감방 옆으로 손을 뻗어 웨스틀랜드의 셔츠를 건드렸다. "선생과 함께라면 가는 길이 무섭지 않을 거예요." 바레차의 눈은 충성스러운 스패니얼 개 같았다.

목요일 아침

그는 얼굴에 쏟아지는 햇빛을 느낄 수 있었지만 충격에 죽어버릴까 두려워서 눈을 뜨지 않았다. 등을 대고 누워 입을 벌리고 잔 탓인지 목구멍이 갓 말린 생가죽 같았다. 침을 삼켜보려고 했지만 파르르 떨리는 목 근육 때문에 머리가 맹렬하게 쑤셨다. 그는 목을 가다듬을 생각을 버리고 다시 자려고 했다. 그 시도가 실패로 돌아간 뒤, 움직임 없이 누워 있기만 하면 머리가 아프지 않다는 사실을 알아냈다.

정말로 그는 움직이지만 않으면 놀라운 이원성을 획득할 수 있다는 사실을 알아냈다. 몸과 마음의 아름다운 분리 상태였다. 숨을 쉬어야 한다는 작은 문제만 빼면 마치 몸이 존재하지 않고 완벽한 진공 속에서 매끄럽고 눈부시게 기능하는 두뇌만으로 이루어진 것 같았다. 그는 한참 동안 완벽한 비육신 상태에 대한 생각에 잠겼다. 옛 성인들은 무엇하러 오랫동안 단식을 하고, 채찍질을 하고, 기둥에 앉고 동굴 속에서 살았을까. 그가 한 것처럼 빠른 속도로 버번과 압생트와 진을 마셔젖혔다면 목적을 이룰 수 있었을 텐데.

그는 성인들에 대한 사색에서 스스로에게로 정신을 돌렸다. 첫 번째 문제는 그가 누구냐였다. 그냥 눈을 뜰 수 있다면 쉬운 문제였겠지만 눈을 떠서 좋을 게 없다는 사실도 알고 있었다. 그래서 대신 누워서 생각하고 생각하다가 갑자기 자신이 윌리엄 크레인이며 탐정이라는 사실을 기억해냈다. 그러고는 정밀한 사고를 자랑하는 기계 같은 정신을 웨스틀랜드 사건으로 돌렸다.

한 시간 후쯤, 호건 양이 방에 들어와서 말했다. "이봐요! 종일 잘 거예요?"

크레인은 눈을 뜨면 어떤 일이 일어날지 알고 있었고, 실제로 그랬다. 햇빛이 눈을 때리자마자 바늘 백만 개가 두개골에 꽂히는 듯한 느낌이 들었다. 눈동자 바로 뒤만이 아니라 정수리까지 아팠다. 통증은 목덜미까지 뻗어나갔다.

"세상에! 꼴이 말이 아니네요." 호건 양이 말했다.

그녀는 팔이 드러나 보이는 커다란 소매가 달린 주홍색 실내 파자마를 입었는데, 실크 파자마 아래로 탱탱한 근육이 만들어낸 엉덩이 선이 엿보여 윌리엄 크레인은 극도의 고통 속에서도 관심이 쏠리는 것을 막을 수가 없었다. 그래도 이렇게만 말했다. "저리 가요. 난 죽어가고 있으니까."

"흠, 제발 내 침대 말고 다른 데서 죽어줘요."

크레인은 눈을 굴리다가 정말로 자신이 질 좋은 시트와 복숭아색 담요가 깔린 넓고 좋은 침대에 누워 있음을 알았다. 담요에는 비단실로 JW라고 수가 놓여 있었다. 그는 좀더 바라보다가 외쳤다. "세상에! 내가 파자마를 입고 있잖아!"

"그게 좋을 거라 생각했어요. 어떤 사내도 거기에 알몸으로 잠들 수는……"

크레인은 달래듯이 말을 끊었다. "좋은 파자마요. 훌륭한 파자마야. 노란색이기는 하지만 이보다 더 좋은 파자마는 바랄 수 없을 거요. 그런데 내가 알고 싶은 건, 내가 어떻게 파자마를 입었지?"

"댁을 침대에 눕힌 건 핑크와 당신 친구였어요. 내가 입히라고 파자마를 줬고."

"그랬군!" 크레인은 잠시 생각에 잠겼다. "두 사람은 어디 있지?"

"댁 친구는 호텔로 갔고 핑크는 웨스틀랜드 씨의 회계감사를 보러 갔어요."

"제기랄! 곤경에 처한 친구를 버리고 가다니!"

"두 사람이 오전 내내 댁을 기다려줄 줄 안 건 아니죠?"

"오전 내내라고!"

"그래요, 오전 내내요. 10시 반이 넘었어요."

크레인은 일어나 앉았는데 그러자마자 침대가 빙빙 돌기 시작했다. 그는 베개 위에 다시 쓰러져서 신음했다.

호건 양의 치아는 마치 치약 광고에 등장하는 것 같았다. 그녀는 유리잔을 그의 손에 쥐여주었다. "마시면 좀 나아질 거예요."

달지 않고 씁쓸했지만 확실히 기분은 나아졌다.

"자, 이제 내가 먹을 걸 만드는 동안 샤워를 해요." 호건 양이 말했다.

크레인은 두 손을 머리통에 댔다가 아직 머리가 쪼개지지 않았다는 사실에 놀랐다. "다시는 뭘 먹지 않을 거요."

호건 양은 대꾸하지 않았다. 잔을 집어 든 그녀는 서두르지도 않고 그렇다고 꾸물거리지도 않으면서 방을 걸어 나갔다. 그는 얇은 빨간 실크 아래로 그녀의 늘씬한 다리와, 댄서 같은 탄탄한 허벅지에서부터 아래로 내려갈수록 가늘어지는 선을 볼 수 있었다.

흑백의 타일이 깔린 욕실에서 얼마나 오래 서 있을 수 있을지 자신이 없었기에 그는 아주 뜨거운 물로 목욕을 먼저 했다. 큰 욕조에서 탁한 물속에 무릎과 코만 내놓고 푹 잠겼다. 잠시 후에는 기분이 상당히 좋아지기 시작했다. 욕조 옆 선반에 놓인 병들에 분홍색, 녹색, 흰색 세 종류의 목욕 소금을 발견하고 세 종류 모두를 두 줌씩 물에 풀었다. 곧 지독한 악취가 피어오르는 바람에 욕조에서 일어나 유리로 만든 샤워실에 들어가야 했다. 스테인리스 손잡이를 뜨거운 물 쪽으로 돌리자 쏟아지는 물이 등을 할퀴었다. 샤워실 옆으로 안개가 피어오르고 물줄기가 요란한 소리를 냈다. 물은 바싹 마른 입과 타는 듯한 눈으로 쏟아져 들어왔다. 그는 불쑥 〈데이지 벨〉을 음정도 맞지 않는 목소리로 불렀다.

데이지, 데이지, 내게 답을 줘.
멋있는 결혼식이 되진 않을 거야.
난 마차를 구할 수가 없으니.
하지만 2인용 자전거에 앉은
당신은 아름다울 거야.

그는 갑자기 노래를 멈추고 샤워기를 껐다. 뒤따른 정적 속에서 "안녕"이라고 말했다. 말소리가 귓가에 메아리쳤다. 그는 다시 한번 "안녕"이라고 말했다. 그리고 몸을 떨며 샤워실을 나서서 오렌지색과 검은색의 수건을 몸에 감고 욕실 문밖으로 머리를 내밀었다.

"이봐, 아가씨."

크레인이 외치자 호건 양은 삐죽 내민 입술에 러키 스트라이크 담배를 물고 구부정한 자세로 복도에 걸어 들어왔다.

"세면대 위 보관함에 면도기가 있어요. 목을 그을 수 없는 안전 면도기라 안됐지만." 그녀의 보라색 눈동자는 의중을 헤아릴 수 없었다.

"들어봐, 아가씨. 부탁 하나만 들어주겠소?"

"이름은 머나예요."

"좋아요, 머나. 부탁은?"

그녀의 눈에 의심이 어렸다. "봐서요…….”

"대단한 부탁은 아니야. 그냥 여기 서서 일이 분 정도 들어주면
돼. 그런 다음 들은 대로 말해줘요.”

그는 욕실 문을 닫은 뒤 수건을 바닥에 던지고는 샤워실에 들어
가서 문을 꽉 닫고 샤워기를 틀었다. 물이 쏟아지는 동안 그는 큰
소리로 말했다.

"긴급 통신……. 여기는 크레인 부인의 아들 윌리엄, 뉴욕 RCA
빌딩 52층 샤워실에서 방송중……. 시카고에서 보내는 열렬한 정
보……. 플레이보이 탐정 윌리엄 크레인과 사랑스러운 유한부인 머
나 호건은 서로의 커피에 도넛을 적셔 먹고 있는데 어느 형사 변호
사는 불이 붙었나?"

샤워기를 끈 그는 수건을 다시 두르고 호건 양을 내다보았다.
"뭔가 들었소?"

그녀는 고개를 저었다. "아무것도."

"들리지 않을 줄 알았어." 그는 어리둥절한 호건 양의 얼굴 앞에
서 문을 닫고 면도할 채비를 갖췄다.

옷을 다 입을 무렵에는 기분 좋은 목욕의 효과도 다했다. 머리
는 무자비하게 욱신거렸고 목이 아팠다. 면도하다가 세 번이나 베

이기도 했다. 그는 거울로 베인 상처를 들여다보다가 안색이 플로리다에 갈 핑계가 될 정도로 나쁘다는 비판적인 결론을 내렸다. 그는 얼굴에 면도 파우더를 뿌리고 거실로 나갔다. 호건 양은 가느다란 발목을 드러내고 의자에 웅크려 앉아서 《헤럴드 이그재미너》의 사교면을 읽고 있었다.

"이 허스트사™ 신문들은 예전만큼 지저분한 이야기를 담아내지 않네요." 그녀는 불평했다.

그는 물었다. "나랑 같이 마이애미로 여행갈 생각 없나?"

"내가 왜 당신과 가고 싶겠어요?"

"모르겠군. 어쩌면 내 갈색 눈에 반했을지도 모른다고 생각했지."

그녀는 뭔가를 가늠해보듯 긴 검은색 속눈썹 사이로 그를 바라보았다. "당신에게 돈이 좀 있다면야, 덤벼들 만한 상판대기일지도 모르죠."

"웨스틀랜드만 풀어주면 돈이 꽤 생길 거야."

그녀의 약간 쉰 듯한 웃음소리도 이번만은 진짜였다. "내가 명문 여대에서 대표로 데이지 화환 의식을 이끌게 될 확률과 비슷하겠는데요."

"내가 웨스틀랜드를 풀어준다면 가겠어?"

"물론이죠. 지키기 쉬운 약속이 되겠네요." 호건 양은 고양이처럼 우아하게 의자에서 일어났다. "아침 식사 하겠어요? 웨스틀랜드 사건을 풀려면 힘이 많이 필요할 텐데."

"전화만 한 통 걸면 준비될 거야."

그는 전화기로 가서 전날 밤 기억만큼 줄이 길었는지 확인하려고 연결선을 홱 잡아당겼다. 기억한 대로였다. 그는 벅홀츠 교도소장에게 전화를 걸었다.

"크레인입니다, 소장님. 웨스틀랜드 사건을 맡은 탐정요."

"그런데?" 교도소장은 그의 열의를 누르는 데 성공했다.

"웨스틀랜드와 이야기를 하고 싶습니다만."

"뭐라고?"

윌리엄 크레인은 인내심을 발휘했다. "웨스틀랜드와 이야기하고 싶습니다."

"그렇단 말이지?"

교도소장의 호기심이 깃든, 하렘 내시처럼 새된 목소리에는 못 믿겠다는 느낌이 역력했다.

"내가 어떻게 할 거라고 생각하나, 안내 방송이라도 해? 아니면 웨스틀랜드의 감방에 전화기라도 설치해줘야 하나?"

크레인이 말했다. "웨스틀랜드와 이야기해야 합니다. 아주 중요한 일입니다."

"난 호텔이 아니라 교도소를 운영하고 있어."

반대쪽에서 수화기를 내려놓는 철컥 소리가 나고 연결이 끊겼다. 크레인은 재빨리 다시 전화를 걸어서는 교도소장이 받자마자 성난 목소리로 말했다.

"잘 들어, 이 뚱뚱한 개자식아. 한 번만 더 전화를 끊으면 주 검사실에 전화해서 네놈이 웨스틀랜드에게 받은 뇌물에 대해 말할 거야. 검사가 아무 조치도 취하고 싶어 하지 않는다면 네놈의 지저분한 목에 손을 대고 싶어 근질거릴 만한 형사 반장도 하나 알고 있어." 격노하는 바람에 머리가 아팠지만 크레인은 말을 이었다. "냉큼 네놈 교도소 바닥으로 내려가서 웨스틀랜드를 전화기 앞으로 데려와……. 내 말 들리나?"

긴 침묵이 흐르다가 벅홀츠 교도소장이 말했다. "오해하셨소이다, 크레인 씨. 나도 웨스틀랜드를 돕기 위해서라면 뭐든 하고 싶은데, 그게 그럴 수가……."

"할 수 있고말고. 난 수퍼리어 8971에 있습니다. 십 분 안에 웨스틀랜드를 데려와서 여기로 다시 전화해요. 그때까지 아무 소식도 듣지 못하면 직접 다른 번호로 전화를 걸 겁니다."

이번에는 크레인이 연결을 끊었다.

"확실히 설득력이 넘치는 전화 예절이네요." 호건 양이 식당에서 평했다.

"일 분만 더 있었으면 성질을 못 참았을 거야." 그가 말했다.

은색 퍼컬레이터에서 커피가 뜨거운 김을 올리고 있었다. 그는 우스터 소스를 한 숟가락 넣은 토마토 주스를 꿀꺽꿀꺽 삼킨 다음 커피를 마셔보았다. 훌륭했다. 타르처럼 검고 마늘처럼 강렬하고 달지 않은 셰리주처럼 말끔하고 애리조나 주 비즈비처럼 뜨거웠다.

그는 감탄하며 말했다. "정말 훌륭한 커피야. 하지만 스크램블 드에그는 못 먹겠어."

"조금만 먹어봐요." 호건 양이 설득했다.

테이블 앞 창문으로 들어온 햇빛이 호건 양의 얼굴을 입체파 그림처럼 다듬어놓았다. 확고한 턱선과 보기 좋고 가는 코가 눈에 띄었지만, 이국적인 파란색 마스카라 때문에 눈에 대해서는 말할 수가 없었다. 목은 가늘었고, 빨간색 실크 파자마의 깊은 곡선에 살짝만 가려진 가슴은 부드럽고 풍만하면서 탱탱했다.

그는 달걀 요리를 먹는 척하면서 그녀를 훔쳐보았다. "어젯밤에는 내가 심하게 취했지. 침대에 들어간 기억이 전혀 안 나는군요."

"당신은 소파에서 정신을 잃었어요. 당신 친구와 핑크가 내 방으로 데려가서 침대에 눕혔죠."

"두 사람은 어디에서 자고?"

"둘 다 새벽 3시쯤 집으로 갔어요."

그는 손에 쥔 포크의 균형을 잡으려고 했지만, 포크는 떨어져서 금속성을 울리며 도자기 접시를 때렸다. 숙취가 있어도 움직일 때는 멀쩡하던 손이 가만히 있으려고만 하면 떨리다니 얼마나 우스운 일인지. 테이블에 한쪽 팔꿈치를 대고 몸을 기울여도 손은 계속 떨렸다.

호건 양은 경멸 어린 즐거움을 담아 그를 지켜보았다. "안절부절못하는군요.”

“당신은 어젯밤에 어떻게 잤지?”

“잘 잤죠.”

“아무 방해 없이?”

“그럼요. 잘 잤어요.”

“내가 혹시…….”

그녀는 쉰 듯한 목소리로 웃었다. “내가 당신과 같이 침대에서 잤을까 봐요? 난 다른 침실을 썼어요. 내가 같이 침대에 들었다면 당신도 기억했을 거예요.”

다리 뒤가 당기기 시작하는 숙취 속에서도 그는 기분 좋게 생각했다. 여기에 멋지고 야한 여자가 있다고. “자느라고 그런 경험을 놓치기는 정말 싫었을 거야.”

“그런 사람은 별로 없죠.”

전화기가 울렸다. 크레인이 받자 웨스틀랜드의 목소리가 불안정하게 들렸다. “뭔가 알아냈나요? 교도소장이 중요한 일이라던데.”

“아직 확고한 증거를 잡지는 못했지만 바싹 다가가고 있는 것 같습니다. 열심히 일했거든요.”

크레인 뒤에서 호건 양이 중얼거렸다. “거짓말쟁이.” 크레인은 “입 다물어”라고 말했다.

웨스틀랜드가 물었다. “뭐죠?”

"한 가지 질문을 하고 싶습니다. 에밀리 루……. 아니, 마틴 양이라고 생각하고 받았던 여자의 전화에 대해 생각해줬으면 좋겠는데요."

"뭔데요?"

"그날 밤 전화 연결에 이상한 면이 있었는지 기억할 수 있겠습니까?"

"지역 전화처럼 들렸는지 장거리 전화처럼 들렸는지 같은 거요?"

"맞습니다. 아니면 이상한 소리가 들렸는지요."

긴 침묵이 흘렀다. 호건 양의 숨결이 크레인의 목에 부드럽게 와 닿았다. 크리스마스 나이트 향수 냄새를 맡을 수 있었다.

마침내 웨스틀랜드가 말했다. "뭔가 기억나는 것 같기는 해요. 강한 바람이 나무 사이로 부는 소리, 아니면 나이아가라 폭포가 내는 소리 같은 게 들렸어요."

윌리엄 크레인은 뛸듯이 기뻐했다. "나이아가라 폭포라니! 좋았어!"

골트 교도관은 웨스틀랜드 뒤로 철컹 소리를 내며 감방 문이 닫히고도 잠시 더 머물러 있었다. 누렇게 뜬 여윈 얼굴에 뺨은 홀쭉했으며 작은 눈은 더러운 이마 아래로 움푹 들어갔다. 그는 이집트 미라처럼 샛노란 뻐드렁니를 내보이며 히죽 웃었다.

"최근에 친구들을 보지 않았지." 교도관이 말했다.

"그렇소."

교도관의 목젖이 위아래로 움직이며 눈이 잔인하게 빛났다. "친구들이 댁을 버리지 않았나?"

"아니오."

"아파 보이는데. 친구들이 버렸을 것 같아." 교도관은 입술을 핥았다. "댁은 무섭지 않지, 안 그래?"

웨스틀랜드는 멍하니 말했다. "그래요……. 많이 무섭지는 않군요."

그다지 겁먹은 기분은 아니었다. 단지 토할 것 같이 속이 메스꺼울 뿐이었다.

"내일이면 무서워질걸." 교도관은 기대하는 얼굴로 열심히 웨스틀랜드를 지켜보고 있었다. "지금 표정을 보니 전기의자까지 들쳐메고 가야겠어." 그는 손등으로 코를 훔쳤다. "많이들 그렇게 가지. 마지막날까지 버티다가 흐물흐물 녹아내려서는, 겁을 먹어서 여자처럼 징징거리기만 하고 아무것도 못 하게 되는 거야." 그는 그 손등을 바지에 닦았다. "어떤 자들이 그렇게 용기를 잃었는지 알면 놀랄 거야……. 예를 들면 억센 토니 캐프리오가 있었지. 머리를 박박 밀었더니 무너져서는, 바닥에 그대로 쓰러져서……."

"닥쳐, 이 쥐새끼야!" 웨스틀랜드의 감방에 가까운 창살 두 개 사이로 얼굴을 내밀고 선 코너스의 턱은 분노로 단단히 굳고 파란 눈은 얼음처럼 옅은 색이 되어 있었다. 목소리는 불안정했다. "닥치라고! 그리스도 앞에 맹세코, 네놈이 여길 쑤시고 다니는 짓을 그만두지 않으면 죽여버리겠어."

골트는 한 걸음 물러서서 말했다. "그냥 말하고 있었을 뿐이야. 이 친구에게 무법자들이 어떻게 무너지는지 말해주고 있었을 뿐이라고……."

"꺼져!" 폭력배는 창살을 흔들었다. "꺼지지 않으면 내가 나가서 맨손으로 널 죽여버리겠어. 꺼져!" 목소리가 커지더니 목쉰 고함소리가 되었다.

골트는 신경 질환이라도 앓는 사람처럼 얼굴을 씰룩거리며 어두운 복도를 따라 물러났다.

"개놈의 자식!" 코너스는 웨스틀랜드를 보고 미소 지었다. 식사 부족과 진을 빼는 긴장 어린 기다림 때문에 이전의 흉흉함을 잃어버린 그의 얼굴은 꽤 잘생겨 보였다. "내가 저놈 잡고 만다. 못 하나 어디 보라고."

웨스틀랜드는 폭력배의 침착한 얼굴을 보다가 문득, 코너스의 용기와 온전한 정신에 빚을 졌음을 깨달았다. 코너스의 안정감이 웨스틀랜드의 정신을 구했고, 웨스틀랜드가 저도 모르게 베푼 친절이 유대인 행상을 황량한 공포의 심연에서 구했다. 그는 어린아이 같은 경외심을 품고 물었다.

"저놈을 어떻게 잡으려고요?"

"모르겠어." 창살이 코너스의 손바닥에 하얀 줄을 남겼다. "모르겠지만 잡고 말 거야."

옆 감방에서는 이저도어 바레차가 열에 들뜬 어린아이처럼 작게 비명을 지르고 앞뒤 맞지 않는 말을 중얼거리면서 자고 있었다.

윌리엄 크레인이 웨스틀랜드와 대화를 마치고 몇 분 후 전화가 요란하게 울렸다. 크레인은 소리를 질렀다. "이런 젠장! 전화 회사는 내 신경을 존중해줄 줄도 모르나?"

호건 양이 전화를 받더니 말했다. "당신 전화네요."

닥 윌리엄스였다. 로비에 와 있는데 올라가도 괜찮을지 알고 싶어 했다. 크레인은 올라와서 보자고 대답했다.

크레인이 거실로 다시 들어갔을 때 호건 양은 창밖을 내다보고 있었다. 얼굴은 악감정 없이 뚱했고 자수정 같은 눈동자는 잔잔했으며 끝이 아래로 휘어진 도톰하고 새빨간 입술은 관능적이었다. 노란 햇살이 편안한 파자마의 상체 부분을 투명하게 비추어 나긋나긋한 몸선이 드러나 보였다. 브래지어는 입고 있지 않았다. 크레인은 그녀의 허리를 잡고 탱고 댄서처럼 그녀의 몸을 뒤로 기울여 입술에 키스했다. 그리고 바로 자신의 행동을 후회했다. 첫째로는 그 움직임 때문에 머리가 심하게 욱신거리기 시작해서였고, 둘째로는 그녀가 그의 아랫입술을 콱 깨물었기 때문이다.

그녀는 화가 나지도 않고 당황하지도 않은 얼굴로 그를 보았다.

"조심해요, 클라크 게이블*. 안 그러면 엉덩이를 때려주겠어요."

윌리엄 크레인의 입에 흘러든 피는 소금 맛이 나고 따뜻했다. 그는 손수건으로 입술을 두드리고 말했다. "오늘 아침에는 내가 판단력이 별로 좋지 않은가 봐." 그는 호건 양의 침착함에 감탄했다.

"그래도 각도는 잘 잡았네요." 호건 양은 물 흐르듯 움직여 윌리엄스에게 문을 열어주었다.

"어서 오시게나." 크레인이 말했다.

윌리엄스는 혐오감을 보이며 크레인을 관찰했다. "꼴이 말이 아니군."

"기분도 말이 아니야." 크레인은 손수건으로 입을 두드리고 결과를 살폈다. 입술에서 아직도 피가 나고 있었다. "뉴욕이었으면 좋겠어."

윌리엄스는 비판적으로 말했다. "뉴욕에 돌아갔으면 좋겠다니 대체 자넨 뭐하는 탐정이야? 이 도시에서 한 일이라고는 택시를 타고 돌아다니고, 여자들을 어떻게 해보려고 하고, 취한 것밖에 없잖아. 휴가라도 온 줄 아나." 크레인은 숨을 깊이 들이마셨다. "훌륭한 탐정이라면 지금쯤 샴에서 온 우표, 황금 칼라 버튼, 땅콩 껍질, 그리고 진 할로**의 카터벨트쯤은 증거로 확보했겠지."

"정말 그래, 맙소사!" 닥 윌리엄스가 덧붙여 말했다. "훌륭한 탐정이라면 그런 증거품을 가지고 있을 뿐 아니라 이렇게도 말하겠지. '닥, 이 범죄는 도무지 이해하기 힘들었지만, 내가 수수께끼를 풀었어. 참으로 이상한 사건이기도 했지'라고."

"사실상 자네는 내 입에서 그 말을 끌어낸 셈이야. 호건 양과 내가 웨스틀랜드 사건을 풀었는데 들으면 놀랄걸."

"아, 천만에. 누가 범인이라고 해도 날 놀라게 만들지 못할걸. 주지사를 체포할 수 있다 해도 날 놀래지는 못할 거야. 날 놀라게 하는 점은 자네가 웨스틀랜드 부인을 누가 죽였는지 안다고 생각하는 부분이야. 내내 같이 있었으니 난 자네에게 아무런 증거물이 없다는 사실을 알거든."

아리송한 태도로 지켜보던 호건 양이 물었다. "누가 웨스틀랜드 부인을 죽였죠?"

크레인은 고개를 저었다. "나중에 말해주지."

"이 친구도 모르는 거요." 윌리엄스가 화를 내며 말했다. "그냥 하는 소리야. 증거도 하나 없다고."

"증거?" 크레인은 입술을 가볍게 두드렸다. "아, 증거를 원하나? 흠, 증거라면 손에 들어올 거야. 나에게 충분한 생명력이 남아 있다면 말이지만."

호건 양이 자기가 깨문 입술을 유심히 보았다. "생명력이야 넘치잖아요."

윌리엄스가 물었다. "위대한 증거물 수색은 언제 시작할 건가……. 다음주쯤?"

"아니, 당장 시작할 수 있어. 핑클스타인은 어디 있지?"

● **클라크 게이블** _ 헐리우드의 제왕이라는 별명을 지녔던 배우. 영화 〈바람과 함께 사라지다〉에서 바람둥이처럼 보이는 매력적인 남주인공 역을 연기한 것으로 잘 알려져 있다.

●● **진 할로** _ 1930년대 최고의 섹스 심벌 여배우.

"웨스틀랜드의 장부를 보러 갔네. 회사 장부도."

"그렇다면 자네에게 맡길 일이 있어. 지금 바로 구했으면 하는 게 몇 가지 있는데."

"위스키 몇 병?" 호건 양이 정교한 비야냥을 담아서 물었다.

"그거야 꺼리지는 않겠지만……."

윌리엄스가 크레인의 말을 막았다. "뭘 구하면 되나?"

"우선 택시가 있어야겠어." 크레인은 손수건을 깔끔한 사각형 모양으로 접어서 엉덩이 주머니에 밀어넣었다. "그리고 스톱워치……."

"스톱워치라고!"

"그래, 스톱워치 하나와…… 심해 잠수부 한 명."

015

목요일 정오

택시 기사는 모자를 왼쪽 눈 위로 푹 눌러쓴 매부리코의 그리스
인이었다. 지저분해진 신분증에 따르면 이름은 닉 파포스, 나이는
스물여섯이었다. 그는 열린 창문으로 팔꿈치를 내밀고 앞좌석 왼쪽
구석에 구부정하게 앉아 지나가는 차마다 입술을 말아 올리고 으르
렁대는 것 같았다.

닥 윌리엄스가 크레인에게 스톱워치를 건넸다. "십 달러에 빌렸
어. 다음에는 코끼리를 구해 오라고 하지그래."

크레인은 녹색 펠트 상자에서 스톱워치를 꺼냈다. "잠수부는?"
손에 잡힌 니켈 표면이 서늘했다.

"오늘 오후에는 언제든 원할 때마다 달릴 준비가 되어 있을 거

야. 잠수부와 보트에 오백 달러 들었어."

크레인이 말했다. "우리가 루스벨트의 경제 회복 프로그램보다 더 많은 사람에게 일자리를 주고 있군."

오크 스트리트와 미시간 애버뉴 사이에서 빨간 신호등을 받고 멈춰 선 택시가 건널목을 깔끔하게 막아버리는 바람에 보행자들이 주위에 소용돌이쳤다. 붉은 얼굴에 하얀 콧수염을 기른 노인 하나가 조심스럽게 엔진 주위를 돌면서 화난 얼굴로 그들에게 지팡이를 흔들었다.

"우리보고 자기는 횡단보도를 건널 권리가 있다고 말하려는 것 같은데요." 택시 기사가 경멸 조로 말했다. 신호등에 노란불이 들어왔다. 기사가 택시를 확 출발시키자 여자 네 명이 놀란 메추라기 떼처럼 흩어졌다.

"하나도 못 잡았군." 윌리엄스가 동정적으로 말했다.

"됐어요. 올해는 차도 무단 횡단자 사냥 금지 기간이라."

택시는 디비전 스트리트에서 신호를 받아 왼쪽으로 급선회했다가, 애스터 스트리트에서 우회전해서 웨스틀랜드의 아파트 앞에 멈춰 섰다.

"미터기는 내려놔." 크레인이 말했다.

닥 윌리엄스가 택시에서 내리려고 했다.

"타고 있어. 여기에서 멈추진 않을 거야." 크레인은 스톱워치를 0에 맞췄다. "몇 시야?"

윌리엄스는 손목시계를 보았다. "11시 30분."

"멋지군. 딱 좋아."

윌리엄스는 의심스러운 눈으로 크레인을 보았다. "뭐가 멋져?"

"11시 30분이라는 점이."

"내가 할 수 있는 말이라곤, 우리 둘 중 하나는 틀렸다는 것뿐이
군."

크레인은 기사에게 말했다. "닉, 루프 지역에 있는 라 샐과 애덤
스 스트리트 교차로 모퉁이로 가고 싶네. 시카고에서 얼마나 오래
택시를 몰았나?"

"오륙 년 됐죠."

"좋아. 최대한 빠른 길로 데려다줬으면 좋겠네. 어떤 길을 택하
든 상관없어. 그냥 제일 빠른 길로 가."

"방금 그 길로 왔는데요." 택시 기사는 손등으로 코를 문질렀다.
"그렇게 빨리 가고 싶다면 왜……."

"그건 신경쓰지 마. 우리가 방금 여기, 애스터 스트리트에서 자
네를 잡고 라 샐과 애덤스 모퉁이로 최대한 빨리 가달라고 했다고
쳐." 크레인은 내용이 스며들도록 천천히 말했다. "속도제한을 어
길 필요는 없어. 경찰에게 잡히지 않는 선에서 최대한 빨리 가."

"지금 당장 출발할까요?"

"그래."

닉 파포스는 택시에 저속 기어를 넣고 클러치를 뗐다. 그는 손

님이 멍청이라 한들 무슨 상관이냐고 생각했다. 윌리엄 크레인은 스톱워치 윗부분을 누른 뒤 규칙적으로 똑딱거리는 소리에 만족스럽게 귀를 기울였다.

그들은 곧장 라 샐 스트리트로 향해 서쪽으로 네 블록을 이동한 후 남쪽으로 방향을 틀었다. 시카고 애버뉴에서 정지신호에 한 번 잡혔고, 햇볕 비치는 라 샐 스트리트 다리에 진입해서는 석유 트럭 뒤에서 일 분 정도 지체했다. 윌리엄스는 시카고 강의 뿌연 회색 물을 내다보고 몸을 떨었다.

"저 물에서 헤엄을 치기는 싫군. 물이 사람을 바로 얼릴 준비가 된 모양새잖아."

택시가 라 샐과 애덤스 모퉁이 연석으로 방향을 틀자 크레인이 펄쩍 뛰어내리면서 윌리엄스에게 말했다. "이 블록을 몇 바퀴 돌아. 금방 다시 탈 테니까."

그는 웨스틀랜드의 사무소가 있는 건물의 대리석과 금색으로 꾸민 로비에 들어가서 엘리베이터를 타고 35층까지 올라갔다. 그는 웨스틀랜드 사무소 문까지 걸어가서 '웨스틀랜드, 볼스턴 앤드 우드버리 사무소'라고 새겨진 글자를 삼십 초쯤 살펴본 다음, 스톱워치를 멈췄다. 십칠 분 십사 초 육공이 나왔다. 그는 숫자를 봉투 뒷면에 적고 길거리로 돌아갔다.

크레인은 택시에 탄 윌리엄스 옆으로 들어가면서 말했다. "닉, 애스터 스트리트에서 여기까지 오는 데 십팔 분 정도가 걸렸어. 이번에는 거기와 여기 사이를 자네가 이십오 분 안에 이동할 수 있다고 생각하는 가능한 모든 길을 다 달려줬으면 좋겠네. 매번 다른 지점에서 강을 건넜으면 좋겠는데, 어떻게 해도 상관은 없지만 총 이십오 분을 넘겨서는 안 돼."

기사는 대꾸했다. "미시간 애버뉴 다리는 어떻습니까?"

"좋아. 미시간 애버뉴." 크레인은 스톱워치를 눌렀다.

그들은 북쪽으로 와커 드라이브에 들어섰다가 동쪽으로 미시간으로 달린 다음 다시 북쪽으로 달려서 대교를 건넜다. 인도를 따라 양쪽 방향으로 사람들이 서둘러 움직이고 있었다. 이른 점심을 먹으려는 속기사와 점원, 판매원과 창구원, 쇼핑객 들. 평소와 같은 부랑자들이 텅 빈 강을 넋 놓고 바라보았다.

윌리엄스가 갑자기 말했다. "잊을 뻔했는데 전화 회사에 마틴 양의 집에 대한 수리 호출을 확인해봤어. 웨스틀랜드 부인이 발견된 날 수리 기사를 부른 전화가 있었지만 살인 사건이 일어난 날에 수리 기사를 보낸 기록은 없더군."

"없어?"

"없어. 마틴 양이 본 남자는 분명히 가짜야."

"원래 그렇게 생각하지 않았던가?"

택시는 큰길에 차례로 켜지는 교통신호 속에서도 빠른 속도로 월턴 플레이스를 지났다. 두 블록 떨어진 곳에서 호건 양이 살고 있는 건물을 볼 수 있었다. 붉은 벽돌이 햇살을 받아 밝게 빛났다.

크레인은 스톱워치에서 눈을 들고 말했다. "호건 아가씨가 살인을 저질렀다면 즐거운 마음으로 추적해서 잡을 수 있었을 텐데 말이야." 그는 회상에 잠겨서 부어오른 입술을 만졌다.

"그랬다면 자네가 정말 열심히 일했겠지." 윌리엄스가 말했다.

크레인이 말했다. "에이, 뭘 또 그래."

이윽고 기사가 말했다. "다 왔습니다. 다시 애스터예요."

스톱워치는 시내 중심가를 떠난 후 이십 분 삼십일 초를 기록했다. 크레인은 스톱워치를 0으로 돌리고 말했다. "좋아, 다시 애덤스와 라 샐 모퉁이."

이번에는 새로 만든 널찍한 워배시 애버뉴 다리로 강을 건넌 다음, 와커 드라이브에서 서쪽으로 방향을 돌려 라 샐에 진입했다. 크레인은 굳이 내리지 않고 웨스틀랜드의 사무실 건물에 도착하자 스톱워치를 멈췄다. 시간은 십칠 분 이 초 육공이었다. 다음 행로는 스테이트 스트리트를 지났고, 애스터 스트리트에 도착했을 때 스톱워치는 딱 이십일 분을 기록했다. 기사는 바쁜 다리에서 전차와 마주치지 않은 것이 행운이라고 했다. 그들은 루프 지역으로 돌아가서 디어본 스트리트 다리를 타고 십구 분 삼십칠 초 이공에 이동했다.

1시 30분쯤이었다. 닥 윌리엄스는 애타는 눈으로 루프 지역의 식당들을 노려보았다. "젠장, 난 배가 고파."

크레인은 기사에게 말했다. "돌아가는 길에 점심 식사할 곳에 멈추게. 멈춰 있는 시간은 운전 시간에서 제하지."

그들은 전차를 뒤따라가며 클라크 스트리트 다리로 다시 강을 넘어갔다. 그들은 전차를 따라가며 승객들이 타고 내릴 때마다 자주 멈춰 서면서 시카고 애버뉴까지 갔고, 모퉁이에 있는 '엘리트 레스토랑'과 '런치 카운터, 여성분들 초청' 앞에 멈췄다.

"나쁜 음식점은 아닙니다." 기사가 말했다.

크레인이 말했다. "좋아. 닥, 가서 샌드위치와 커피를 사 와. 달리면서 먹을 거야. 닉에게도 뭘 좀 사다 주고."

"전 양파가 들어간 건 안 먹습니다. 스웨덴 계집 하나와 어울리는데 양파를 싫어해서 말이죠."

크레인은 윌리엄스가 햄버거 세 개와 흰 빵으로 만든 아메리칸 치즈 샌드위치 세 개, 탁한 커피가 담긴 종이컵 세 잔을 들고 돌아올 때까지 눈을 감고 천을 댄 좌석에 기대앉아 있었다. 그는 샌드위치를 거절했지만 종이컵에 담긴 커피는 조금 마셨다. 맛이 좋지는 않았다.

기사는 한 손에 커피를 들고 반대쪽 손은 샌드위치를 베어 무느라 운전대에서 떼면서도 안전하게 애스터 스트리트에 도착했다. 멈춘 시간 팔 분을 제하고 나서도 이번 이동에는 이십육 분 사십칠 초가 걸렸다.

윌리엄스가 실크 손수건으로 입을 닦으면서 말했다. "이렇게 넌더리 나는 길거리는 처음이야. 얼마 동안이나 계속 여기로 돌아와야 하는 건가?"

크레인은 스톱워치를 다시 0으로 맞췄다. "그건 닉에게 달렸지."

기사는 빈 종이컵과 기름이 밴 샌드위치 포장지를 잘 다듬어놓은 어느 집 앞마당에 던졌다. 갈색과 흰색의 와이어헤어드테리어 한 마리와 접시 같은 파란 눈의 어린아이 둘을 데리고 가던 뚱뚱한 유모가 그를 노려보았다. 그는 유모를 무시하고 말했다. "아직 갈 수 있는 길이 몇 개 남았습니다."

"그러면 가자고." 크레인이 말했다.

이번에는 더 서쪽으로 돌아서 리틀 이탈리아 구역 가장자리에 가까운 지저분한 웰스 스트리트로 달렸다가 머리 위에서 한층 심한 굉음이 울리는 가운데 강을 건넜다. 윌리엄 크레인은 "비슷한 느낌이야"라고 말했지만 라 샐과 애덤스 모퉁이에 도착했을 때 걸린 시간은 이십팔 분이 넘었다. 조금 전보다 더 외곽으로 빠지는 경로로 되돌아가자 이번에도 시간은 이십팔 분을 넘겼다.

크레인은 애스터 스트리트에 있는 아파트 앞에 다시 택시를 세우고 서글프게 고개를 저었다. "이게 다인가, 닉?"

닥 윌리엄스가 말했다. "다냐고! 유모가 우리가 지나갈 때 고개를 돌려가며 소리를 지르지 않은 게 놀랍군."

택시 기사는 말했다. "미시간 애버뉴 다리의 아랫단으로 건너가고 싶지 않으시다면 끝입니다."

"그 길로 가세." 크레인은 스톱워치를 누른 뒤 눈을 감았다.

닥 윌리엄스는 신음했다.

다리 근처의 포장도로는 이전보다 훨씬 거칠었다. 택시는 흔들거리고 덜컹거렸고, 운전사는 커다란 구멍 몇 개를 피하기 위해 속도를 늦출 수밖에 없었다. 동쪽으로 한 블록만 가면 미시간 애버뉴의 매끈한 포장도로가 트리뷴 타워와 하얀 리글리 빌딩 사이 완만한 언덕을 따라 솟아오를 텐데, 일행은 강에서 한 블록 떨어진 곳까지 그 길과 평행을 이루며 험한 길을 달렸다. 그곳에서 좌회전한 그들은 고가도로 아래, 시멘트와 철골 보강재의 숲 사이를 교차했다. 그들은 뚱뚱한 말 두 마리가 끄는 마차 주위로 돌아서 강철 표면으로 이루어진 어두운 다리 하단부에 들어섰다. 그들이 탄, 루프 지역을 향해 남쪽으로 뻗은 길은 차 두 대가 들어갈 만큼 넓었고, 왼쪽 강철 가로대의 장막을 넘어가면 비슷한 일방통행로가 북쪽으로 뻗어나갔다. 공간을 넓게 가르는 철재 너머 오른쪽으로는 느리게 흘러가는 강을 볼 수 있었다. 물위에는 햇빛이 어룽졌지만 통로 안은 어둑어둑했다.

"이게 좋은 길인 게, 대부분 사람들은 어쩔 수 없을 때만 여길 이용하거든요. 붐비지도 않고 정지신호에 걸릴 일도 없죠."

다리를 건넌 택시는 우회전해서 경사면을 달려 올라가다가 익숙한 와커 드라이브로 빠져나갔다. 라 샐과 애덤스 모퉁이에 도착했을 때 스톱워치는 십구 분 삼십 초 이공이었다.

"더 생각할 수 있는 길이 있나, 닉?" 크레인이 물었다.

"아뇨. 이게 답니다."

"좋아. 왔던 길로 다리 밑으로 돌아가세. 루프 지역을 지나서."

"마지막 요약을 향해서겠지." 닥 윌리엄스가 지쳐서 말했다.

그들은 돌아서 다리 하단부를 다시 통과했다. 그러던 도중 크레인은 기사에게 오른쪽으로 철재가 유난히 넓게 뚫려 있는 곳에 차를 대라고 말했다.

"큰 멍키스패너 있나?" 그는 기사에게 물었다.

"그럼요. 왜요?"

"그걸 얼마에 팔겠나?"

윌리엄스가 물었다. "도대체 멍키스패너는 어디다 쓰려고?"

"얼마에 팔겠냐고?" 크레인은 되풀이해서 물었다.

"진짜 좋은 멍키스패너거든요. 오 달러 아래로는 팔기 싫습니다."

"오 달러라니!" 윌리엄스가 경악한 얼굴로 크레인을 보았다. "절반만 줘도 세상에서 제일 좋은 멍키스패너를 살 수 있어."

"닉이 저 멍키스패너에 애착이 있을 수도 있지." 크레인은 택시 기사에게 오 달러 지폐를 건넸다. "멍키스패너라는 게 재미있어. 처음에는 조금도 신경쓰지 않는데 쓰다 보면 길이 들거든. 그렇다니까, 닥. 시간이 지나면 멍키스패너를 좋아하게 될 수도 있다고. 난 닉도 그런 사람이라는 걸 알 수 있어."

"기분이 아주 좋은가 봐." 윌리엄스가 말했다.

택시 기사는 좌석 밑에서 낡은 스패너를 꺼내어 크레인에게 건네려 했지만 크레인은 받지 않았다.

"운전석에 앉아 있으면 좋겠어. 그리고 내가 저기 제방에서 손을 흔들면 창밖으로 강에다 던졌으면 해."

크레인의 말에 놀란 택시 기사는 멍청한 얼굴을 했다. "이걸 강에 던지라고 오 달러를 주는 겁니까?"

"그래. 그냥 운전석에 앉아 있다가 강으로 던지기만 해. 제대로 던져야 해."

윌리엄스는 의심스러운 얼굴이었다. "자네 고사이에 술을 더 마신 건 아니지, 응?"

"별소리를 다 듣겠군." 크레인은 위엄 있게 택시에서 내렸다. "가자고." 그는 난간 너머 진한 회색의 강물을 흘긋 보았다. "내가 손수건을 흔들면 던지는 거야, 닉. 알겠나?"

택시 기사는 눈을 굴렸다.

리글리 빌딩 맞은편에 있는 시멘트 선착장에는 '쾌속정 탑승, 일 달러'라는 표지판이 붙어 있었다. 그러나 주위에 쾌속정은 한 대도 없었다. 부두가 뻗어나가 강물의 주된 흐름을 바꿔놓는 자리에서 느리게 소용돌이치는 지저분한 녹색 물뿐이었다. 머리 위 오른쪽으로 거대한 미시간 애버뉴 다리가 보였고, 다리 양쪽 끝에는 창문이 달린 감시탑이 있었다. 난간에서 남자 하나와 여자 하나가 초연하게 물을 바라보았다. 반대쪽 강둑까지 반쯤 간 곳에 둥둥 뜬 물체 위로 갈매기 두 마리가 원을 그렸다.

크레인의 손수건이 허공에 펄럭였다. 아래 차도의 어둠 속에서 스패너가 펜으로 크게 그은 획처럼 곡선을 그리며 날아갔다. 스패너는 다리에서 구 미터 떨어진 물속으로 들어가면서 허공에 은빛 물보라를 뿌렸다. 크레인은 물가로 달려가, 아직 파문이 남아 있는 자리와 반대쪽 멀리 보이는 강둑 기둥을 일직선으로 그은 자리에서 윌리엄스를 불렀다.

"닥, 자네가 기억할 수 있게 여기에 표시를 하겠나?"

"그냥도 잘 기억할 수 있어." 윌리엄스는 대답하고 눈가에 내려온 모자를 뒤로 젖혔다. "아무래도 자네 미친 것 같아."

"그럴지도 모르지." 크레인은 손수건을 시멘트에 고정된 강철 고리에 묶었다. "아닐지도 모르고. 어쨌든 자네는 잠수부를 데려와서 바로 여기, 여기부터 반대쪽 강둑까지 이 선을 따라가며 내려가 보게 해." 크레인은 손수건이 묶인 자리부터 반대쪽 강둑에 있는 기둥까지 상상 속의 선을 그었다.

"스패너를 되찾으려고 오백 달러를 쓰겠다는 말인가?" 윌리엄스가 투덜거렸다.

"비슷해."

윌리엄스는 다리 기단부에 힘없이 주저앉았다. "같이 일하면서 자네가 바보짓을 한 일이 몇 번 있기는 했지만 이번에 최우수상을 줘야겠군."

"흠, 그런 상은 나중에도 만들 수 있잖아. 당장은 잠수부와 배를 데리러 가. 한 시간 안에 여기로 데리고 돌아오라고. 난 스트롬 반장에게 이야기를 하러 갈 테니까."

"시먼스에겐 전과가 있었어." 형사 반장은 시가 꽁초를 씹었다. "범죄 기록 조회에서 사진과 지문을 찾았네."

"놀랍지 않군. 미합중국에 사는 마흔아홉 명에 한 명은 전과가 있으니." 크레인이 말했다.

"공갈죄로 육 개월을 받았어. 나이 많은 과부 밑에서 하인으로 일하다가 부인을 협박하려고 했지. 노부인은 그를 함정에 빠뜨려서 잡고는 판사에게 관대한 처분을 내려달라고 빌었다네. 둘이 연애라도 했나 봐. 몇 년 형은 받았어야 했는데."

"얼마나 오래전이지?"

"십오 년 전."

"그 후에는 아무 기록도 없고?"

"없어. 그 후로 쭉 웨스틀랜드의 하인으로 일했고."

형사 반장이 시가 꽁초를 책상 가장자리에 누르자 회전의자 스프링이 삐걱거렸다. 책상의 갈색 표면에는 다른 꽁초를 비벼 끄면서 남은 탄 자국이 즐비했다.

크레인이 물었다. "스프라이그가 아파트에 찾아간 일을 왜 말하지 않았는지 털어놨어?"

"스프라이그의 죽음에 얽힐까 봐 두려웠다는군. 전과가 있으니 힘들어질 줄 알았다고."

"그 말이 맞을지도 모르지. 그런데 왜 나한테는 말했을까?"

"가능하다면 웨스틀랜드를 돕고 싶기는 했는데 자기가 곤경에 빠지기는 싫었던 거야."

크레인은 형사 반장의 창밖으로 길 건너편에 있는 고물상을 내다보았다. "웨스틀랜드를 돕고 싶어 하기는 하지만 웨스틀랜드가 죽으면 그 친구도 만 달러를 받게 되지."

"설마!"

"설마, 몰랐어? 웨스틀랜드가 유언으로 시먼스에게 만 달러를 남겼어."

스트롬 형사 반장은 시가를 다시 입에 밀어넣었다. "누구 하나 나한테 무슨 말을 해주질 않는군." 그는 삐걱거리고 항의하는 의자를 무자비하게 돌렸다. "마틴 양이 주된 수혜자라는 사실밖에 몰랐네."

"알아야 할 이유가 있었겠어? 자네 관심사는 웨스틀랜드를 몰락시키는 것뿐이었잖아. 웨스틀랜드를 치울 동기가 있을 만한 사람을 찾을 이유가 있었겠나."

"지금도 왜 그래야 하는지 모르겠어."

"결백한 사람을 전기의자에 앉히고 싶진 않으니까, 안 그래?"

"결백은 개뿔!"

크레인은 형사 반장을 보고 씩 웃었다. "시먼스가 또 무슨 말을 했지?"

"이건 딱 자네 취미에 맞을 것 같지만 그래도 말해주는 편이 낫겠지." 스트롬 형사 반장은 의자에 등을 기대고 오른발을 책상 위로 올렸다. 발꿈치 바깥쪽이 닳아 있었다. "시먼스는 스프라이그가 아파트에 들어갔을 때 전화를 쓰게 해줬어."

"그래?"

"스프라이그가 우드버리에게 전화해서 그날 밤 10시에 만날 약속을 잡는 소리를 들었다는군."

"그랬군!" 크레인은 귀를 긁었다. "스프라이그가 왜 우드버리를 만나고 싶어 하는지도 말했나?"

"시먼스 말로는 아니라는군. 그냥 약속만 잡고 끊었대."

크레인은 말했다. "시먼스는 마치 이라도 뽑는 것처럼 한 번에 조금씩만 정보를 주는 것 같군. 그런 이야기는 어떻게 끌어냈나?"

"약간의……." 형사 반장은 깔보는 듯 시가를 까딱거렸다. "……설득 요법을 썼지."

크레인은 잠시 생각했다. "우드버리에게 그 전화에 대해 물어봤나?"

"물론이지. 그런 전화를 받았다고 인정했어. 스프라이그가 뭘 원하는지는 몰랐다더군."

"스프라이그가 약속을 지키지 않아서 이상하다고 생각하지는 않았고?"

"그때는 이상하다고 생각했는데 스프라이그가 자동차 사고로 죽었다는 사실을 알고는 더 생각하지 않았다는군."

크레인은 창가로 걸어갔다. "믿고 싶은 사람에게는 이 사건의 모든 것이 전부 논리적인 것처럼 보이지." 그는 연석에 선 경찰차를 바라보았다. "믿지 않으려고 한다면 하나같이 수상하게 들리고."

"우드버리의 이야기에서 잘못된 부분은 찾을 수 없는데."

"그 이야기에 잘못된 부분은 없어. 그저 약속에 대해 아무에게도 말하지 않았다는 점이 이상할 뿐이지. 누가 이상하게 죽은 날 밤에 그 사람을 만나기로 했다면 보통은 그 일에 대해 말을 하기 마련이지."

"뺑소니 운전자에게 치여 죽은 일에 이상한 구석은 없지 않나."

"그렇겠지." 크레인은 형사 반장의 책상에 놓아두었던 모자를 미끄러뜨리듯 잡아당겼다.

"잠깐만." 스트롬은 힘겹게 몸을 일으켰다. "스프라이그가 우드버리를 왜 만나고 싶어 했다고 생각하나?"

"우드버리는 어떻게 생각하는데?"

"사업상의 문제라고 생각했다는군."

크레인이 말했다. "나도 그래."

잠수부의 이름은 피터 피너건이었다. 그는 고무 옷을 입고 무게

추를 넣은 신발을 신은 채 프랑스 군복 색깔 같은 파란 눈으로 윌리엄 크레인을 쳐다보았다. "강철 멍키스패너를 주우러 내려가라고요?" 레몬색 머리털은 비탈리스 두피 영양제를 발라 매끈하게 넘겼다.

그들은 붉은색으로 칠했던 흔적이 남아 있는 작은 예인선 '퍼트리샤 G'의 어수선한 갑판 위에 서 있었다. 리글리 빌딩 아래 선착장 기둥에 걸어놓은 타르 바른 밧줄 덕분에 강물을 따라 내륙으로 흘러가지 않을 수 있었다. 땅딸막한 굴뚝으로 투명하고 색이 거의 없는 연기가 솟아올랐다.

크레인이 말했다. "철로 만들어진 물건을 찾거든 무엇이든 가지고 올라왔으면 해. 스패너든 다른 물건이든 상관없어. 윌리엄스 씨가 어디를 찾을지 설명했나?"

"네. 여기부터 저기 손수건 사이요." 잠수부는 난간 너머로 몸을 내밀었다. "별로 어렵진 않겠군요. 깊이는 십 미터가 안 되고, 다행히 꽤 먼 거리에서도 철제 물건을 찾아낼 수 있는 전자석을 가지고 왔으니까. 언제 시작할까요?"

"당장, 어두워지기 전에."

잠수부가 외쳤다. "찰리!" 모자를 쓴 작고 지저분한 남자가 선실 밖을 내다보더니 햇살에 눈을 껌벅였다. 잠수부는 말했다. "맥에게 나 내려간다고 말하고 올라와서 밧줄 잡아."

지저분한 남자는 머뭇거렸다. "돈은 받았어?"

"내가 바본 줄 아냐?" 잠수부가 되물었다.

아래에서 공기펌프가 가동하자 퍼트리샤 G가 진동했다. 잠수부는 헬멧을 집어 들었다. "이걸 들어주시죠."

찰리가 와서 크레인의 손에서 헬멧을 받아들었다. "내가 하는 게 낫겠어." 지저분하게 묻은 그을음 밑으로 보이는 피부가 건강하지 못하게 창백했다.

고물 쪽에서 바다 갈매기를 구경하던 닥 윌리엄스가 다가왔다. "무슨 일을 하는 건지 알고 있었으면 좋겠네."

크레인이 대꾸했다. "나도 그랬으면 좋겠어."

잠수부는 밧줄 사다리를 타고 물속으로 들어가더니 손을 놓았다. 그는 공기호스와 밧줄, 그리고 또 하나의 줄을 끌고 매끄럽게 보이지 않는 곳으로 잠겨 들어갔다.

찰리가 밧줄을 풀면서 말했다. "세 번째 줄은 전자석용입니다."

몇 초 후에 밧줄이 움직임을 멈췄다. "내려갔네요." 찰리가 말했다. 기름진 수면을 깨는 물거품이 반대쪽 강둑을 향해 길을 그렸다. 호기심 많은 갈매기 한 마리가 물거품을 조사하려고 내려왔다가 먹을 것이 없다는 사실을 알고는 상류에 있는 개방 하수도 본관 옆에 보초를 서러 돌아갔다.

"강이 예전처럼 호수 안으로 흘러들지 않고 밖으로 빠져서 다행이네요." 찰리가 말했다.

"왜지?" 크레인이 물었다.

"강이 호수 속으로 흐를 때는 진흙과 유사 때문에 잠수부가 절대로 강 속을 걸을 수가 없어요. 지금처럼 호수 밖으로 나오는 흐름은 강바닥을 깨끗하고 단단하게 유지해주죠."

"그거 행운이군."

"그럼요. 게다가 유속도 완만하잖아요. 유속이 너무 빨라서 잠수부가 바닥에 서 있을 수 없는 강이 많아요."

이제 강을 반쯤 건너간 물거품이 갑자기 움직임을 멈췄다. 이윽고 물거품이 돌아오기 시작했다.

"뭔가 찾았군요." 찰리가 말했다.

물거품이 요란하게 솟아오르고, 뒤이어 잠수부가 밧줄 사다리를 타고 올라왔다. 찰리는 둥그런 헬멧 앞유리를 열었다. 잠수부가 소년처럼 히죽 웃었다. "여기 스패너요." 그는 스패너를 갑판 위에 떨구었다.

"좋아, 스패너를 되찾아서 기쁘기는 한데……." 크레인은 스패너를 집어 들고 윌리엄스에게 건넸다. "다른 것도 찾아줬으면 좋겠군. 이걸 찾아낸 자리 근처에 있을 거야."

잠수부는 구슬프게 말했다. "찾는 물건이 뭔지 말해주시면 안 되겠습니까?"

"스패너와 거의 크기가 같아."

잠수부는 어깨가 난간과 비슷한 높이가 될 때까지 몸을 올려서 나무 갑판 위로 팔꿈치를 걸었다. "그러니까 수수께끼 놀이로군요." 그는 찰리의 지저분한 얼굴을 향해 눈을 찡긋했다. "동물, 광물, 식물 중에?"

크레인이 말했다. "이봐. 나도 뭘 찾았으면 하는지 말해주고 싶지만 말하지 않는 편이 나아. 내려가서 한 번만 더 찾아봐주겠나?"

잠수부의 머리가 수면 아래로 내려가는데 경찰관 한 명이 콘크리트 부두에서 퍼트리샤 G 위로 뛰어올랐다. "무슨 일입니까?"

찰리는 엄지손가락으로 크레인을 가리켰다. "저쪽에 물어봐요."

크레인이 물었다. "문제가 뭐요, 경관님?"

"문제요? 저 다리 좀 봐요."

모두가 위쪽으로 고개를 기울였다. 다리 위에 구경꾼이 몇 겹으로 늘어서 있었다. 야구장의 싸구려 외야석 같은 꼴이었다.

"조금만 더 있으면 구경꾼이 교통을 막을 거예요." 경찰관이 말했다.

크레인은 권위 있는 목소리를 냈다. "그거야 어쩔 수 없지요. 우린 육군부에서 나왔고, 이 지점에서 강의 깊이를 재야 한단 말이오. 워싱턴에서 항구 수치를 원한단 말이오." 그는 윌리엄스를 보고 말했다. "급한 일 아닌가, 소령?"

윌리엄스는 놀라움을 거의 감추는 데 성공했다. "그야…… 맞는 말씀입니다, 대령님."

크레인은 계속해서 말했다. "몇 분만 있으면 끝날 거요, 경관. 다리 위에 아무 일도 일어나지 않게 봐주기만 하면 우리가……."

"기꺼이 그러겠습니다, 대령님." 경찰관의 얼굴에 존경심이 어렸다. "저도 전시에 육군에 복무했습니다."

"포먼 장군님 밑에서 복무했겠군."

"맞습니다. 어떻게 아셨습니까?"

"그냥 추측이야. 포먼 장군은 빌어먹게 훌륭한 군인이지." 크레인은 고개를 끄덕이고 거짓말로 덧붙였다. "그 양반을 잘 알아."

경찰관이 배에서 떠나려는 순간 물거품이 잠수부가 돌아오고 있음을 알렸다. 잠수부가 사다리로 몸을 올리자 어깨에서 쏟아진 물이 요란한 소리를 내며 강 속으로 떨어졌다. 찰리가 헬멧 앞면을 열어주자마자 잠수부는 자동 권총을 내밀었다. "이게 원하시는 물건 같은데요. 꽤 오래 강 밑에 있었을 겁니다."

크레인은 권총을 받아들었다. 옆에 'R. 웨스틀랜드'라는 이름이 찍힌 은판이 붙은 권총이었다. "바로 내가 원하던 물건이야."

닥 윌리엄스가 외쳤다. "귀신이 곡할 노릇이군! 어떻게 그게 저 밑에 있을 줄 알았나?"

리 소령은 권총의 방아쇠를 시험해보았다. "쏠 수는 있을 것 같군요." 그는 엄지손톱으로 녹을 닦아내며 말했다. "하지만 웨블리 총탄이 없어요."

윌리엄스가 말했다. "스포츠 용품점에서 살 수 없습니까?"

"둘러보면 찾을 수 있겠지요."

"우드버리에게 말해보죠. 탄알을 갖고 있을 겁니다." 크레인이 제안했다.

"우드버리가 감히 우리에게 총탄을 내어줄까." 윌리엄스가 말했다.

"감히 안 내놓지 못할걸."

리 소령이 손바닥으로 권총을 감싸쥐고 말했다. "크레인 씨, 이 권총에서 발사된 총탄이 웨스틀랜드 부인을 살해한 웨블리 총탄 자국, 내가 파일에 넣어둔 기록과 일치하는지 알고 싶은 게지요?"

"대충 그렇습니다. 최대한 빨리 보고서를 보고 싶군요."

"오래 걸리진 않을 겁니다……. 탄알만 구한다면."

"윌리엄스가 우드버리에게 물어볼 겁니다." 크레인은 탄도학 전문가에게 권총을 받아들고 말했다. "미국에서 이런 전시 웨블리를 구하려면 어디에서 살 수 있을까요?"

소령은 얼굴을 찌푸렸다. "하나 산다고요? 오래된 구형 무기를 취급하는 회사라면 여럿 있지만 주로 미국 물건을 갖춰두지요. 남미 국가들의 혁명이나 군대에 팔기도 하고. 하지만 웨블리 권총을 갖추고 있을 만한 회사도 몇 군데는 있어요."

"회사 이름을 알려주실 수 있습니까?"

"물론이지요." 소령은 시간을 들여 긴 무기 회사 목록에서 이름 몇 개를 표시한 후 크레인에게 넘겼다.

"고맙습니다. 웨스틀랜드의 권총에 대해 알아내는 대로 윌리엄스에게 알려주실 수 있겠습니까? 윌리엄스가 계속 연락을 취할 겁니다."

"기꺼이 그러지요."

크레인은 권총을 소령의 책상 위에 두고 윌리엄스를 따라 거리로 나갔다. 그들은 드레이크 호텔로 건너가서 리 소령이 준 목록에 표시된 회사들에 바로 전보를 쳤다. 전보 내용은 이러했다.

지난해에 귀하에게 전시 웨블리 자동 권총을 사간 사람이 있는지?
즉시 답변 바람. 수신자 부담. 중요함.

형사 반장 어니스트 스트롬, 일리노이 주 시카고

크레인은 놀란 전보국 여자에게 전보 여든두 장 값으로 육십일 달러 사십삼 센트를 지불하고 말했다. "수신자 부담 답변이 쏟아져 들어오기 전에 스트롬에게 가는 게 좋겠군."

PM 08:15

크레인이 초록색 벌룬 실크 파자마를 지퍼 달린 가방에 밀어넣고 있는데 핑클스타인이 호텔 방으로 들어왔다. 변호사는 입술을 꾹 다문 채 볼을 붉히고 있었다.

"우리 고객의 회계장부를 검토했네." 핑클스타인이 말했다.

크레인은 경대에 놓인 빗과 두 개의 은색 군용 머리 솔을 들어

올렸다. "흠?"

"위험 채권을 안전한 국채를 모아두는 수준으로 잔뜩 쥐고 있더군."

크레인은 가방을 두고 머뭇거렸다. "도난 채권입니까?"

"도난 채권과 위조 채권. 마치 지난 십 년간 모든 우편 강도 사건에 꼈다고 해도 될 모양새야."

"어이쿠! 얼마나 됩니까?"

"지금까지 회계사들이 확인한 것만도 육십만 달러어치에 가까워. 아직 다 확인하지 못했네."

크레인은 머리 솔로 손등을 문질렀다. 짧고 뻣뻣한 털이 아팠다. "웨스틀랜드의 재산보다 더 되는군요. 어떻게 그걸 자기 계정에 넣었을까요?"

"다 자기 계정은 아니야. 대부분 채권은 웨스틀랜드의 개인 고객들의 유가증권 계정에 끼워놨어. 회사가 매매 계정을 보호하기 위해 쥐고 있도록 하는 계정이지." 핑클스타인은 실크 손수건으로 이마를 닦았다. "웨스틀랜드가 폭력배들에게 위험 채권을 사서 계정에 든 우량 채권으로 교체한 다음, 그 우량 채권을 시장에 팔았던 것 같네."

"어떻게 알아냈어요?"

"회계감사관 한 명이 이미 폐기됐어야 할 채권 일부를 알아봤어. 확인해보고 런다웃 우편 강도 사건에서 도난당한 채권이라는 사실을 알아냈지. 웨스틀랜드가 그 채권을 현금화하지 않은 이유는 그게 도난 채권으로 등록되어 있기 때문이었어. 그래서 우리는 연방 청사에서 도난 채권 목록을 구해다가 모든 계정에 들어 있는 모든 채권을 확인해봤지."

"그러니까 웨스틀랜드가 깡패들에게 달러당 십 센트로 채권을 사들여서 자기 고객 계정에 밀어넣고 있었다는 생각입니까?"

"다른 설명이 불가능해⋯⋯. 그 채권을 직접 훔쳤다면 몰라도."

크레인이 말했다. "흠, 그거 정말 웃기는군요." 크레인은 머리솔을 가방에 떨궜다. "아침에 웨스틀랜드에게 물어보시는 편이 좋겠습니다."

"웨스틀랜드가 우리에게 말해줄 리가 있나?"

"왜 말을 안 하겠어요? 지금 와서 채권 도난죄로 체포당할 걱정을 할 필요는 없지 않습니까?"

"웨스틀랜드가 고객 계정에 일어난 일을 안다고 생각하지 않는 거로군?"

"그야 모르지요. 알았다면 진작에 우리에게 말했을 거라고 보긴 합니다. 그렇지 않다면 자기 마누라 살인 사건에 유죄겠지요." 크레인은 가방 지퍼를 당겼다. "그냥 살인을 하다가 위험 채권을 발행하는 사람일 수도 있고요."

핑클스타인은 가방을 주시했다. "어딜 가나?"

"피오리아에 갑니다."

"참 끝내줄 때 피오리아에 가는군. 웨스틀랜드가 죽기 일보……."

"흥분하지 마십쇼. 일 때문에 가는 거니까." 크레인은 코트 안주머니에서 전보를 하나 꺼내어 변호사에게 건넸다.

전시 웨블리 자동 권총을 지난 사월에 미주리 주 세인트 루이스의

P.T. 브라운이라는 사람에게 판매함

워싱턴 무기 회사, 일리노이 주, 피오리아

크레인은 설명했다. "전국에 있는 무기 회사에 보낸 전보에 대한 답입니다."

"왜 그런 짓을 했지? 부인을 죽인 건 웨스틀랜드의 권총이라고 생각했는데."

"금방 알게 될 겁니다." 크레인은 핑클스타인의 색이 옅은 눈동자에 떠오른 성난 당혹감을 보고 히죽 웃었다. "그게, 제가 오늘 오후에 웨스틀랜드의 권총을 찾아냈거든요."

"찾아냈다고!" 핑클스타인은 연극적인 몸짓으로 이마에 한 손을 눌렀다. "이건 너무 감당하기 힘들군. 어디에서 찾았나?"

"시카고 강에서요."

"강 속에서!" 핑클스타인은 무릎이 풀려서 침대 위에 주저앉았다. "어떻게 찾았지?"

크레인은 가방을 들어올렸다. "이건 보드빌 공연 대사처럼 들리

기 시작하는데요." 그는 바닥에 팽개쳐져 있던 낙타털 코트를 집어 들었다. "전 비행기를 타야 합니다. 내일 다 말씀드리죠. 윌리엄스가 탄알을 찾아내기만 하면 바로 리 소령이 탄도학 실험을 할 텐데, 그 권총이 살인 무기인지 아닌지 알아내는 대로 피오리아에 있는 페르 마켓 호텔에 있는 저한테 연락을 주기로 했습니다."

크레인은 침대 밑에서 모자를 끌어내어 머리에 얹었다.

"전 이 사건을 해결했다고 생각합니다. 우리가 새로운 증거를 제출할 수만 있다면 주지사가 바로 형 집행을 취소하도록 손을 써 뒀으면 합니다."

핑클스타인은 대답했다. "주지사와는 예전에 이야기했어."

"걱정 마십쇼." 크레인은 손목시계를 보았다. "이런! 서둘러야겠군. 비행기가 사십 분 후에 떠납니다. 주지사나 준비해두시고, 채권에 대해 알아낼 수 있는 건 다 알아내십쇼. 어디에서 도난당했는지 등등요."

핑클스타인은 침대에서 튀어 일어나며 말했다. "웨스틀랜드 부인을 누가 죽였는지 아는 건가?"

"내일, 피오리아에서 돌아와 말해드리겠습니다."

핑클스타인은 크레인의 코트 소매를 잡고 복도까지 쫓아나갔다. "이봐, 살인자가 어떻게 그 아파트를 빠져나간 후에 문을 잠갔는지만 말해줘."

"그냥 영리한 속임수예요. 정말 간단한."

"여벌 열쇠가 있었겠지?"

크레인은 엘리베이터 버튼을 때렸다. "여벌 열쇠는 없었습니다."

그는 엘리베이터 안에 들어섰다. 금칠을 한 문이 핑클스타인의 얼굴을 가렸다.

16

목요일 밤

PM 07:30

윌리엄 크레인은 택시 기사에게 돈을 지불하고 지퍼 달린 가죽
가방을 짐꾼에게 건네며 말했다. "피오리아."

"십 분 남았습니다. 3번 게이트예요." 짐꾼이 말했다.

크레인은 말쑥한 푸른 옷의 매표원에게 피오리아행 편도표를
구입했다. 그는 삼 센트를 주고 《헤럴드 이그재미너》를 사서 대기
실의 현대식 의자에 앉았다. 1면에는 델로스 에이버리의 기사가 실
려 있었다.

지난봄에 아내를 살해한 죄로 사형을 선고받은 사회적으로 유명한

중개인 로버트 웨스틀랜드는 내일 자정 직후 전기의자로 향할 때, 폭력배와 마약중독자 사이에서 걷게 될 것이다.

그의 동행은 둘 다 사교계 인사가 아니다.

칼럼을 한참 읽어 내려가니, 웨스틀랜드의 변호인 찰스 핑클스타인이 전화로 형 집행 정지를 받아내려고 했으나 주지사에게 새로운 사건 증거를 제시하지 못했다는 내용이 나왔다. 나머지 기사는 웨스틀랜드, 코너스, 바레차의 경력에 대한 이야기만 재탕했다. 크레인이 기사를 흥미롭게 읽고 있는데 자주색 드레스를 입은 뚱뚱한 여자가 그에게 몸을 기울였다.

"시간 있나요, 젊은이?" 여자는 초조하게 물었다.

"무슨 시간요?"

여자는 멍하니 그를 쳐다보았다. "아니, 몇 시냐고요." 윗입술에 갈색 점과 연한 콧수염이 있었다.

그는 손목시계를 살폈다. "8시 53분이군요."

"그래요, 저 위에 걸린 큰 시계와 같네요." 뚱뚱한 여자는 마음이 놓였다는 듯 고개를 저었다. "저 시계가 멈춘 건가 너무 겁이 나서요." 여자는 크레인 옆 의자에 앉았다. "비행기 여행은 처음인데, 비행기를 놓치고 싶진 않아요. 그렇지 않겠어요?"

"물론이죠." 윌리엄 크레인은 그 말에 동의했다.

"정말 죽도록 흥분했지 뭐예요." 뚱뚱한 여자는 라즈베리 젤리가 움직이는 것처럼 파르르 몸을 떨었다. "작고 불쌍한 내가 구름 속에 혼자 올라간다고 상상만 해도 말이죠. 그냥 누군가 같이 올라가는 사람을 알면 좋겠어요. 그러면 정말 안심이 될 것 같네요. 혹시 당신도……."

"아니, 전 아닙니다." 그는 얼른 일어섰다. "동부에서 오는 친구를 만나려고요. 저도 평생 비행기는 타본 적이 없습니다. 타지도 않을 거고요. 무시무시하게 위험하잖아요." 크레인은 공항으로 되돌아갔다.

짐꾼이 큰 소리로 불렀다. "손님 비행기가 막 들어왔어요."

파란색 약식 군모를 쓴 굉장히 예쁜 갈색 머리 스튜어디스가 이동 계단을 밟고 비행기 안으로 들어서는 크레인에게 미소를 지었다. 그는 마주 미소를 지은 다음, 창밖 풍경이 날개에 가리지 않게 기내 뒤편에 있는 좌석을 골랐다. 다른 승객들은 무심한 척하려고 남의 시선을 의식하면서 그의 옆을 지나쳐서 다른 좌석에 앉았다.

거친 작업복을 입은 남자 두 명이 날개 밑에 우편물 자루를 묶었다. 앞쪽에서는 남서부로 향하는 대형 커티스 콘도르 쌍발기가 시동을 걸면서 비행장에 먼지 커튼을 날리고 있었다. 매표소 앞 울타리 근처에서 뉴욕 비행기를 기다리는 사람들의 얼굴이 하얘 보였다.

뺨이 발그레한, 놀라울 정도로 젊은 부조종사가 통로를 따라 한가로이 걷다가 문 앞에 멈춰 섰다. "손님들은 다 탔어, 아가씨?"

"한 명 더요. 페티본 부인이 타셔야 해요." 대답하는 스튜어디스의 목소리는 달콤했다.

"이미 일 분 늦었는데." 부조종사는 정중하게 비난했다.

"이제 오시네요." 스튜어디스가 말했다.

헐떡이는 소리, 미는 소리, 손이 금속을 긁는 소리가 났다. "아유, 세상에!" 윌리엄 크레인 뒤에서 어떤 목소리가 외쳤다. "숨이 너무 차서 남은 힘이 없네."

"이젠 괜찮습니다, 페티본 부인." 부조종사가 말했다.

페티본 부인의 엉덩이가 크레인의 얼굴을 스치고 지나갔다. 눈을 들어본 크레인은 끔찍하게도 그녀가 대기실에서 본 뚱뚱한 여자라는 사실을 알았다. 황급히 얼굴 위로 신문을 들어올린 그는 의자에 몸을 깊숙이 묻었다. 대기실에서 만났던 젊은이가 자기를 피하려고 거짓말을 했다는 사실을 알게 되었을 때 여자의 눈에 떠오를 충격 어린 감정이 눈에 선했다. 피오리아까지 지독한 한 시간 십오 분을 보내게 될 듯했다.

출발하면서 엔진의 진동이 비행기를 흔들고 전력을 다하는 모터의 귀가 멀 듯한 굉음 속에 승객들이 방어적으로 굳어져 있는 동안에는 괜찮았지만, 비행기가 순조롭게 땅에서 올라가고 시카고가 반짝이는 모조 다이아몬드 야회복처럼 아래에 펼쳐지자 페티본 부인은 같이 탄 승객들을 조사하기 시작했다. 페티본 부인의 좌석이 조금 더 높았기에 크레인은 얼굴 앞에, 머리보다 조금 위로 신문을 들었다.

삼십 분이 지나자 이런 자세가 무척 피곤해졌다. 그래도 그는 뚱뚱한 숙녀의 기분을 해치지 않겠다는 결심을 무섭게 고수했다. 팔이 아프고 어깨는 결리고 앞면에 실린 모든 기사를 다섯 번씩 읽었지만 계속 신문을 머리 위로 들고 있었다.

스튜어디스가 옆에 멈춰 서더니 토마토처럼 붉은 입술에 짓궂은 미소를 떠올렸다. "껌 좀 드릴까요?" 그녀는 솔직한 호기심을 보이며 위로 치켜든 신문을 보았다.

"난 껌을 싫어해요."

스튜어디스는 그 자리에 남아서 고집을 부렸다. "왜 신문을 머리 위로 들고 계신지 말씀해주실 수 있나요?"

크레인은 대답했다. "비행기가 추락하면 낙하산으로 쓸까 하고요."

비행기가 불이 밝혀진 항공로를 따라 창백한 놋쇠 빛기둥에서 다른 빛기둥을 향해 안정적으로 움직이다가, 마침내 피오리아에 내려서자 크레인은 서둘러 기내를 나섰다. 팔이 뻐근했지만 신사처럼 행동했다는 편안한 기분을 맛보고 있었다.

이런 기분은 실로 드물었다. 그는 택시 한 대가 확 돌아서 앞에 멈춰 설 때까지 그 기분을 즐겼다. 그리고 택시 문에 손을 뻗는데 누가 팔을 건드렸다. 페티본 부인이었다.

"이 못된, 못된 젊은이 같으니라고……. 피오리아까지 내내 나랑 숨바꼭질을 했네요."

윌리엄 크레인은 몸을 부르르 떨고 택시 안으로 뛰어들었다.

페르 마켓 호텔의 접수원은 예약자 목록을 살펴보더니 말했다. "손님께 온 전보가 있는 것 같네요."

노란 봉투에는 윌리엄 크레인 앞이라고 적혀 있었다. 그는 엄지손가락으로 봉투를 뜯고 접혀 있는 종이를 열어 읽었다.

웨스틀랜드의 권총은 부인을 쏜 총이 아님

닥

"나한테 온 전보 맞군요." 크레인은 벨보이를 따라 엘리베이터를 타고 구석의 널찍한 객실로 향했다. 그는 벨보이에게 이십오 센트짜리 동전을 던져주고, 문이 닫히자 전화번호부를 펼쳤다. 업종별 전화번호에서 워싱턴 무기 회사를 찾아내어 전화를 걸었지만 호텔 교환원은 응답이 없다고 말했다. 그는 미심쩍어하며 전화번호부 앞쪽에서 워싱턴을 찾아보다가 사무실 전화번호가 무기 회사와 일치하는 G. 워싱턴이라는 사람을 찾아내고 만족했다. G. 워싱턴의 집 번호로 전화하자 어떤 여자가 받았다.

G. 워싱턴의 부인이었다. 여자는 남편이 밤새 시외에 있다가 다음날 오전 11시 기차로 돌아온다고 했다. 아마 곧장 사무실로 향할 텐데, 문제의 기록에 접근할 수 있는 사람은 남편뿐이라고 했다.

"곧 돌아올 테니 다행이죠." 그녀는 덧붙여 말했다.

크레인은 "그렇네요"라고 대꾸했다.

저녁을 먹으러 호텔 식당으로 내려간 그는 피오리아가 위스키로 유명한 곳인데도 우유만 마셨다. 같은 방침에 따라 곧 잠자리에 들었다.

PM 11:00

이저도어 바레차는 어린아이처럼 자고 있었다. 이 사실은 이전의 끊임없는 흐느낌 못지않게 짜증스러웠다. 웨스틀랜드는 손수건을 눈 위에 올려놓고 누워서 긴장하고 화난 기분으로 마약중독자의 부드러운 숨소리에 귀를 기울였다. 바레차만큼 단순하고 쉽게 잠들 수 있다면 얼마나 좋을까. 그러나 그는 잠들기는커녕 대학 시절 축구 시합을 앞두었을 때처럼 초조하고 어지럽고 속이 메슥거리는 기분으로 하얀 반투명 천을 노려보고 있었다. 시합 전의 기분과 전기의자에서 죽기 전의 기분을 비교하다니 대담하다는 생각이 들자 미소가 지어졌다. 웃고 싶어서가 아니라 그저 용감한 척하고 싶었기 때문에 짓는 미소였다. 차라리 울고 싶은 마음이 더 컸다. 정말로, 미치도록 무서웠다.

이윽고 더 가만히 누워 있을 수가 없게 되자 그는 얼굴을 덮은 손수건을 치우고 침대에 일어나 앉았다. 밝은 빛을 보니 마치 누군가가 딱딱한 양복 솔이라도 밀어넣은 것처럼 눈이 쓰라렸다. 그는 눈을 비비다가 코너스의 감방 맞은편 복도 벽에 드리운 검은 그림자를 알아차렸다. 호기심에 이끌린 그는 감방 앞으로 걸어갔다.

사제가 서 있었다. 검은 옷을 꿈쩍도 하지 않고 근엄한 표정의 불그레한 얼굴로 코너스를 열심히 지켜보았다. 코너스는 흐트러진 침대 끄트머리에서 등을 구부리고 있었다. 두 사람 다 말을 하지 않았다. 웨스틀랜드는 두 사람이 이런 식으로 오랫동안 침묵 속에 서로를 마주하고 있었다는 인상을 받았다. 코너스는 사제를 의식하지 못하는 것처럼, 사제를 직접 보지 않고, 그렇다고 외면하지도 않고 쓸쓸한 눈으로 그 너머를 보고 있었다. 그 모습을 관찰하는 사제의 태도는 개인적이었고 어떤 면에서는 의기양양하기도 했다.

웨스틀랜드가 두 사람을 바라보는 동안 축축하고 싸늘한 바람이 얼굴을 쓸며 손목과 발목에 감각을 없앴다.

마침내 사제가 부드럽게 말했다. "마음을 바꿨나요, 젊은이?" 그의 목소리는 콘트라베이스의 음색을 띠었다.

코너스가 대답했다. "아니요."

웨스틀랜드의 감방 앞을 지나 복도를 걸어가는 사제의 옷자락이 성난 사락사락 소리를 냈다. 붉은 얼굴은 암울했다. 웨스틀랜드는 코너스를 보려고 몸을 돌렸다.

숨김없이 드러난 폭력배의 눈에는 공포와 후회가 번들거렸다.

금요일 아침

AM 11:30

윌리엄 크레인이 빗속을 뚫고 무기 회사의 커다란 벽돌 창고에 있는 사무실 입구를 두 번째로 통과했을 때, 고지식한 노처녀 접수원은 미소를 지으려고 했다.

"이번에는 워싱턴 씨가 와 계십니다. 제가 바로 연락드릴게요······."

그녀는 곧 늘어진 전화 수화기를 아무렇게나 놓은 뒤 워싱턴 씨가 크레인 씨를 만난다고 했다고만 간단히 알렸다.

워싱턴 씨는 모과색 피부의 음침한 사내로 자주색 셔츠에 녹색 넥타이를 맸다. 그는 마호가니 책상 너머로 몸을 내밀고 크레인과 악수를 나눴다.

"날씨가 꽤 험하군요." 그는 음침하게 말했다.

"끔찍합니다. 지독해요." 크레인이 말했다.

"비라니." 워싱턴 씨는 혐오스럽다는 듯 말했다.

"그러게요, 비라니." 크레인은 코트에서 빗방울을 털어내면서 덧붙여 말했다. "옛날식의 기분 좋은 겨울 눈은 점점 드물어지는 것 같습니다. 요새는 비만 내려요."

이번에 한 말은 적절했던지 워싱턴 씨의 표정이 밝아졌다. 그는 연필 굵기의 시가를 입술에서 떼어내어 두 손가락 사이로 우아하게 잡았다. "내가 어렸을 때는 내 키만큼 높이 쌓인 눈을 뚫고 학교에 걸어갔지요." 그는 시가를 허공에 흔들었다. "거리가 육 킬로미터도 넘었어요. 이제는 그런 눈을 볼 수가 없습니다."

그 주제에 대해 할 만한 대화를 다 한 후에 크레인은 가능하다면 누가 웨블리 자동 권총을 샀는지 알아내고 싶다고 설명했다.

"그러니까 시카고 경찰에서 왔군요. 어제 오후에 전보를 받고 뭘 원하는 걸까 궁금했습니다만."

"웨스틀랜드 사건과 관련이 있습니다." 크레인은 시카고 경찰에 대해서는 아무 말도 하지 않았다.

"웨스틀랜드 사건?"

"아내를 쏘았다는 부유한 중개인 말입니다."

"그런 소식을 읽은 것 같기는 한데, 그렇지 않다 해도 놀랍지는 않을 겁니다. 여기 신문에서는 시카고 범죄 소식을 많이 다루지 않거든요."

크레인은 새로운 증거가 나오면서 경찰은 웨스틀랜드 부인이 워싱턴 씨의 회사에서 구입한 웨블리 자동 권총으로 살해당했다고 믿게 되었다고 설명했다.

"어이쿠 놀라라!" 워싱턴 씨는 대단히 흥미로워하며 외쳤다. 그는 초록색 서류함을 엄지손가락으로 훑었다. "여기 서류가 있군요. 세인트루이스의 P.T. 브라운이 루거 두 자루, 마우저 세 자루, 콜트 한 자루, 그리고 웨블리 한 자루를 샀습니다. 모두 전시 모델이었고요. 자기가 수집가라고 했어요. 총 백십육 달러가 나왔군요."

"P.T. 브라운?" 크레인은 생각에 잠겨 손가락을 씹었다. "판매를 누가 했는지 아십니까?"

"그건 문제없지요. 판매원은 한 명밖에 없어요. 오스카 헤버마이어입니다. 그 친구와 이야기를 해보겠습니까?"

크레인은 고개를 끄덕였다.

그들은 노처녀가 앉아서 고개도 들지 않는 접수대 앞을 지나쳐 축축한 복도를 걸어서 은으로 장식한 데린저부터 코끼리 사냥에 쓰는 엽총까지 놀랍고도 불길한 무기 수집품이 꽉 찬 커다란 방으로 들어갔다. 벽을 따라 걸린 선반에는 스프링필드 소총이 줄줄이 걸렸고, 자동 권총이 가득한 유리 진열장 너머에서 브라우닝 기관총이 그들을 힐끔거렸다. 사방이 총기였다.

워싱턴 씨는 사과하듯이 말했다. "여기는 전시실에 불과해요. 우리 무기는 대부분 창고에 보관하지요."

"여기에 있는 물건만으로도 혁명을 일으킬 수 있겠는데요. 아주 큰 혁명요."

"일으킨 적도 있어요." 워싱턴 씨는 제일 가까운 유리장에서 위험해 보이는 리볼버를 하나 집어 들었다. "중앙아메리카 어느 나라에서는 혁명가들과 연방제 지지자들 양쪽 모두에게 총을 공급하기도 했지요. 하지만 최근에는 사업이 썩 잘 돌아가지 않았어요." 그는 리볼버를 크레인에게 내밀었다. "와이어트 어프의 총이에요."

"그 옛날 서부 개척지의 보안관 말입니까?"

그 리볼버는 45구경 프레임에 38구경 실린더를 넣은 파란색 콜트 권총이었다. 손때 묻어 색이 어두워진 개머리판에 벤 자국이 열한 개 있었다. 방아쇠는 없었다. 크레인의 손안에서 기분 좋게 균형을 잡았다.

"멕시코인 숫자는 표시를 하지 않았죠." 워싱턴 씨가 그렇게 말하더니, 총신에 구부러진 뿔 화약통이 달린 가느다란 소총을 가리켰다. "이건 탐험가 대니얼 분의 곰 사냥총 중 하나예요." 그러더니 그는 신비스러운 분위기를 연출하며 허리를 굽히더니 바닥에 놓인 기묘한 기계장치를 덮은 방수포를 부드럽게 들어올렸다. "이건 어떻게 생각해요?"

거대한 커피 분쇄기처럼 생긴 물건이었다. 윗부분에는 입을 크게 벌린 깔때기가, 옆에는 나무 손잡이가 있는 커다란 바퀴가 달렸다. 한쪽 끝으로 검은 통이 튀어나왔다.

"이게 뭡니까?" 크레인이 물었다.

"에이브러햄 링컨이 그렇게 고집스러운 놈만 아니었더라도 이 물건이 한 달 만에 남북전쟁을 끝냈을 거예요." 워싱턴 씨는 깔때기를 어루만졌다. "만 달러를 준대도 안 팔아요. 실용화된 최초의 기관총이지요."

"기관총요?"

"그럼요. 손잡이를 돌리고 다른 사람이 장전을 하면, 일 분에 백 발을 쏴요. 남북전쟁 도중에 발명됐는데 언제나 군사 문제에 간섭하던 늙은 에이브러햄이 군대가 쓰게 해주질 않았죠. 커피 분쇄기라고 부르면서요."

"작동하지 않았을지도 모르지요."

"작동한다니까요. 에이브러햄 링컨과 장군들은 지금과 마찬가지로 완고했던 거예요." 워싱턴 씨는 시험 삼아 돌리는 시늉을 했다. "작동하는지 한번 보겠어요?"

"맙소사, 정말 보고 싶기는 합니다만……. 전 웨블리 권총에 대해 낱낱이 알아내어 시카고로 돌아가야 합니다."

"아, 그렇지." 워싱턴 씨는 기계 위에 부드럽게 방수포를 당겨 씌웠다. "오스카를 데려오지요."

오스카 헤버마이어는 금발에 덩치가 크고 게르만인스러우며 멍청했지만 웨블리와 다른 권총들을 사간 남자에 대해서는 기억했다.

"사진을 보면 알아볼 수 있겠나?" 크레인이 물었다.

"그럴걸요."

크레인은 봉투에 든 사진 네 장을 꺼냈다. "이 중 한 사람인가?"

헤버마이어는 사진 네 장을 살펴보고 고개를 끄덕였다. "네." 그는 크레인에게 한 장을 내밀려 했다. "이게……."

크레인은 재빨리 말했다. "나한테 말하지 말게. 워싱턴 씨에게 사진들을 보여줄 테니 워싱턴 씨도 같은 사내를 골라내는지 보게나."

잠시 후에 헤버마이어는 워싱턴 씨의 선택도 같았다고 말했다.

"좋아. 자, 오스카, 그 판매에 뭔가 이상한 점이 있었나? 그러니까 이 브라운이라는 남자가 다른 권총보다 웨블리에 특히 관심을 뒀다거나?"

"음, 그 웨블리가 발사되는 총인지 알고 싶어 했습니다."

"아하! 그래서 뭐라고 말했지?"

헤버마이어는 평온한 눈을 깜박였다. "아무 말도 하지 않았어요. 저도 몰랐거든요. 탄알이 몇 개 있었던 터라서 같이 사격장에 나가서 몇 방 쏘아봤죠. 잘 작동했어요."

"끝내주는군! 사격장을 보여줄 수 있을까?"

그들은 무기고 뒤편을 통과해서 아래로 푹 꺼진 마당에 들어섰다. 멀리 마당 끝에, 사 미터 가까운 높이의 흙 비탈 중간쯤에 세 개의 하얀 종이 과녁판이 매달려 있었다. 뺨에 부드럽게 떨어지는 빗줄기가 양질의 일리노이 토양에서 진한 냄새를 끌어내며 땅을 시커멓고 반질반질하게 만들어놓았다. 오른쪽으로 일리노이 강이 반달 모양으로 구부러져 흘렀다.

크레인이 물었다. "저 과녁판 뒤는 뭡니까?"

"흙이지요. 흙과 진흙." 워싱턴 씨가 대답했다.

"흙 비탈에 총을 쏘고 나서 탄알을 제거합니까?"

"몇 년 동안 안 했어요. 굳이 청소를 할 만큼 쏘아대질 않아서."

크레인은 얼굴을 찌푸리고 회색 다람쥐 털가죽 같은 색채와 느낌의 하늘을 노려보았다. "다른 전시 웨블리도 저 비탈에 대고 쏜 적이 있습니까?"

"아니요. 우리가 소장한 전시 웨블리는 한 자루뿐이었어요. 캐나다에서는 꽤 많이 구할 수 있지만 미국에서는 희귀해서 말이지요."

크레인은 사격장을 어슬렁어슬렁 걸어가서 종이 과녁판을 하나 들어올렸다. 파란 진흙에 수백 개의 구멍이 뚫려 있었다.

"저기에서 웨블리 총탄을 꺼낼 수 있을까요?"

워싱턴 씨가 대답했다. "납으로 된 탄환을 꺼내려면 흙 비탈을 이 미터 정도는 파헤쳐야 하고, 그다음에도 어느 총탄이 웨블리로 쏜 총탄인지 가려낼 수 있을지 잘 모르겠군요."

헤버마이어는 부드러운 파란 눈을 크게 떴다. "전 가려낼 수 있어요."

워싱턴 씨는 미심쩍다는 듯 고개를 저었다. "저길 파내서 총탄을 걸러내려면 장정 하나가 반나절은 들일 거예요." 그는 턱을 위로 비스듬히 치켜들었다. "게다가 하루 종일 비가 오고 있어요."

크레인은 두 손을 주머니에 찔러넣었다. "총탄을 파낼 사람들은 제가 고용하겠습니다. 그리고……." 크레인의 신발 자국이 쩍쩍 달라붙은 흙 위에 구불구불한 I를 그리고 있었다. "찾아내는 총탄 하나당 백 달러씩 줄 겁니다."

워싱턴 씨가 휘파람이라도 불려는 듯이 입술을 오므렸다. 그러나 소리는 나오지 않았다. 대신 그는 이렇게만 말했다. "흠, 사업이 썩 잘되지 않았으니……."

PM 03:30

그날 오후, 사람들이 일하는 동안 크레인은 핑클스타인에게 전보를 쳤다.

9시에 살인자를 포함한 전원을 교도소장실에 모아주십쇼.

밖에는 아직도 비가 내리고 있었다.

금요일 밤

크레인, 오스카 헤버마이어, 리 소령에 이어 윌리엄스와 잠수부 피너건까지 사무실에 들어섰을 때, 전보 회사 웨스턴 유니언에 따라 매 시간 해군성 천문대 시각으로 맞춰놓는 교도소장의 커다란 벽시계는 9시 22분을 가리켰다. 방안을 뒤덮은 푸르스름한 담배 연기가 혼란스러울 정도로 많은 사람들을 따라다녔다. 핑클스타인이 의자에서 펄쩍 뛰어 일어났다.

"어이! 나타나지 않으려나 보다 생각하던 참이야."

"제 전보를 받았나 보군요." 크레인은 눈썹이 짙고 입은 크고 비뚤어진 키 큰 남자 쪽으로 이끌려갔다.

핑클스타인이 말했다. "이쪽은 로스 검사장님. 주지사님께서 형

집행정지에 대해 검사장님의 추천을 받아들이겠다고 동의하셨어."

크레인은 "처음 뵙습니다" 하고 인사하고 덧붙였다. "그러면 검사장님만 설득하면 되는 건가요?"

주 검사장은 활기 없이 웃었다. "그렇지요. ……설득에 성공하길 바랍니다."

오스카 헤버마이어는 앞코가 뾰족한 갈색 구두를 신고 십오 달러면 살 수 있는 기성복 중에서 제일 좋은 파란 정장을 입고 밀짚모자를 쓰고 있었다. 그와 피너건은 벽에 등을 대고 서서, 브렌티노양의 하얀 얼굴을 훔쳐보았다. 브렌티노 양은 페르노* 같은 초록색의 맵시 있는 모직 정장에 레딩고트 코트**를 입고 검은 구두를 신었는데, 중간 색조의 얇은 실크에 감싸인 다리가 늘씬했다. 우드버리는 검은 머리를 브렌티노 양 쪽으로 조심스럽게 숙이고 있었다.

크레인은 볼스턴의 넓은 어깨를 지나쳐서 벅홀츠 교도소장을 보았다. "웨스틀랜드를 데려올 수 있습니까?"

"물론이지. 바로 데려옴세." 교도소장은 회전의자에서 힘겹게 빠져나왔다. 문밖으로 나가면서 그는 작은 눈으로 크레인에게 호기심 어린 눈빛을 쏘아 보냈다.

크레인은 연기 속을 들여다보다 스트롬 형사 반장이 시먼스와 함께 벽에 기대선 모습을 보고 말했다. "죄수도 데리고 왔군."

형사 반장은 험상궂은 얼굴로 답했다. "내가 아는 한 이 친구는 자유야." 그는 짧은 시가를 맹렬히 씹었다. "지금 이건 자네 파티야. 이게 완전히 실패하지 않는다면 놀랍겠네."

크레인은 그 말을 무시하고 볼스턴에게 물었다. "훠턴은 어디 있습니까?"

핑클스타인이 대답했다. "아직 나타나지 않았네."

적갈색 니트 드레스에 빨간 가죽 벨트를 맨 에밀리 루 마틴이 말했다. "훠턴은 나타나지 않을 거예요." 그녀는 무르익은 밀 색깔의 실크 스타킹을 신었는데, 교도소장의 책상 위에 걸터앉아 늘씬한 다리를 꼬고 있었다. 닥 윌리엄스는 무릎 한참 위에서 실크가 끝나고 살이 드러나는 유혹적인 삼각형을 볼 수 있었다.

"아, 천만에요. 올 겁니다." 크레인이 말했다.

웨스틀랜드가 벅홀츠 소장과 같이 도착했다. 말라리아의 습격에서 겨우 살아남은 사람 같은 몰골이었다. 얼굴에는 깊이 주름이 지고 눈 밑은 움푹 들어간데다가 색이 변했으며 피부는 누렇게 떴다. 그는 억지로 힘없는 미소를 지었다. 그의 삶은 두 시간밖에 남아 있지 않았다.

에밀리 루 마틴이 교도소장의 책상에서 미끄러져 내려가더니 웨스틀랜드에게 팔을 둘렀다. "그자들이 당신에게 무슨 짓을 한 거죠?" 그녀는 웨스틀랜드의 정수리에 생긴 팬케이크만 한 민머리를 손가락으로 쓸었다.

웨스틀랜드는 그녀의 손을 떼어냈다. "털을 밀었어. 머리와 여기……." 그는 바지 왼쪽에 난 구멍 아래로 털이 없어진 다리를 보

● **페르노** _ 프랑스의 독주 이름.

●● **레딩고트 코트** _ 영국 승마복에서 유래한, 앞이 트인 긴 코트.

여주었다. "이렇게 펄럭거리는 바지를 입고 있으니 스페인 볼레로 댄서라도 된 기분이야." 떨리는 목소리가 겨우 떠올린 웃음을 배신했다.

벅홀츠 교도소장이 설명했다. "전극을 붙이기 위해서 바지를 자르고 머리와 다리털을 밀어야 하지. 그래야 누전이 일어나지 않고……."

"이런, 세상에!" 웨스틀랜드는 몹시 흥분한 눈으로 교도소장을 쳐다보았다. "도대체……."

"괜찮아요. 괜찮습니다." 크레인이 말했다.

스트롬 형사 반장이 벽에 기댄 등을 떼어내며 말했다. "괜찮긴 뭐가 괜찮아. 증거나 보자고."

"휘턴이 나타나면 바로 보게 될 거야." 크레인은 턱을 문질렀다. "그동안에 기록을 위해 웨스틀랜드에게 한 가지 질문을 하고 싶군."

"물어봐요." 웨스틀랜드는 자제력을 되찾고 말했다.

"당신 고객들의 중개 계정에 대한 질문입니다. 계정에 온통 가짜 채권이 넘치는 걸 알고 있었습니까?"

"가짜 채권이라니!" 웨스틀랜드는 믿을 수 없다는 얼굴로 우드버리를 돌아보았다. "그럴 리가 없어요. 대부분 내가 직접 산 채권인데."

우드버리는 검은 콧수염을 만지작거렸다. "그런데 그랬다네, 로버트. 아파트 금고 안에 있던 조앤의 채권마저도 일부는 인디애나 은행 강도 사건에서 나온 장물이었어."

"그럴 리가 없어. 어떻게 그런……." 웨스틀랜드의 목소리가 약해졌다.

스트롬 형사 반장이 말했다. "댁이 모른다니 당치도 않군."

그때 넓은 어깨를 열린 문에 기대고 있던 볼스턴이 말했다. "훠턴이 오는군."

훠턴은 시뻘건 얼굴로 총총히 사무실에 들어섰다. "세상에, 늦어서 미안해, 로버트." 잠긴 목소리에, 약간 취한 기색이었다. "늦고 싶어서 늦은 게 아니야." 그는 웨스틀랜드의 어깨를 두드렸다.

로스 검사가 말했다. "시간이 가고 있어요, 크레인. 빨리 시작하지 않으면……."

크레인이 걸어가서 교도소장의 책상 위에 앉았다. 그의 무릎이 브렌티노 양의 엉덩이를 건드릴 뻔했다. "우선, 증거물에 대한 이야기로 들어가기 전에 웨스틀랜드 부인 살인 사건부터 전체적으로 재구성하겠습니다."

스트롬 형사 반장이 점잔을 빼며 웃었다. "증거물이 없는 게로군."

"보면 알겠지. 어쨌든 제가 재구성한 바에 따르면 웨스틀랜드는 어떤 전화를 받고 아내의 아파트에 가게 되었습니다. 당시 웨스틀랜드는 그게 마틴 양이 건 전화라고 믿었습니다."

스트롬 형사 반장이 물었다. "전화가 있었다는 사실은 증명할 수 있나?"

로스 검사장이 말했다. "이보게, 형사. 차례가 돌아올 테니 말할 기회를 주게."

"지금 저는 단지 재구성을 하고 있을 뿐, 입증 가능한 사실을 제시하고 있지는 않습니다." 크레인이 설명했다.

형사 반장은 나무 바닥에 침을 뱉었다.

크레인은 말을 이었다. "누군지는 몰라도 통화한 사람 때문에 화가 난 웨스틀랜드는 아내의 아파트로 건너갔습니다. 두 사람이 싸우는 소리를 엘리베이터 안내원인 토니가 들었지요. 그다음, 웨스틀랜드의 이야기에 따르면…… 경찰도 그렇게 받아들였습니다만, 12시 40분에 아파트를 떠났습니다. 셔틀 부부는 12시 10분에 총성을 들었다고 진술했지만 볼스턴 씨가 셔틀 부부는 일요일 밤에 시계가 일광절약시간에서 표준시로 바뀌는 바람에 시간을 잘못 말했음을 알아냈습니다." 크레인은 확인을 위해 볼스턴 쪽을 보았다.

"우드버리와 내가 알아냈지요." 볼스턴이 말했다.

"그러니 총성은 실제로 1시 10분, 또는 웨스틀랜드가 아파트를 떠났다고 말한 시각에서 삼십 분 후에 들렸던 겁니다. 이 사실은 흥미롭기는 하지만 우리에게 별로 쓸모는 없었지요. 아내의 아파트를 언제 떠났는지에 대해서는 뒷받침할 수 없는 웨스틀랜드의 증언밖에 없었으니까요. 주 검찰의 관점에서 보자면 그 부분에 대해서는 웨스틀랜드가 쉽게 거짓말을 할 수 있었어요."

로스 검사장이 고개를 끄덕였다.

크레인은 브렌티노 양의 광대뼈가 그리는 부드러운 곡선을 흘 긋 보았다. "재구성을 계속하자면 웨스틀랜드가 떠난 후 웨스틀랜 드가 떠나기만 기다리고 있었던 진짜 살인범이 아파트에 들어가서 웨스틀랜드 부인을 쏘았습니다. 웨블리 자동 권총으로 살해했지만 경찰이 믿었던 것처럼 웨스틀랜드의 웨블리 권총은 아니었지요. 이 부분은 리 소령께서 우리가 강에서 찾아낸 웨스틀랜드의 권총에 탄 도학 검사를 해서 증명해주셨기 때문에 아는 사실입니다."

검사장이 말했다. "그 점에 대해서는 이미 리 소령과 이야기를 나눴지요. 스트롬이나 나나 권총에 대해서는 기소 측이 틀렸음을 인정합니다."

"그런데 잠긴 아파트에서 살인자를 어떻게 꺼낼 건가?" 스트롬 이 물었다.

"그 부분은 나중에 이야기하지." 크레인은 책상에서 단검처럼 생긴 종이칼을 집어 들어 왼손 등을 찔렀다. "어쨌든 살인자는 빠져 나왔고, 다음날에 웨스틀랜드의 웨블리 권총을 훔쳤습니다. 웨스틀 랜드를 유죄로 몰려면 그 권총이 사라져야 했지만 살인자도 범죄를 저지르기 전에 총을 훔치는 위험을 감수할 수는 없었지요. 권총이 없어지면 웨스틀랜드가 의심할 수도 있고 경찰에 권총이 없어졌다 고 신고할 수도 있었으니까요."

"자네는 소설을 써보는 편이 좋겠어." 스트롬 형사 반장이 말했다.

"따라서, 웨스틀랜드를 범죄에 연루시킨 요소는 세 가지입니다. 첫째, 살인 사건에 웨블리 권총이 쓰였고 웨스틀랜드의 웨블리가 사라졌다는 점. 둘째, 웨스틀랜드의 열쇠가 쓰였다고밖에 생각할 수 없도록 아파트를 잠근 속임수. 셋째, 검시관이 웨스틀랜드가 아파트 안에 있었다고 알려진 시각에 범죄가 일어났을 수 있다고 말하게 만든 살인 타이밍."

로스 검사장이 물었다. "참으로 매력적이기는 한데, 동기는?"

"동기는 이중이었습니다." 크레인은 브렌티노 양을 보고 미소 지었다. "살인자는 웨스틀랜드 부부 양쪽 모두를 제거하고 싶었던 겁니다. 부인을 죽이고 동시에 웨스틀랜드를 살인범으로 몰아 전기의자에 앉힐 기회를 본 거죠."

"총알 한 발에 두 마리 새를 죽인 거군." 볼스턴이 중얼거렸다.

"좋아." 스트롬 형사 반장이 심하게 빈정대는 투로 말했다. "자네는 확실히 우리가 멋진 사실들을 잔뜩 믿게 만들었어. 이제 살인자를 가리키기만 하면 웨스틀랜드 씨 대신 그놈을 전기의자에 보내기로 하지."

크레인이 말했다. "범인을 지목하기 위해 데려온 사람이 있네." 그는 오스카 헤버마이어를 손짓해 불렀다.

브렌티노 양의 크게 뜬 갈색 눈이 다가오는 남자를 지켜보았다.

"웨스틀랜드 부인을 전시 웨블리 권총으로 쏘기 위해 살인자는 웨블리 권총을 하나 사야 했습니다." 크레인은 검사에게 말하고 있었다. "헤버마이어 씨는 피오리아에 있는 워싱턴 무기 회사의 판매원입니다. 웨스틀랜드 부인이 살해당하기 이틀 전에 살인범에게 전시 웨블리 권총을 팔았지요."

금발의 헤버마이어는 얼굴에 아무 표정도 없었다.

"자, 오스카. 이 방에 웨블리 권총을 산 남자가 보이나?"

"네." 헤버마이어가 대답했다.

"지목해주겠나?"

헤버마이어는 문 쪽으로 천천히 걸어갔다. 갈색 신발이 쥐처럼 찍찍거리는 소리를 냈다. "이 사람입니다." 그는 엄지손가락으로 볼스턴을 가리켰다.

금요일 밤

웨스틀랜드의 얼굴은 실망감으로 창백해졌고, 목소리는 가냘프게 나왔다. "끔찍한 실수를 저질렀군요, 크레인."

이제는 소란도 가라앉고, 방안은 서로의 시선을 의식해서 조용해졌다. 스트롬 형사 반장은 검사장에게 귓속말을 하고 있었다.

"터무니없군." 볼스턴의 턱선이 생가죽처럼 팽팽해진 피부 아래로 두드러졌다. "이 건으로 당신을 기소할 수도 있어."

"아니, 못 해. 현재까지 당신은 살인 사건 이틀 전에 웨스틀랜드의 권총과 비슷한 웨블리 권총을 산 남자로 확인됐을 뿐이거든." 크레인이 말했다.

볼스턴이 말했다. "둘 다 완전히 미쳤어."

크레인은 검사장에게 두 장의 공증 서류를 건넸다. "문제의 구입 건에 대한 추가 증인 두 명의 선서 진술서입니다. 둘 다 볼스턴의 사진을 알아봤습니다. 한 명은 회사 소유주이고 또 한 명은 비서입니다. 볼스턴이 권총을 샀다는 사실을 기꺼이 증언할 겁니다."

"둘 다 저와 똑같이 사진을 알아봤어요." 오스카 헤버마이어가 말했다.

로스 검사장은 선서 진술서를 접어서 주머니에 넣었다. "볼스턴, 증인 세 명을 처리하기는 힘들 겁니다."

스트롬 형사 반장이 놀라서 그를 보았다. "방금 말씀은……."

검사장이 대꾸했다. "크레인에게 마무리할 기회를 주지. 한 사람의 생명이……."

"설령 내가 그 총을 샀다 해도, 물론 사지 않았지만……." 볼스턴이 주장했다. "그 행위가 내가 웨스틀랜드 부인을 죽였다는 증명은 되지 않아." 그는 스트롬의 얼굴을 흘긋 보았다. "왜 이자가 내가 샀다는 권총을 내밀지 않겠습니까?"

크레인이 대꾸했다. "그 권총은 너무 잘 숨겨져 있어서 제시할 수가 없어."

"보셨습니까……?" 볼스턴이 외쳤다.

"하지만 권총만큼 좋은 증거를 제시할 수 있지." 크레인이 말을 이었다. "전 볼스턴이 산 권총이 웨스틀랜드 부인을 죽이는 데 쓰였다는 사실을 증명할 수 있습니다."

모두가 믿지 못하겠다는 얼굴로 크레인을 응시했다. 로스 검사장이 물었다. "권총 없이도 증명할 수 있다는 거요?"

"그럼요. 마술을 부리지 않고도요. 리 소령님, 무대에 서시죠."

리 소령은 민망해하는 얼굴이었다. "정말로 간단한 얘기예요." 그는 코트 주머니에서 봉투 두 개를 꺼냈다. "이 봉투 하나에는 헤버마이어 씨가 피오리아에서 가져온 총탄이 들어 있어요. 볼스턴 씨로 확인된 사람이 권총을 사기 전에 시험 사격하면서 발사한 총알이지요." 그는 봉투를 교도소장의 책상 위에 놓았다. "그리고 이 봉투에는 웨스틀랜드 부인을 살해한 총탄이 들어 있어요. 이 총탄의 탄흔은 피오리아에서 온 총탄의 탄흔과 일치해요."

로스가 물었다. "그러니까 그 탄흔이 볼스턴 씨가 구입했다고 확인된 권총이 웨스틀랜드 부인을 살해했다는 사실을 증명하는 건가요?"

"바로 그래요."

평가하듯이 가늘게 뜬 우드버리의 눈길이 볼스턴에게 향했다. "리 소령님의 증거가 법정에서 효력을 발휘합니까?"

"언제나 그랬지요."

스트롬은 깜짝 놀랐지만 아직 승복하지는 않았다. "온 도시 안에서도 하필 강으로 가서 웨스틀랜드의 권총을 찾을 수 있었다면, 어째서 피오리아에서 온 권총은 찾지 못하나? 난 자네가 권총을 찾아낸 건 웨스틀랜드에게 어디 감췄는지 들어서라고 생각하네."

크레인이 되물었다. "웨스틀랜드가 진작에 권총이 어디 있는지 말하지 않아서 좋을 게 있었을까? 자기 권총이 아내를 죽이지 않았다는 사실을 증명할 수 있었다면 재판에 큰 도움이 됐을 텐데."

핑클스타인이 코를 문지르며 물었다. "흠, 그런데 도대체 웨스틀랜드의 권총은 어떻게 찾아낸 거지?"

"순수한 연역 추리의 결과지요. 끝내주게 훌륭한 추리랄까." 크레인이 겸손하게 말했다. "우선 저는 볼스턴이 살인자이고 웨스틀랜드에게 의심이 가도록 권총을 없앴다고 추정했습니다. 둘째로, 전에 말했다시피 저는 권총을 살인 사건 이전이 아니라 이후에 가져가야 했다는 사실을 알고 있었지요. 그러고 나니 살인 사건이 드러난 후에 볼스턴이 웨스틀랜드의 하인인 시먼스에게 전화해서 경찰이 웨스틀랜드를 체포하러 갔다면서, 수사국으로 가보라고 했다는 사실이 기억났습니다. 시먼스는 전화를 11시 30분에 받았다고 합니다."

"맞습니다." 시먼스가 말했다.

"이 시간을 고정시켜두고, 저는 그날 아침 볼스턴의 행동을 알아볼 수 있는 다른 증거를 찾아봤습니다. 우리는 볼스턴이 경찰이 갔을 때 웨스틀랜드 부인의 아파트에 있었다는 사실을 알고 있고 디 양과 스트롬 반장 둘 다 볼스턴이 11시를 조금 넘겨서 자기 사무실로 떠났다고 증언합니다. 시먼스가 몇 분 후에 전화를 받았으니, 볼스턴이 가까운 약국에서 전화를 걸었다고 추정하는 것이 논리적이지요. 그렇다고 큰 차이는 없지만 말입니다."

볼스턴이 말했다. "이건 다 추측일 뿐이야. 난 왜 우리가 이런 말을 들어야 하는지……."

"계속하게 두세요." 로스 검사장이 말했다.

"시먼스는 11시 30분에 전화를 받고 오 분 후에 집을 떠나 수사국으로 갔습니다. 볼스턴은 시먼스가 떠나는 모습을 지켜본 뒤 가지고 있던 열쇠로 아파트 안에 들어가서 권총을 훔치고, 롤스로이스를 타고 사무실로 출발했습니다."

웨스틀랜드가 말했다. "볼스턴에게는 열쇠가 없는데요." 이제는 안색이 어느 정도 돌아온 얼굴이었다.

"그건 나중에 설명하죠. 최고로 빨리 움직였다 해도 볼스턴이 권총을 가지고 나오는 데 삼 분은 걸렸을 테니, 11시 38분 이전에 웨스틀랜드의 아파트를 떠날 수는 없었습니다. 그러나 이십사 분 후에는 자기 사무실에 들어섰지요. 11시 30분부터 웨스틀랜드를 기다리던 휘턴이 볼스턴이 들어섰을 때 떠나던 참이었으니까요. 휘턴 씨는 12시까지만 웨스틀랜드를 기다릴 작정이었기 때문에 문제의 시각이 12시 2분이라는 점을 확신하고 있습니다."

"맞소." 휘턴이 말했다.

"저는 볼스턴이 사무실에 도착하기 전에 훔친 권총을 없애고 싶어 했으리라 추리했습니다. 경찰이 신문을 위해 구류할지 여부에 확신은 없었지만 어쨌든 몸에 지니고 있거나 차에 두고 있다가 발견되면 안 되니까요. 살인 사건 이후에 웨스틀랜드 부인의 아파트에서 나오는 볼스턴을 누군가 봤을 가능성도 있었거든요.

다음으로 저는 그렇다면 어디에 권총을 숨기고 싶었을까 상상해보려고 했습니다. 누구네 집 덤불 속이나, 도랑 속이나, 맨홀 속에 던져버릴 수도 없었을 겁니다. 누가 발견하고 웨스틀랜드의 이름을 보면 경찰에 갖다줄 수도 있었으니까요. 제일 가능성이 높은 장소는 호수와 강이었습니다."

크레인은 손가락으로 머리를 빗고, 방 건너편에 있는 닥 윌리엄스를 보고 히죽 웃었다.

"자, 볼스턴에게 호수까지 들렀다가 이십사 분 만에 사무실에 갈 시간은 없었으니 저는 분명히 강에 권총을 던졌으리라 판단했습니다. 택시로 값비싼 시행착오를 반복한 끝에 닥과 저는 웨스틀랜드의 집에서 사무실까지 이십오 분 안에 차를 몰고 갈 방법은 여섯 가지밖에 없다는 사실을 알아냈습니다. 이 길은 모두 강을 건너게 되어 있습니다만, 하나 빼고는 모든 길이 양쪽 끝에 감시탑이 있는 개방되고 붐비는 다리 위를 지났습니다. 살인 사건에 연루될 수 있는 무기를 던지기에 좋은 장소는 아니지요.

시간이라는 요소 때문에 저는 다시 한번 볼스턴이 자동차를 주차시키고 강둑을 따라 걸으면서 웨블리 권총을 던지기 좋은 장소를 찾을 수는 없었다는 사실을 알았고, 따라서 선택지는 적합해 보이는 다리 하나로 좁혀졌습니다. 미시간 애버뉴 다리 아래쪽 길로, 어둡고 붐비지도 않고 감시의 눈길도 없는 곳이죠.

여기라는 결론을 내리고 나니 다리 위에서 권총을 던졌을 법한 장소를 골라내기는 쉬웠습니다. 그 자리에서 멍키스패너를 던져서 자동차 운전자가 조수석 옆 창문으로 권총을 던졌을 때 얼마나 멀리 날아갈지 알아냈지요. 그런 다음 자석을 든 잠수부를 내려보내자 잠수부는 스패너와 권총 둘 다 찾아냈습니다."

"이 부분에 대해서는 뭐라고 하겠나, 스트롬?" 로스 검사장이 물었다.

"직접 권총을 그 자리에 심었을 수도 있지요." 스트롬 반장은 고집스럽게 말했다.

"내가 심어놓았다면 육 개월 전에 강에 던졌다는 얘기가 되지. 리 소령님이 권총이 물속에 꽤 오래 있었다는 사실을 확인해주실 거고, 잠수부인 피너건 씨는 권총이 진흙 속에 잘 묻혀 있었다고 증언할 거야."

피너건은 브렌티노 양에게서 푸른 눈을 떼어내고 말했다. "말해두는데 그 총은 그냥 그 자리에 있었던 게 아니에요. 자석이 없었다면 절대 못 찾았을걸요." 그는 브렌티노 양을 향해 말했다. "잠수에 대해 아시죠, 아가씨? 혹시……."

핑클스타인이 말했다. "넘어가지요. 이제 사십 분밖에 남지 않았어요. 크레인에게 계속해서 볼스턴이 웨스틀랜드의 아파트에 들어가는 데 쓴 열쇠에 대해 들어봅시다."

볼스턴이 항의했다. "저자가 내가 썼다고 주장하는 열쇠 말이겠지요."

"당신이 쓴 열쇠 얘기요."

크레인은 무게중심을 바꾸면서 브렌티노 양의 초록색 모직 정장에 무릎을 스쳤다. "열쇠 이야기를 하자면 전화 통화 이야기도 해야지요. 우리는 웨스틀랜드에게 전화를 건 사람이 마틴 양의 숙모님 댁 전화선을 끊어야 했으리라 생각했습니다. 웨스틀랜드가 다시 전화할 경우에 대비해서요. 우리는 마틴 양의 아파트로 가서 누가 전화선을 식당 바로 밖에서 가로챈 것을 알아냈습니다."

"설마 그럴 리가!" 스트롬이 외쳤다.

"그랬어요." 마틴 양이 말하자 턱에 보조개가 패었다. "정말로 누가 전화선을 가로챘어요. 식당 창문으로 빼낸 게 분명해요."

핑클스타인이 다이아몬드 반지를 입술에 대고 문질렀다. "누가 빼낸 건지는 모릅니까?"

마틴 양이 말했다. "네, 몰라요."

크레인이 말했다. "아니, 압니다." 그는 놀란 마틴 양에게 미소를 지었다. "꽤 당황했지만 숙취를 즐기다가 문제를 해결했지요. 명석한 사고를 하기에는 숙취만 한 게 없어요."

윌리엄스가 말했다. "왜 날 쳐다봐? 내가 어떻게 안다고?"

"실제로 단서를 준 사람은 브렌티노 양이었어." 크레인은 브렌티노 양의 빛나는 눈동자를 들여다보았다. "브렌티노 양이 언젠가 물었지. '누가 마틴 양의 목소리를 제일 잘 흉내낼 수 있었을까요?' 라고."

"흠, 그게 누군가?" 핑클스타인이 물었다.

"마틴 양 본인이지요."

마틴 양은 갑자기 눈을 하얗게 까뒤집고 기절하더니 의자에서 지저분한 바닥으로 미끄러졌다. 볼스턴이 "이 개자식!"이라고 외치며 윌리엄 크레인에게 덤벼들었다. 놀랍게도 스트롬 형사 반장이 가로막고 볼스턴의 팔을 잡았다. 문가에서 멍한 얼굴로 상황을 지켜보던 웨스틀랜드는 마틴 양을 부축하러 움직이지 않았다.

우드버리와 브렌티노 양이 마틴 양을 부축해서 의자에 앉혔다. 마틴 양은 신음 소리를 내다 교도소장이 변색된 은디캔터에서 따라준 물을 조금 마시더니 다른 사람의 도움 없이 똑바로 앉았다. 얼굴은 창백했고, 어딘가에 정신이 팔린데다가 비밀스러운 표정이었다.

우드버리가 반대 의견을 냈다. "이 부분은 틀린 게 분명해요, 크레인. 우리는 마틴 양이 그날 저녁에 집을 떠나지 않았고, 전화기는 아파트 거실 복도에 있으며, 마틴 양이 전화를 걸었다면 숙부와 숙모가 들었으리라는 점을 알아요."

크레인은 곁눈질로 볼스턴을 지켜보며 혹시라도 스트롬 형사 반장을 뿌리칠 경우에 대비해 교도소장 책상을 뛰어넘을 태세를 갖추고 그 말에 동의했다. "전화기는 아파트 앞쪽에 있지요. 하지만 전 해결책을 찾았습니다. 웨스틀랜드는 저에게 마틴 양과 통화하면서 폭포 소리 같은 굉음을 들었다고 했습니다. 마틴 양이 나중에 웨스틀랜드가 정말 마틴 양이었는지 확신하지 못하도록 영리하게 이상한 표현을 써서 말을 하는 동안에 말이지요. 흠, 그 소리는 샤워기에서 떨어지는 물소리였습니다.

마틴 양은 방문에서 일 미터 정도밖에 떨어지지 않은 식당 안으로 전화선을 빼내어, 깔개 밑으로 방을 통과해서 화장실로 돌렸습니다. 그런 다음 방문을 닫고 화장실 문도 닫은 다음 그래도 혹시 가족이 들을까 봐 샤워기를 최대로 틀었습니다. 샤워기 소리만큼 사람 목소리를 삼켜버리는 소리도 없지요."

윌리엄스가 물었다. "그렇다면 살인이 일어난 날 낮에 낯선 남자가 전화기를 고치러 왔다는 말도 거짓이었던 건가?"

"물론이지. 우리가 물어보는 동안에 지어낸 이야기였어. 누가 전화선이 끊긴 자리를 찾아내리라고는 생각지도 않았던 것 같군." 크레인은 대담하게 마틴 양을 응시했다. "벌거벗고 샤워실에 서서 웨스틀랜드를 거의 죽음으로 몰고 간 전화를 거는 마틴 양을 생각하니 아름다울 뿐 아니라 유혹적이기까지 한 그림이 떠오르는군. 그 자리에 있고 싶을 정도야."

마틴 양은 손등으로 눈을 가렸다.

"나도 그래." 닥 윌리엄스가 말했다.

크레인은 말을 이었다. "마틴 양과 볼스턴이 작당했다는 말을 하자니 유감입니다. 이 지점에서 웨스틀랜드의 아파트 열쇠가 나옵니다. 시먼스는 웨스틀랜드 외에 열쇠를 가진 사람은 마틴 양뿐이라고 했지요. 물론 마틴 양이 살인 사건 이전에 볼스턴에게 그 열쇠를 준 겁니다. 그렇게 해서 권총을 훔친 거죠."

핑클스타인이 반대 의견을 냈다. "마틴 양이 대체 왜 그런단 말인가? 웨스틀랜드와 약혼한 사람인데."

크레인은 마틴 양의 떨리는 입술을 보았다. "여자가 무슨 일을 하는 이유를 누가 알겠습니까? 몇 가지 꽤 괜찮은 이유를 말해드릴 수는 있지요. 하나는 웨스틀랜드가 죽으면 마틴 양이 칠만 달러 가까운 돈을 상속받는다는 점입니다.

또 한 가지 이유는 마틴 양은 결코 웨스틀랜드와 결혼할 수 없다는 데 있지요. 이미 볼스턴과 결혼한 몸이었으니까요."

변호사가 외쳤다. "말도 안 되는 소리!"

"정말입니다. 같이 전화선을 찾느라고 마틴 양의 방을 둘러보던 중에 윌리엄스가 혼인 증명서의 일부분을 보았지요." 크레인은 이 대목에서 거짓말을 섞었다. "우리는 그 증명서를 확인해 마틴 양과 볼스턴의 혼인 증명서였음을 알아냈습니다."

마틴 양이 의자에 앉은 자세를 바로 했다. "당신들, 캐고 다니기 좋아하는 바보들이 다 봤을 줄 알았어."

볼스턴이 말했다. "조용히 해."

"아내가 남편에 대해 불리한 증언을 하게 만들 수는 없어. 게다가……."

"닥치라고!" 볼스턴이 외쳤다.

크레인은 몸을 빙글 돌려서 로스 검사장을 마주했다. "이만하면 드러난 것 같은데요. 안 그렇습니까?" 그는 고개를 돌려 볼스턴을 쳐다보았다. "윌리엄스는 증명서에 적힌 마틴 양의 이름밖에 보지 못했어. 당신 이름은 못 봤지. 마틴 양은 어머니의 혼인 증명서라고 말했지만, 어머니의 처녀 적 이름도 에밀리 루 마틴이라니 조금 이상했어.

그러고 나니 마틴 양이 삭스 피프스 애버뉴 백화점에서 당신에게 넥타이를 사주던 모습을 본 기억이 났지. 그게 치명적인 단서였어. 막 결혼한 신랑이 아니고서야 여자가 넥타이를 사준다고 할 때 내버려둘 리가 없으니까 말이야." 크레인은 검사장을 보고 씩 웃었다. "여자가 사는 넥타이가 어떤지 아시죠?"

로스가 대답했다. "알고말고!"

"마틴 양이 왜 볼스턴에게 빠졌는지는 내가 말할 수 있는 문제가 아닙니다만, 두 사람이 마틴 양이 웨스틀랜드의 돈을 상속받기 전까지는 결혼을 비밀로 하는 편이 좋겠다고 생각한 건 확실합니다. 상속받은 후에는 공개적으로 다시 결혼할 수 있었겠죠."

마틴 양은 볼스턴을 바라보았지만, 볼스턴은 마틴 양을 보지 않았다. 그는 속내를 읽을 수 없는 얼굴로 창밖만 내다보았다. 아직도 볼스턴의 두 팔을 잡고 있던 스트롬 반장이 말했다. "동기까지 말해줄 수 있다면 자네 추리가 옳다고 인정해야겠군."

"동기는 별로 어렵지 않아." 크레인은 마틴 양의 겁에 질린 눈을 보며 말했다. "중개 사업은 최근에 별로 잘 돌아가지 않았습니다. 사실 회사 대표인 웨스틀랜드도 개인 수입에 의존해야 했지요. 그런데 볼스턴은 이만 달러나 하는 고급 차, 일본인 하인, 자기 아파트를 두고 몇 군데 클럽과 수많은 쇼와 파티를 즐기는 멋진 생활을 누리고 있었어요. 볼스턴은 윌리엄스와 제게 개인 수입은 없다고 했습니다. 그러니 자연히 이런 질문을 하게 되지요. 어떻게 그렇게 살 수 있을까?"

"그래. 그게 의문이었어." 핑클스타인이 말했다.

"답은 웨스틀랜드의 계정, 회계감사관들이 도난 채권과 위조 채권으로 채워져 있다는 사실을 알아낸 그 계정들이었습니다. 어떤 대도시에서든 적절한 장소만 안다면 이런 채권을 달러당 십 센트에 살 수 있지요. 볼스턴도 그랬던 겁니다. 웨스틀랜드가 교도소에 들어가기 전에, 볼스턴은 이런 위험 채권들을 자기 계정에 넣어뒀을 겁니다. 들통날 것 같으면 웨스틀랜드가 보상하게 놔두고 이 나라를 뜰 수 있으리라 생각했겠지요. 아마 꽤 많은 돈을 숨겨뒀을 겁니다. 채권 한 장을 십 달러에 사서 백 달러 가치를 하는 자리에 넣어뒀다가, 구십 달러 이익을 보고 팔면 이윤이 꽤 남으니 말이지요. 그런 짓을 오랫동안 하면 돈을 벌 수밖에 없지요."

스트롬이 고개를 끄덕였다.

"하지만 아파트 금고 안에 자기 주식과 채권을 상당량 보관하던 웨스틀랜드 부인이 신중하게 구입한 유가 증권 일부가 나쁜 물건이라는 사실을 알아냈습니다. 웨스틀랜드가 부인과 별거한 이 년 동안 부인의 주식 거래를 맡은 사람은 볼스턴이었으니, 부인은 즉시 볼스턴을 의심했지요.

부인은 우드버리에게 전화해서 몇 가지 채권 문제로 볼스턴을 만나고 싶다고 했고, 우드버리는 이 말을 볼스턴에게 전달했습니다. 볼스턴은 곧바로 들통나기 직전이라는 사실을 알았지요. 이게 금요일이었는데 볼스턴은 월요일에 부인을 대면해야 했으니 토요일과 일요일에 어떻게 할지 결정해야 했습니다. 저는 분명히 볼스턴이 그 전에도 살인을 생각했으리라 생각하지만 그 순간이 되어서야 계획을 꾸몄을지도 모릅니다. 어쨌든 볼스턴은 웨스틀랜드 두 명을 다 제거할 수 있다면 모든 것이 잘 해결된다는 사실을 깨달았습니다.

볼스턴의 아내가 웨스틀랜드의 재산을 상속받게 될 뿐 아니라, 자기 고객의 계정에 넣어둔 위험 채권과 주식을 빼내어 웨스틀랜드의 고객 계정에 넣을 수 있게 되는 거죠. 그러면 이 나라에서 도망칠 필요도 없어집니다. 웨스틀랜드가 전기의자에 앉은 후에 나쁜 채권이 발견되면, 웨스틀랜드가 아내를 살해했을 뿐 아니라 고객들도 사취했다고 믿어버릴 테니까요.

그래서 웨스틀랜드 사건은 일종의 간접 살인으로 변하게 됐습니다. 웨스틀랜드 부인을 죽여서 웨스틀랜드를 제거하는 살인이었지요."

"그랜트와 스프라이그 살인은?" 핑클스타인이 물었다.

"볼스턴이 그랜트를 죽여야 했던 건 그 도둑이 무엇을 보았는지 확실치 않았기 때문입니다. 볼스턴은 우리의 회의에 참석했기 때문에 당연히 그랜트를 찾으려는 계획을 알고 있었고, 또 나중에 우리가 페트로를 통해 주선한 약속에 대해서는 마틴 양이 알려줬겠지요.

볼스턴은 폭력배 친구들을 동원하여 나이트클럽에서 우리에게 말을 걸까 말까 고민하던 그랜트를 살해했습니다. 폭력배들이 누구인지는 저도 모르고 상관도 없습니다. 그 문제는 스트롬 반장에게 달렸지요. 스프라이그를 누가 죽였는지 역시 저는 모릅니다만, 스프라이그는 분명히 볼스턴이 벌인 계정 곡예를 우연히 발견했을 겁니다. 스프라이그는 혼자서 조금 탐지해보고 시먼스를 만나러 갔다가 그 문제를 이야기하기 위해 우드버리와 만날 약속을 잡았습니다. 스프라이그는 우리에게 뭔가 찾아냈다고 경고한 참이었지요. 사무실에서 지켜보던 볼스턴은 스프라이그가 계정을 뒤지는 모습을 봤을 겁니다.

그랜트 때와 같은 놈들일 가능성이 높지만 폭력배 몇 명이 자동차를 타고 스프라이그를 미행하다가 전차에서 내릴 때 치어버렸습니다. 한 명이 뛰어내려서 희생자를 만져본 건 죽었는지 확인하기 위해서라기보다는 볼스턴의 범죄 행각을 밝힐 만한 서류가 있는지 알아보기 위해서였을 겁니다. 그런 서류가 있었다면 그놈이 가져갔겠지요. 이것 또한 스트롬 반장이 맡을 일입니다."

"열쇠는? 어떻게······." 핑클스타인이 질문을 하다가 마틴 양을 보고 눈을 휘둥그레 떴다. 마틴 양은 다시 기절해서 천천히 의자에서 미끄러지고 있었다. 검사장이 마틴 양을 잡고 교도소장에게 말했다. "이 여자를 의무실로 데려가는 편이 좋겠군요."

볼품없는 여자 교도관 두 명이 들어와서 마틴 양을 부축해 나갔다. 마틴 양은 두 사람 사이에 끼어서 몽유병자처럼 미끄러져 갔다. 크레인은 그 모습을 지켜보지 않았다. 볼스턴도 그녀를 보지 않았다.

"저 여자는 털어놓을 거요." 스트롬이 말했다.

윌리엄스가 물었다. "브렌티노 양과 우드버리는 어떻게 된 거야? 왜 살인이 일어난 날 밤에 가짜 알리바이를 댔지?"

우드버리는 놀란 얼굴이었다. "가짜라니요?"

"그 알리바이는 제대로였어. 두 사람이 블랙 호크에 있었다고 했는데 여학생 클럽 파티 예약이 되어 있었으니 우리는 두 사람이 그곳에 있었을 리가 없다고 생각했지. 하지만 분명히 브렌티노 양은 여학생 클럽 졸업생이어서 그 파티에 초대를 받았을 거야."

"파이 뮤*였죠." 브렌티노 양이 대꾸했다.

크레인은 목덜미를 긁었다. "거의 다 된 것 같군요."

로스 검사장이 말했다. "충분하군요. 내 사무실로 가서 바로 주지사님에게 전화를 걸지요. 소장님, 같이 가서 내 이야기가 끝나면

소장님도 주지사님에게 이야기를 하는 편이 좋겠습니다."

"이 작자는 어떻게 하지요?" 스트롬 형사 반장이 볼스턴의 어깨에 육중한 손을 얹고 물었다.

"수사국으로 데려가서 살인죄로 집어넣게." 검사장이 대답했다.

"가기 전에, 여벌 열쇠가 없었다면 이놈이 웨스틀랜드 부인의 아파트에서 어떻게 빠져나왔는지 알고 싶은데."

"그건 나도 알고 싶네." 핑클스타인이 말했다.

크레인은 말했다. "꽤 쉽습니다. 그렇지 않나, 볼스턴?"

볼스턴은 창밖만 내다보았다.

"볼스턴은 웨스틀랜드 부인을 쏜 후에 부인의 열쇠를 가지고 나와서 문을 잠갔습니다. 그런 다음 아침에 다시 가서 문을 부수는 일을 거들었지요. 디 양의 말에 따르면 볼스턴이 마지막으로 방에 들어갔다더군요. 볼스턴은 그냥, 다른 사람들이 공포에 질려 바닥에 누운 시신을 바라보는 동안에 부인의 핸드백과 잔돈이 놓인 테이블에 열쇠를 내려놓은 겁니다."

"이런, 세상에!" 핑클스타인이 외쳤다.

볼스턴은 스트롬 형사 반장이 손목에 수갑을 채우는 동안 아무 말도 하지 않았고, 끌려 나가면서 아무 저항도 하지 않았다. 겁에 질린 얼굴도 아니었다.

핑클스타인은 스트롬과 그의 죄수가 방을 나서는 모습을 지켜보고 말했다. "볼스턴을 무너뜨리기란 보통 힘든 일이 아니겠어.

● **파이 뮤** _ 미국에서 두 번째로 오래된 여성 모임.

드라이아이스처럼 냉정하시군."

크레인은 축하하는 사람들에게 둘러싸인 웨스틀랜드를 보고 있었다. "이번에는 볼스턴이 당신에게 변호를 맡겨야겠네요, 핑클스타인. 그게 시적인 정의겠지요." 웨스틀랜드의 얼굴은 행복해 보이지 않았다. 속이 메슥거리는 듯한 표정이었다.

"나는 됐어. 호건 양과 플로리다에 가기로 약속했거든."

크레인이 말했다. "설마요!"

토요일 아침

AM 12:03

사제의 음성은 크고 의기양양했다.

"성부, 성자, 성신의 이름으로 그대의 모든 죄를 사하노라……. 아멘."

코너스는 감방의 시멘트 바닥에 무릎을 꿇고 두 손 위로 고개를 숙이고 있었다. 복도에 선 벅홀츠 교도소장이 뚱뚱한 금시계를 꺼 냈다. "시간이 지났네……."

교도관이 감방 문을 열었다. 코너스는 불안하게 일어서서 사제 를 따라 복도로 나갔다. 웨스틀랜드와 이저도어 바레차는 그들이 지나가는 모습을 감방에서 지켜보았다. 더 가서는 골트 교도관이 벽에 몸을 붙이고 서 있었다. 입술이 축축하게 젖어 있었다.

사제가 은십자가를 치켜들고 낭랑하게 읊었다.

주님, 자비를 베푸소서. 그리스도님, 자비를 베푸소서.

주님, 자비를 베푸소서. 마리아님, 그를 위해 기도해주소서.

미끄러지는 중백의中白衣, 검은 사제복 위로 반쯤 올라와 있는 하
얀 그림자 뒤를 따르던 코너스가 골트 교도관 쪽으로 방향을 틀었
다. 코너스의 주먹이 뻗어나갔다. 머리로 벽을 때린 골트는 의식을
잃고 바닥에 쓰러졌다. 입에서 피가 쏟아졌다.

사제는 아무것도 모르고 계속 읊었다.

모든 성인과 선지자님, 그를 위해 기도해주소서.

성 베드로님, 그를 위해 기도해주소서. 성 바오로님, 그를 위해 기도
해주소서.

성 안드레아님, 그를 위해…….

복도가 구부러지면서 호칭 기도 소리를 정확히 알아들을 수 없
이겼다.

칠 분 후에 교도관들이 이저도어 바레차를 데리러 왔다. 그는
간절한 얼굴로 웨스틀랜드에게 말했다. "선생이 내 뒤에 올 테니 두

렵지 않아요."

"걱정 마요. 바로 뒤따라갈 테니까." 웨스틀랜드는 거짓말을 했다.

작은 마약중독자는 간수 두 명 사이에 끼어 뒤도 돌아보지 않고 총총히 걸어갔다. 웨스틀랜드는 불빛이 어두워지기를 기다렸지만 조명은 어두워지지 않았다. 전기의자는 교도소의 정규 회로에 연결되어 있지 않았다.

이윽고 크레인이 와서 웨스틀랜드의 팔에 손을 올렸다. "이제 다른 감방으로 옮길 수 있어요. 아마 내일이면 풀어줄 겁니다."

웨스틀랜드의 얼굴은 밀랍 같았다. "차라리 저 친구들과 같이 갈걸 그랬어요."

복도에서 기자들이 "한 말씀만 해주시죠, 웨스틀랜드 씨"라고 외쳐댔다. 카메라맨 두 명이 삼각대에 올라간 플래시를 돌리느라 바빴다.

크레인은 동정을 담아 말했다. "마틴 양에 대해서는 신경쓰지 마요. 바다에는 그만큼 좋은 물고기가 또 있어요."

《트리뷴》의 사진사가 화약을 쓰는 섬광 플래시를 터뜨리는 바람에 복도에 강렬한 청백색 빛이 넘쳐흘렀다.

웨스틀랜드는 약하디약한 웃음을 지으며 물었다. "하지만 누가 물고기를 원한답니까?"

작가

정보

●

조너선 래티머
Jonathan Wyatt Latimer

조너선 래티머는 초창기 하드보일드 작가들 중 대중에게 오락적인 재미를 주는 능력이 독보적이었다고 평가받는 작가다. 이십 대에 범죄 사건 기자로 일한 경험을 살려 갱들이 판을 치는 시대상을 적절히 묘사하면서, 하드보일드 문법에 미국식 재치 넘치는 대사와 해학적인 유머, 서스펜스의 긴장감을 접목시켜 자신만의 독창적인 스타일을 탄생시켰다.

래티머가 활약한 1930년대는 여러 가지 색깔을 가진 작가들이 저마다 일가를 이루며 하드보일드 스타일의 가능성을 시험하고 그 외연을 확장하던 시기였다. 래티머 또한 당시 하드보일드를 이끌었던 대실 해밋의 특징을 부분적으로 이어받으며 '해밋의 후계자'로 일컬어졌다. 하지만 그보다는 스릴러의 속도감 있는 전개와 잘 짜인 이야기, 매력적인 등장인물 등의 요소로 대중의 사랑을 받아 통속 하드보일드의 거장이라는 평가가 높다.

할리우드에서 이런 특색을 높이 평가받은 래티머는, 생애 후반에는 소설 작품을 거의 내놓지 않고 영화와 드라마 각본 위주의 작품 활동을 했다. 드문드문 소설을 내놓기는 했지만 실상 1935년에서 1941년에 이르는 칠 년간을 제외하면 소설 창작을 아예 하지 않았다고 봐도 과언이 아니다. 하지만 이 짧은 시간만으로도 래티머는 레이먼드 챈들러가 등장하기 전 하드보일드의 과도기에 자기만의 색을 선보인 작가 일순위로 꼽힌다.

조 너 선 래 티 머 의 삶 과 하 드 보 일 드

조너선 래티머는 1906년 시카고, 변호사인 아버지 조너선 가이 래티머와 바이올리니스트인 어머니 에벌린 와이엇 사이에서 태어났다. 선조 중에는 미국 독립전쟁 당시 조지 워싱턴의 참모로 복무한 사람까지 있는 등, 명망 있고 유복한 가정의 외아들로 태어난 사람답게 진학 준비반부터 사립대학까지 생계 걱정과는 거리가 먼 고등교육 수순을 밟았다. 일례로 그가 다닌 녹스 칼리지는 비싼 학비에 소수의 학생만을 입학시켜 종합 인문교육을 제공하는 리버럴 아츠 칼리지이며, 학사 과정을 마치면서는 프랑스와 독일 등지를 자전거로 자유로이 여행했다고 한다.

래티머가 여행을 마친 1929년은 여러모로 기록적인 해였다. 하드보일드 탐정소설이 태어났고 때를 같이하여 대공황이 터졌다. 대실 해밋은 1929년 출간한 『붉은 수확Red Harvest』으로 '비정한 내용을 무심하고 건조한 사실주의 문체로 다루는' 하드보일드 스타일의 탄생을 전 세계에 알렸는데, 그의 작품에는 1차대전 이후의 불안한 사회상과 금주법 시대의 부패, 거품처럼 지속된 호황 속에 극단적으로 벌어진 빈부 격차가 담겨 있다. 이후 마침내 미국 사회에 폭탄처럼 떨어진 대공황과 떼놓을 수 없는 현상들이었다.

대공황은 막 태어난 하드보일드 탐정소설에 이처럼 거대한 악몽에 휩쓸린 사회와 어떻게 상호작용할 것인가 하는 무거운 짐을 안겼다. 하드보일드 탐정소설은 주로 사회의 가장 밑바닥에서 일어나는 사건을 다루기에 당대의 사회 고발과 떼어놓을 수 없는 작품이 발표되는 한편, 작가에 따라 하드보일드의 가장 기본이 되는 스타일, 건조한 사실주의 문체를 지키되 사건에 얽힌 주요인물의 개인사에 감상적으로 집중하는 작품도 발표되었다.

이 가운데 1929년 《헤럴드 이그재미너》에서 기자로 일하기 시작해, 이후 《시카고 트리뷴》을 거쳐 1930년대 중반 기자 생활을 접은 래티머는 제3의 길을 택했다. 절망적인 현실을 작품에 담아내어 독자들에게 되새기게 하기보다 자신의 작품을 읽는 동안만큼은 독자들이 확실한 즐거움과 상쾌함을 맛볼 수 있게 했던 것이다. 대공황의 직격탄을 맞았거나 그 전부터 불우하게 살아온 작가들과 달리, 유년 시절 부족함 없이 자유롭게 자란 경험이 그의 작품 경향에 영향을 미쳤던 게 아닌가 짐작된다.

래티머의 방법은 성공적이었다. 당시 선풍적인 인기를 끌던 하드보일드 탐정에, 재치 있고 타이밍 좋게 던져지는 촌철살인의 대사, 매력적인 남녀 등장인물, 촘촘한 수수께끼, 속도감 있게 전개되며 매 순간 궁금증을 일으키는 탄탄한 스토리로 순식간에 대중들을 사로잡은 것이다. 비록 인기 작가 대열에 오른 뒤 대부분의 삶을 할리우드 극본 작업에 집중해 아쉬움을 남겼지만, 래티머는 1983년 암으로 사망할 때까지 대중의 사랑을 받으며 흔치 않게 모자람 없이 평탄한 삶을 보낸 작가로 알려져 있다.

영 국 식 과   미 국 식   탐 정 소 설 의   조 화

흔히 '하드보일드 탐정소설'은 헤밍웨이를 닮은 대실 해밋의 사실주의적 문체, 이후 레이먼드 챈들러가 제시한 묵묵하고 거칠며 성자처럼 고통을 감내하는 남성 탐정상으로 이해된다. 또한 영국 탐정소설의 중심에 날카로운 지성을 통해 취미로 추리를 하는 탐정과 정교한 트릭이 있다면, 하드보일드 탐정소설에는 성공 시 보수를 노리며 폭력과 본능에 의지해 거칠게 사건을 파헤쳐나가는 직업 탐정이 있다는 점에서 영국 탐정소설의 영향에서 벗어난 미국만의 독창적인 탐정소설 양식으로 불린다.

조너선 래티머는 하드보일드 작가로 분류되지만 특이하게도 앞서 언급한 하드보일드의 전형과는 거리를 두고 있다. '사립 탐정', '거친 사건 해결 방식' 등의 기본적인 틀은 유지하지만 영국식 탐정소설의 큰 특징으로 꼽히는 촘촘한 트릭이 포함되어 있을뿐더러 '어떻게 범행을 저질렀는가How-dun-it'라는 부분이 전체 스토리의 흥미를 잡아끄는 역할을 한다.

래티머의 대표작인 『처형 6일 전』은 1935년 발표한 데뷔작, 정신병원에서 발생한 연속 살인 사건을 그리는 『정신병원의 살인Murder in the Madhouse』이후 같은 해에 발표한 작품으로, 향후까지도 계속되는 래티머의 작가적 특색이 잘 드러나 있는 작품이다. 하드보일드 탐정치고 불성실하기 짝이 없는, 애주가에 늘상 취한 상태로 수사를 맡는 윌리엄(혹은 빌) 크레인이 첫 작품에 이어 등장한다.

의뢰인의 사형 집행을 고작 나흘 남겨두고 의뢰인이 누명을 쓴 사건의 진상을 밝혀야 하는 이 작품에서 중심이 되는 사건은 이색적으로 '밀실 살인 사건'이다. 하드보일드답지 않게 사건 해결을 위해 어떻게 범행을 저질렀는가 하는 트릭부터 파헤쳐야 한다는 점이 흥미롭다. 그 외에도 미국식 장르로 평가받는 스릴러의 요소도 눈에 띄는데, 등장인물이 받는 압박감과 함께 크레인의 긴박한 움직임을 잘 묘사했을뿐더러 사형 일자가 다가오는 것을 나타내기 위해 요일을 표시한 장 제목(이후 윌리엄 아이리시가 『환상의 여인』(이은선 옮김, 엘릭시르, 2013)에서 같은 모티브로 전혀 다른 분위기의 이야기를 만들어냈다) 등 형식 면에서도 대단한 기교를 선보이고 있다.

본격 수수께끼 풀이와 하드보일드를 결합하는 시도는 다른 작가의 작품에서도 찾을 수 있지만 래티머처럼 초창기 하드보일드 시기부터 자연스럽게, 의도적으로 해낸 작가는 흔치 않다. 래티머의 또 다른 대표작인 『시체 보관소의 여인The Lady in the Morgue』(1936)은 딸이 실종된 부잣집의 의뢰를 받은 크레인이 자살한 시체로 발견된 여자가 의뢰인의 딸인지 확인하려다 영안실 직원이 살해당하고 시체가 사라지는 사건에 휘말리는 내용이다. 최초의 수수께끼가 풀리지 않은 상황에서 새로운 사건이 연달아 터지며 풀어야 할 수수께끼도 점점 까다로워진다. 사건에 갱이 얽히면서 폭력적인 장면도 등장하지만, 이 작품 또한 작품의 중심이 된 수수께끼가 논리적으로 해결되는 결말이다.

작품을 막론하고 래티머는 까다로운 수수께끼를 작품의 중심에 두었다. 하드보일드 탐정소설이 다루는 사건에서 수수께끼가 중요하지 않다는 것은 아니지만 그는 분명 영국식 탐정소설에 등장하는 트릭과 수수께끼를 의식한 작품들을 내놓았다. 이런 이유로 과연 래티머를 하드보일드 작가로 분류하는 것이 옳은가 하는 논의도 있지만, 작품 활동 시기와 그가 창조한 탐정들이 공통으로 공유하는 하드보일드적 특징, 작품에 담긴 시대적 분위기는 그를 하드보일드 작가군에서 빼놓기도 마땅치 않음을 말해준다.

조너선 래티머는 제2차대전에 해군으로 참전한 1942년부터 십 년이 넘는 기간 동안 소설을 쓰지 않았다. 이후에는 1955년에 남긴 『죄인과 수의 Sinners and Shrouds』, 1959년 『검은색은 죽음의 장식 Black is the Fashion for Dying』이 전부로 호평을 받기는 했지만 1930년대 발표한 윌리엄 크레인 시리즈를 최고로 꼽는 사람이 많다.

대신, 누아르 영화 평론가 에디 멀러의 말에 따르자면, 래티머는 대실 해밋에게 빚을 갚았다.

래티머는 대실 해밋의 『유리 열쇠 The Glass Key』를 원작으로 만들어진 동명의 영화에 최고의 극본을 선사했다. 그 외 국내에도 친숙한 형사 콜롬보의 TV 시리즈, 얼 스탠리 가드너의 정의로운 변호사 '페리 메이슨' 시리즈를 극화한 TV 시리즈에 참여하며 각본가로서도 미스터리에 훌륭한 유산을 남겼다.

/

작 품   목 록

윌리엄 크레인 시리즈

Murder in the Madhouse (1935)

Headed for a Hearse (1935) – 『처형 6일 전』(엘릭시르, 2015, 미스터리 책장 시리즈)

The Lady in the Morgue (1936)

The Dead Don't Care (1938)

Red Gardenias (1939)

다른 미스터리 소설

Solomon's Vineyard (1941)

Sinners and Shrouds (1955)

Black is the Fashion for Dying (1959)

The Search for My Great Uncle's Head (1937, 피터 코핀이라는 필명으로 발표)

Dark Memory (1940)

주요 극작품

The Lone Wolf Spy Hunt (1939, 루이스 조지프 밴스의 소설 시리즈를 기반으로 각색)

The Glass Key (1942, 대실 해밋의 동명 소설을 기반으로 각색)

Nocturne (1946)

The Big Clock (1948, 케네스 피어링의 동명 소설을 기반으로 각색)

Night Has a Thousand Eyes (1948, 코넬 울리치(윌리엄 아이리시)의 동명 소설을 기반으로 각색)

The Perry Mason TV series (1958~1965, 얼 스탠리 가드너의 동명 소설을 기반으로 각색)

The Greenhouse Jungle (1972, 형사 콜롬보 TV 시리즈의 2시즌 작품)

1930년대 미국 추리문학계에서는 격동이 일어나는 중이었다. 『블러디 머더』(김명남 옮김, 을유문화사, 2012)에서 줄리언 시먼스가 "미국의 혁명"이라 표현한 것처럼, (영국적 전통과 완전히 단절한) 미국적인 범죄소설이 1920년대부터 등장하기 시작했고, 이러한 새로운 형식의 작품은 '하드보일드'라는 명칭을 얻었다. 거칠고 냉소적인 미국의 사립 탐정들은 저렴한 펄프 잡지를 통해 수많은 독자에게 선보였는데, 천재적 탐정 대신 본능적이고 폭력적이기도 하며 실수도 범하는 이들 인간적인 탐정들은 현실적이라는 측면에서 독자의 호응을 얻었던 것이다. 1930년대에 소설을 쓰기 시작한 조너선 래티머도 사립 탐정 윌리엄 크레인을 내세워 당시 유행하던 하드보일드의 바람과 함께 베스트셀러 작가의 대열에 오르는 큰 인기를 얻었다. 한때는 대실 해밋의 후계자로 꼽히던 그였지만 지금 그렇게 평가하는 사람은 찾아보기 어렵다. 그의 작품은 하드보일드이면서도 또 다른 방향으로 나아갔기 때문이다.

윌리엄 크레인 시리즈는 하드보일드인가

『처형 6일 전』을 비롯한 윌리엄 크레인 시리즈는 하드보일드 부류에 포함되는 것이 일견 당연해 보인다. '1930년대의 시카고를 배경으로 사립 탐정이 등장하는 이야기'…… 라고 하는 시점에서, '하드보일드가 맞지 않나' 머리에 떠올리는 독자들도 많을 것이다.

래티머가 창조한 윌리엄 크레인은 잘생기고 터프한 청년으로, 안락의자 탐정과는 달리 앉아서 생각하는 것보다 끊임없이 움직이면서 증거를 수집하는 전형적인 하드보일드형 탐정이다. 거침없이 여성에게 수작을 걸고, 정보를 알아내기 위해서는 폭력배의 협조를 얻어 고문하는 것도 꺼리지 않는다. 1930년대 하드보일드 소설의 탐정답게 터프하고 머리보다 주먹이 앞서는 모습이 보인다.

이런 점을 보면 래티머의 작품을 하드보일드의 부류에 포함시키는 것이 당연해 보이지만 다른 의견을 보이는 사람도 적지 않다. 줄리언 시먼스는 『블러디 머더』에서 "무책임한 쾌활함" 때문에 "그의 소설은 어엿한 하드보일드 소설 목록에서는 제외된다"고 평가했다.

래디미의 이력을 떠올려보면 그는 대단히 대중적인 감각을 가졌던 것으로 여겨진다. 래티머가 데뷔작이자 크레인 탐정이 처음 등장하는 『정신병원의 살인』을 발표한 것은 1935년으로 아직 이십 대의 나이였다. 첫 작품이 호평을 받자, 같은 해 『처형 6일 전』을 발표했으며 이듬해인 1936년에는 그의 대표작이 될 『시체 보관소의 여인』을 발표했다. 유니버설 영화사에서는 그의 작품을 영화화하기로 하고 이 년 동안 세 편의 크레인 시리즈가 제작되는 등 전성기를 맞이한다. 그는 영화 쪽이 유망하리라고 판단했는지 파라마운트, MGM 등 할리우드의 영화사에서 각본가로 활동했으며, 2차대전이 벌어지자 1942년부터 1945년까지 해군에 복무한 뒤 다시 할리우드로 돌아왔다. 대실 해밋의 〈유리 열쇠〉(1942), 케네스 피어링의 〈빅 클락〉(1948), 코넬 울리치의 〈밤은 천 개의 눈을 가지고 있다〉(1948) 등의 걸작 미스터리 영화 각본에 참여한 뒤 1960년대에 들어와서는 인기 TV 드라마인 〈페리 메이슨〉 등의 각본을 썼다. 반면 소설은 1941년 이후 십오 년 가까운 공백기 끝에 단 두 편만 발표하는 데 그치고 말았다.

래티머는 '현실적인 소설을 쓰고 싶었다'고 밝혔지만, 해밋처럼 주인공의 파트너를 죽이는 아이디어는 떠올려보지도 않은 그에게 정통파 하드보일드 소설은 어쩌면 창작 성향에 맞지 않았는지도 모른다. 확실히 그의 작품은 해밋과 챈들러보다는 온화하다고나 할까, 냉소적인 분위기는 느껴지지 않는다.

그런 분위기는 바로 주인공 윌리엄 크레인이 만들어내고 있다. 데뷔작에서 술을 좋아해서 언제나 취한 듯한 모습으로 사건 수사에 나서는, 별로 진지하지 않아 보이는 탐정으로 묘사된 크레인은 이후 래티머의 시리즈 캐릭터로 자리를 잡았다. 『처형 6일 전』에서는 변호사 핑클스타인이 의뢰인 웨스틀랜드에게 그를 소개하는 장면부터 심상치 않다.

> "나쁜 소식이 있습니다, 웨스틀랜드 씨. 이 두 분이 일하는 탐정 사
> 무소의 책임자인 블랙 대령은 잉글랜드에서 사라진 셰익스피어 2절
> 판 원고를 찾는 중이라서 우리를 도울 수가 없답니다. 크레인 씨가
> 같은 사무소의 이인자이기는 합니다만, 저는 블랙 대령을 기대했는
> 데……."(본문 59쪽)

의뢰인에게 이처럼 민망한 소개를 당하는 주인공도 별로 없을 것이다.
블랙 대령이 운영하는 사립 탐정 사무소에 근무하는 탐정 윌리엄(빌) 크
레인은 시카고에 거주하는 독신 청년이다. 탐정 사무소의 동료인 톰 오
몰리, 닥 윌리엄스, 에디 번스 등과 함께 사건 조사에 나서는데, 주로 크
레인이 추리를 하는 쪽이며 동료들은 조수 역할을 맡는다. 그는 상류사
회나 암흑가의 인물과도 쉽게 어울릴 정도로 언변이 뛰어난 편이며 "윌
리엄 크레인 사전에 포기란 없다"고 할 정도로 끈기도 있다. 발로 뛰는
것이 기본에 가설을 증명하기 위해 단조로운 일을 거듭하는 끈질긴 모
습을 보여준다.
크레인은 아름다운 여성을 좋아하고, 술 역시 대단히 좋아해서 '알코올
중독자 사립 탐정'으로 보일 지경이다. 술병이 옆에 있으면 위스키, 맥
주, 드라이 마티니 등 가리지 않고 마시는 성격인데다(심지어는 방부액
까지 마시는 실수를 저지른다) 취하면 아무 곳에서나 잠들어버리는 약

점이 있다. 그의 트위드 양복은 입은 채로 잠을 잤음을 짐작할 수 있을 정도로 구깃구깃해져 있지만 알코올중독자로 보일 정도의 피폐한 모습은 아니다. 모든 작품에서 술을 마시고 한없이 기분이 좋았다가 다음날에는 과음으로 인한 숙취로 괴로워한다. 그러나 술이 덜 깬 상태에서도 번뜩이는 아이디어를 떠올리는 장면을 보면 술은 그의 두뇌를 가동하는 연료가 아닐까 하는 생각이 든다.

사실 래티머는 크레인이 매력적인 반면 너무 가볍게 느껴진다는 점에서 고심을 했던 것 같다. 1981년 래티머가 그의 작품 『솔로몬의 포도원 Solomon's Vineyard』이 재간될 때 가졌던 인터뷰에서, 왜 인기 있는 크레인 대신 갑자기 새로운 탐정을 내세우게 되었냐고 묻자 대답은 간단했다.

> "크레인은 술을 너무 많이 마셨소. …(중략)… 크레인 시리즈는 낙천적이고 덜 진지한 작품이었기 때문에 그보다는 더욱 현실에 가까운 작품을 쓰고 싶었지."

크레인은 추리력이 뛰어나다는 점에서도 하드보일드 탐정처럼 보이지 않는다.

"전 형편없는 탐정이에요. 생각을 하려고 하면 머리에 쥐가 난다니까요" 라고 낮게 평가하고, 주변 사람이나 동료에게도 가끔 무시당하는 모습은 천재적 명탐정의 모습과 다소 거리가 있는 것처럼 보인다. 하지만 자학적 표현과는 달리 그의 추리력은 고전 퍼즐 미스터리에 등장하는 탐정에 비교해도 크게 부족함이 없다. 조사하는 움직임마저 전설적인 명탐정과 흡사하다.

> 크레인이 제일 셜록 홈스 같은 태도로 작은 확대경을 들고 양탄자를 가로질렀다. 그는 피가 묻었던, 이제는 희미하게 변색된 지점을 살펴보고 주의깊게 테이블을 조사했다. 소파 옆을 만져보고, 쿠션을 들어올리고, 뒷면을 두드려보고, 소파 아래로도 반쯤 손을 미끄러뜨렸다.(본문 137쪽)

이처럼 하드보일드 탐정답지 않게 꼼꼼한 현장 조사를 하는가 하면 밀실 수수께끼를 해결하기 위해 탐정 이야기에 나온 핀과 끈 트릭(비록 맞는 방법은 아니었지만)을 직접 시도해보기도 한다.

『처형 6일 전』의 독특한 작품 스타일

이 작품을 단순한 하드보일드의 범주에 넣지 않는, 혹은 못 넣는 이유 중 하나는 이러한 사건 해결 방식 때문이다. 사건의 해결, 즉 의뢰인의 누명을 벗길 수 있는 길은 수수께끼를 푸는 것에 있기 때문이다. 도입부에서 변호사 핑클스타인은 웨스틀랜드를 유죄로 몰고 간 네 가지 증거(밀실 상태인 살인 현장, 사라진 권총, 의문의 전화, 총소리가 울린 시간)를 제시하는데, 이 증거를 논리적으로 무너뜨릴 수 있다면 자연스럽게 의뢰인은 무죄가 된다. 놀랍게도 크레인은 이 의문을 번뜩이는 아이

디어로 해결한다. 그리고 클라이맥스에서 여러 명의 용의자를 모아놓고 '당신이 범인이다'라고 지목하는 장면은 하드보일드가 아닌 정통 퍼즐 미스터리를 방불케 한다. 물론 이 작품에 나오는 밀실이나 기타 트릭이 독자들을 크게 놀라게 할 만큼 기발한 것은 아니지만 퍼즐 미스터리와 하드보일드의 융합 시도 자체가 무척 흥미로운 일이다.

하드보일드, 퍼즐 미스터리의 분위기에 또 하나 덧붙여진 것이 바로 코미디 요소이다. 적지 않은 사람들이 살해되고 거리에서 기관총이 난사되는 장면이 있을 정도로 살벌한 사건이 이어지지만 전반적인 작품 분위기는 전혀 어둡지 않으며 주인공 크레인의 밉지 않은 언행은 경쾌함을 넘어서서 유쾌하기까지 하다(아방가르드 시인 폴 벅은 『백 명의 위대한 탐정들100 Great Detectives』(1991)에 기고한 글에서 크레인의 주무기는 '주먹'이 아닌 '혀'라고 주장했다).

유머 넘치는 그의 성격은 말년(1981년)의 인터뷰에서도 드러난다. 그는 하드보일드 작가들과의 몇 가지 에피소드를 소개했다. 거장 제임스 케인과 RKO 스튜디오에서 잠시 같이 일했으나, 케인은 그에게 한마디도 한 적이 없었다고 한다(케인은 누구에게도 말 한마디 하지 않았다는 것이 그의 부연이다). 그는 '레이먼드 챈들러가 얼음 심장을 가졌다'고 말했다는 소문에 대해 그렇게 말한 기억은 없지만 그런 생각을 한 적은 있다고 밝혔는데, 챈들러의 집에 초대되어 찾아갔을 때 오후 5시에 스카치위스키나 마티니 대신 케이크와 밀크 티를 대접받았을 때 그런 생각이 들었다는 것이다. 래티머 역시 크레인만큼이나 술을 좋아했던 모양이다.

래티머의 작품에 등장하는 인물들의 행동은 인종에 대한 묘사 등에서 현대의 독자들에게 약간 껄끄럽게 느껴질지도 모르겠는데, 이 작품이 발표 시기가 1930년대라는 점을 감안하여야만 할 것이다.

그의 작품이 '하드보일드 계파'를 비롯한 어떤 분야에 포함되거나 제외되건 가치에는 전혀 흔들림이 없을 것이다. 래티머의 빌 크레인 시리즈는 발표한 지 오랜 세월이 지났지만, 여전히 참신함과 유쾌함, 그리고 흥미로움의 빛깔이 퇴색하지 않고 있다.

박광규(추리소설 해설가)

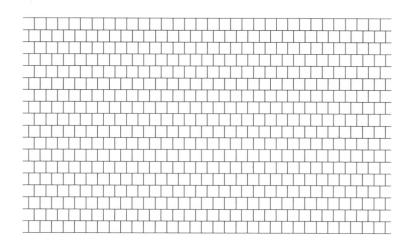

처형 6일 전
Headed for a Hearse
/

초판 발행 2015년 6월 19일

지은이 조너선 래티머 / **옮긴이** 이수현 / **펴낸이** 강병선

책임편집 김세화 / **편집** 임지호 / **아트디렉팅** 이혜경 / **본문조판** 이보람 / **그림** 도미솔
저작권 한문숙 박혜연 김지영 / **마케팅** 정민호 김도윤 / **홍보** 김희숙 김상만 한수진 이천희
제작 강신은 김동욱 임현식 / **제작처** 영신사

펴낸곳 (주)문학동네 / **출판등록** 1993년 10월 22일 제406-2003-000045호 / **임프린트** 엘릭시르

주소 413-120 경기도 파주시 회동길 210
문의 031-955-2637(편집) 031-955-2696(마케팅) 031-955-8855(팩스)
전자우편 editor@elmys.co.kr / **홈페이지** www.elmys.co.kr

ISBN 978-89-546-3620-9 (03840)

엘릭시르는 출판그룹 문학동네의 임프린트입니다.